蓝色的声音

〔美〕荷莉·佩恩 著　宝静雅 译

Holly Payne

北京联合出版公司
Beijing United Publishing Co.,Ltd.

图书在版编目（ＣＩＰ）数据

　　蓝色的声音 ／（美）荷莉·佩恩著 ； 宝静雅译 . --
北京 ： 北京联合出版公司 ， 2019.8（2023.5 重印）
　　ISBN 978-7-5596-3332-3

　　Ⅰ . ①蓝… Ⅱ . ①荷… ②宝… Ⅲ . ①长篇小说—美
国—现代 Ⅳ . ① I712.45

中国版本图书馆 CIP 数据核字（2019）第 116986 号

北京市版权局著作权合同登记号：图字 01-2019-3913 号

THE SOUND OF BLUE By HOLLY PAYNE
Copyright: © HOLLY PAYNE, JANUARY, 2015
This edition arranged with KLEINWORKS AGENCY
Through BIG APPLE AGENCY, INC., LABUAN, MALAYSIA.
Simplified Chinese edition copyright:
2019 China Pioneer Publishing Technology Co.,Ltd
All rights reserved.

蓝色的声音

作　　者：［美］荷莉·佩恩
译　　者：宝静雅
出 品 人：赵红仕
责任编辑：杨　青　高霁月
封面设计：吴黛君

北京联合出版公司出版
（北京市西城区德外大街83号楼9层 100088）
北京新华先锋出版科技有限公司发行
三河市宏达印刷有限公司印刷　新华书店经销
字数130千字　620毫米×889毫米　1/16　15印张
2019年8月第1版　2023年5月第2次印刷
ISBN 978-7-5596-3332-3

定价：59.00元

巴尔干半岛
1991—1992

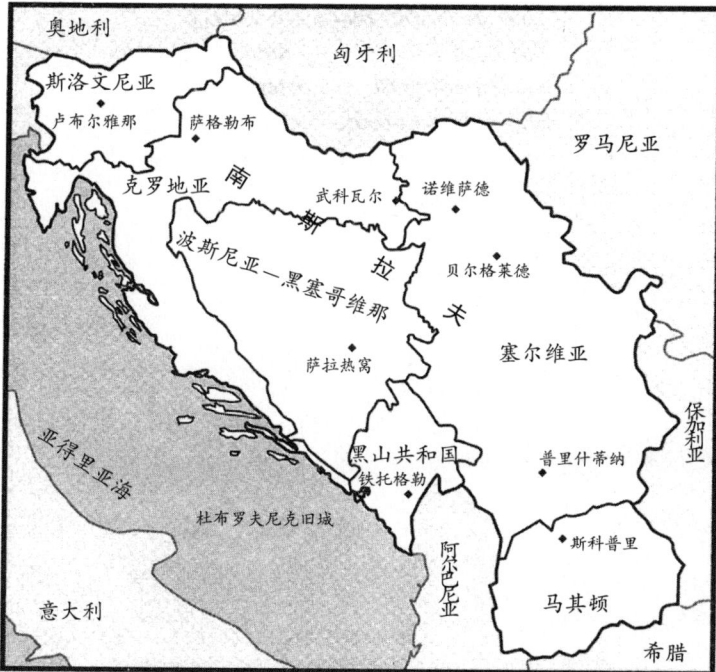

奥地利
匈牙利
斯洛文尼亚
卢布尔雅那　萨格勒布
罗马尼亚
克罗地亚　南　武科瓦尔　诺维萨德
斯　
波斯尼亚—黑塞哥维那　拉
贝尔格莱德
夫
萨拉热窝
塞尔维亚
亚得里亚海
黑山共和国　普里什蒂纳
铁托格勒
保加利亚
杜布罗夫尼克旧城
斯科普里
意大利
阿尔巴尼亚
马其顿
希腊

第一章

男孩儿名叫卢卡，此刻想要找回自己的鼓。对于一个九岁的顽童来说，这并非胡闹，毕竟他已经有六个星期没离开防空洞了。那天，他跟七百人一起走入了地下通道，不小心把鼓掉在了街上。人们纷纷逃散，那些塞尔维亚士兵放火烧着房屋，决意在武科瓦尔[1]留下来。现在正值11月中旬，街上没什么人走动，桥梁被雷弹炸毁，窗子都用沙袋加固着。妈妈提醒卢卡，他的鼓应该是遗落在那条街上了。

眼下只能用一个马桶盖子将就了。但如果这样可以听到节奏，那么这刺鼻的味道也并非无法忍受。使用女卫生间也无妨，因为隔间的门可以落锁，隐私能够得到保护，这实在是难得。卢卡关了灯，带着两支未削尖的铅笔充作鼓槌儿，溜进最后一个隔间，插上了门闩。

墙上留有指甲油的划痕，刻着刚过世之人的姓名和死亡日期。卢

---

[1] 武科瓦尔（Vukovar）：克罗地亚东部边境城市。——译者注（本书脚注均为译者注）

卡能够辨认出其中的几位：一个牙医、两个邻居，还有一名管道工，他曾从厨房水槽下的管道里帮卢卡的母亲找回了结婚戒指。如今，这几个男人都已经不在了。

卢卡伸出铅笔，轻轻地叩着那位管道工的名字——"布隆克"。接着，他又探了探身，在上面亲了一下。妈妈劝告卢卡，让他宽恕塞尔维亚军队所做的坏事，因为战争到了这个阶段，应征入伍的男孩儿也不过是十八岁的糊涂蛋，人家让做什么就做什么。如果被烧的只是家里的房子和整个街坊，卢卡是能够原谅这些士兵的。可是，他们还放火烧了他的鼓槌儿。

卢卡面向墙壁跪了下来，手里轻轻握着"鼓槌儿"，敲打出《巴黎进行曲》的节奏。他一边轻柔而缓慢地击打着，一边聆听着卫生间里的回声。防空洞里的音效不怎么好，这一处偏偏最差劲儿，可如果既想击鼓而又不想打扰其他难民，卢卡只能选择这里。他需要与外界建立某种联系，而这联系的另一端既不在防空洞里，也不在武科瓦尔，更不在战场和鲜血里。小卢卡一直觉得，子弹能够在鼓声里停下来，所以一直击打着自己的鼓，直到双臂被消声枪击中，瘫软了下去。

没有鼓槌儿相伴，卢卡有时会连续几小时坐在一处，要么寻找着其他声音，要么想念着多瑙河的吟唱，或者雨水跳出的舞曲。他听到细小的水珠从漏水的水龙头滴滴掉落，马桶里缓慢冲出一段段流水。有时候，卢卡会把耳朵紧紧贴在宿舍的墙壁上，一贴就是数个小时，只为了听听电线里电流划过的"嗡嗡"声，还有那些白蚁在木头里匆忙而过的脚步声。他感受到，毫无生命体征的事物——皮革、石头、纸张和骨头，都在发出自己内心的声音。

行军靴从瓷砖上轧过，鼓声戛然而止。卢卡听到了"咔嗒"声，那是克罗地亚国民自卫军的士兵在走廊里穿行，他们的人数不止两个。断断续续的脚步声来自那些身穿军服的人，偶尔还能听到赤脚跑过地板的"啪嗒"声。在女卫生间外，卫兵小声交谈着，翩然入内的除了他们的说话声，还有雪茄烟和熏火腿的气味。

卢卡飞快地把铅笔夹到耳后，爬上坐便器，将两腿跨在上面，双手支撑着墙壁保持平衡。就在这时，灯被打开了。透过裂缝，卢卡看到了两个身穿制服的自卫军士兵，他们中间站着一对老夫妇。卢卡认出来，这是在面包店卖果仁蜜饼的那对夫妻，跟他是街坊。老妇人跪了下去，脸贴着地板，苦苦地哀求着。卫兵们视若无睹，抓着她的手肘提了起来，撕扯着她小手里握着的念珠。妇人的眼睛很肿，由于睡眠不足，黑眼圈很重。她用头巾的尾端轻抚着脸颊，努力想让自己镇静下来，可是却止不住地抽噎。士兵打了她耳光，还打出了血，这已经是第三次了。

突然，卢卡身体一僵，铅笔就势从耳后滑落到地面，又在瓷砖上弹起，滚动到了门下，最终被水槽拦在了下水道里。其中一个卫兵冲过去把它们捡了起来。他走向最后一个隔间，晃了晃门，沮丧地发现它是锁着的。

"谁在里面？"

卫兵把圆脸贴在隔间的板条上，往里面一瞧，发现了卢卡。于是，他回头看向另一个同伴，笑了起来。

"又是那个打鼓的男孩儿，"说完，他转头看了看卢卡，"还要告诉你多少次不许进来？拜托，这里是女厕，可你是男孩儿啊！"

他粗胖的手指头挤进了门缝，拉开了门闩。卢卡从坐便器上跳了下来，张口咬他，卫兵叫出了声。卢卡趴下身体，在小小隔间的地板上艰难地爬着，直到面前出现了一双靴子——靴子的主人是另一个卫兵，他弯腰抓住了卢卡的肩膀，把他拖了出去。男人伸出了手，等待卢卡把官方证明交出来，可小家伙只是抬头看着他，然后耸了耸肩。

"我妈妈拿着呢，她在医院里上夜班。"

男人咳嗽了几声，开口说："去救塞尔维亚人？你妈妈倒是一向都对他们有好感。"

卢卡动了动身体，脚下的瓷砖冷冰冰的，感觉不太舒服。卫兵俯身靠了过去，用手指戳了戳小家伙的胸膛，低声对他说："运气不赖！黑卷发，蓝眼睛，跟你爸爸一个样儿。"

卢卡慢慢地点了点头，不太喜欢这个人说话的腔调。

"只可惜她没能救得了你爸。"男人又来了一句。

"我妈妈尽力了。"卢卡回应道。

每年到了生日，卢卡总会听到妈妈说起爸爸的尸体是在多瑙河中找到的，因为爸爸的忌日也在这一天。爸爸去世的那天，卢卡得到了一面鼓。这份礼物是舅舅送给他的，是为了留住他爸爸的灵魂。舅舅告诉他，这面鼓是东方人用来祈祷的鼓，拥有让人死而复生的能力。

年纪稍长的那个卫兵把铅笔掰成两半，又用脚后跟踩了踩。卢卡紧抿着嘴唇，眼睛眨呀眨，强忍着泪水。要知道在防空洞里，想要找支铅笔都是非常不容易的。自从上次在卫生间里打鼓被抓后，卢卡可是用了整整三个星期才找到这么几支。他挣扎着抬起双眼，看向卫兵。

"我妈妈说，你们在想办法救克罗地亚人。"卢卡说完，捡起了那几截儿铅笔。

"当然，一定会救的，只要你妈妈别先救塞尔维亚人。"卫兵大笑。

卢卡把折断了的铅笔抛向卫兵的腰，想让他闭嘴。此时，那位老妇人用双手接着自己淌出的鼻血。卢卡走上前，摸了摸她的手。

"我妈妈会帮你的。"

"不用啦，卢卡，我不要紧，快回你的房间里去。"

"可是你在流血。"看见她脸上的一道道血痕，卢卡受到了惊吓。老妇人勉强挤出了一个微笑，凝视着眼前的小男孩儿。她轻轻动了动嘴唇，试图跟他说些什么，两个卫兵却推搡着她走向门口，她的丈夫正等在那里。老妇人走过去几步，把脸埋进了丈夫的臂弯里。这时，卫兵用步枪捅了捅他们。

"老哈吉[1]，快走。"

"请别伤害我们，也别伤害那个孩子！"她祈求道。

老妇人挣脱了卫兵的束缚，把尼龙袜向下卷至水肿的脚踝处，剥开了裹在粗腿上的钞票，然后拖着步子慢慢走向了其中一个卫兵，把钱递了过去。卫兵却朝钱吐了唾沫。

"这钱一点儿都没有用。"

"我不明白。这可是德国马克，您瞧。"

卫兵用指头弹了弹钞票。就好像在跟小孩子对话似的，他慢吞吞地开口说："要明白，你可是一个穆斯林，"他说着又转向了卢卡，"而你，你是半个塞尔维亚人。"

老妇人挺起了腰，举起双手，一下子打到了卫兵的下巴。

"我们是南斯拉夫人，"她愤然地说，"我这一辈子都生活在武科瓦尔，三个儿子也都出生在这儿。至于我是谁，还轮不到你告诉我。"

丈夫用手肘轻轻推她，但她转向了卢卡。

---

[1] 哈吉（Hadje）：朝觐过麦加的穆斯林的称号。

"跟其他人一样，我们有平等的权利留在这里。"

卢卡点点头，仰头看着两个卫兵。

"这个奶奶可好啦，"卢卡说，"她做的果仁蜜饼是全镇最好吃的，爷爷有一次还帮我修好了自行车。请别赶他们走！她是穆斯林或者不是穆斯林，有什么关系吗？"

卫兵听了大笑，可卢卡还没有说完。他想说，这个奶奶跟他认识的其他女人没有什么不同——都会结婚生子，经历生死。至于说她们在胸前画十字的姿势，有的用两根手指，有的并用两根手指和拇指，当然也有人像这个奶奶一样根本就不画十字，而是去亲吻地面。看到她们跟上帝建立联系的种种方式，卢卡觉得没什么大不了，但这次有点儿不一样。他以前可从来没见过女人打男人，老妇人的举动让他惊叹不已。突然，他"咯咯"地笑了起来。

卫兵不再笑了，开口问他："小家伙，什么事这么好笑？"

卢卡道："说了你也不知道。"卫兵将卢卡赶出了卫生间："离开这儿！切特尼克 [1]。"

卢卡沿走廊跑着，在黑暗中摸索到了宿舍，身后传来了老妇人的喊叫："永远不要让别人来告诉你，你是谁！"

卢卡多么希望要离开防空洞的不是那对夫妇而是他啊，尽管他知道不会被带去什么好地方。他开始坐立不安，不想再绕圈儿走，也不想睡在地板上。卢卡厌烦上了年纪的男男女女，他们的呼吸间散发着

---

[1] 切特尼克（chetnik）：由支持南斯拉夫王国政府的南斯拉夫人组成，正式名称为"南斯拉夫祖国军"。

那些未被洗劫的咸饼干、腌肉和香肠的味道。他讨厌别人唠唠叨叨，眼含泪水或吵吵闹闹，觉得一点儿意义都没有。到 8 月底，已经有三万五千人离开了武科瓦尔。这件事让卢卡摸不着头脑，因为塞尔维亚军队接管整个城区才没多久。

卢卡偶然发现宿舍外有卫兵谈论新闻，急忙爬起来去听：一共有五百二十具尸体登记在册，被送往唯一闲置的墓地——坐落于一处草地之上的集体坟场。这些人活着的时候说不定也曾在这里共享野餐，小憩片刻。

"还有几百具尸体流落在外呢！"他们低声说。

卢卡看着电视上播出的新闻，试图去理解这个问题。总统图季曼表示，克罗地亚并不希望有战争发生。克罗地亚想要独立，斯洛文尼亚也想要独立。塞尔维亚不想脱离南斯拉夫而独立，对另外两个国家的想法并不认可。

卢卡不知道自己该站在哪一边，甚至不知道这是否重要。卢卡的母亲是克罗地亚人，已故的父亲是塞尔维亚人。他的祖父是波斯尼亚的钟表匠，祖母是塞尔维亚贝尔格莱德的女雕塑家，两人婚后移居到了科扎拉山；外祖父是意大利的里雅斯特市的鞋匠，外祖母是克罗地亚斯普利特市的一名女帽商。

卢卡既是克罗地亚人，也是塞尔维亚人，同时也是意大利人和波斯尼亚人。在斯洛文尼亚东部肥沃的平原上，像卢卡家这样异族通婚的情况不在少数。塞尔维亚人、克罗地亚人、斯洛伐克人、捷克人、匈牙利人和意大利人，包括德国人在内（直到第二次世界大战结束），各民族都融洽地生活在奥匈帝国的最南部，将平原钩织成了独具一格的彩锦。1918 年，南方的难民如潮水般涌入第一次世界大战死难者们的房屋。此后，真正的麻烦开始了。

祖父母曾对卢卡提道："在巴尔干半岛，地球的心跳声最响亮。"

差异存在于原居民和新移民、过来人和新成员、精致世故以及粗俗原始的生活状态之间，继而又催生出了新的冲突。尽管克罗地亚人和塞尔维亚人有所不同，但这从来就不算什么问题。卢卡弄不明白，为什么会变成现在这个样子。

卢卡很想念自己的家，想念家里的电视机和录像带，还有妈妈的毛巾。干薰衣草也让卢卡想念，因为有了它，盥洗室闻起来就像6月的赫瓦尔岛。妈妈在护士服里放有一小瓶薰衣草油，当战斗机尖叫着低空飞过城市时，她会把薰衣草油涂抹在卢卡的手臂上帮他放松。她能够安抚病人，让伤员入睡，可要想安慰防空洞里的儿子，她却少了一份运气。她告诉卢卡要有耐心，战争很快就会过去。但卢卡并不相信妈妈的话，毕竟她现在连手表都不戴了，又怎么会知道"很快"究竟有多快。

包括邻居和朋友们在内，许多人都北上逃到了匈牙利的难民营。卢卡本来也想跟他们一起走，可妈妈说他年纪太小，不能自己决定去留。"所以就由妈妈来决定啦？"卢卡反问。

"没等把我们变成难民，他们就会杀了我们的。"9月份的时候，妈妈这样告诉卢卡。当时，克罗地亚东部的奥斯捷克小镇被包围了，包围它的军队叫"南斯拉夫人民军"，成员中以塞尔维亚人居多。

装甲车、地对空导弹、坦克和防空炮滚滚而来，卢卡和妈妈面带忧伤地看着它们经过祖父母的农场，向波斯尼亚的南部和东部移动。卢卡把一瓶牛奶掉落在地，砸碎了水泥台阶上的玻璃。小野鸡们在院子里发出尖叫，狗朝着驾驶员们吠叫。这些士兵大多是被应征来的糊涂蛋，粗鄙地朝着狗伸出了中指。

卢卡抬起头，看着妈妈说："他们不是在阅兵呀！"

"不啊，卢卡，当然不是。"

卢卡的妈妈总是来来回回地踱着步子，就像现在这样。注射袋挂在她的肩膀上，如同一袋子糖果。

卢卡从门外跨进来，盘腿坐在睡席上，看着妈妈伊莱娜·米拉诺维奇帮伤者服药。她动作熟练、流畅又自然。"我不会就这样撒手不管！"10月初，当两枚炸弹轰炸医院并破坏了外科部和手术室后，她是这样告诉卢卡的。两枚炸弹中，只有一枚爆炸了，另一枚冲破了几个楼层，最终落在了床脚，不过床上的伤者逃过了死劫。伊莱娜把弹片当作某种纪念保管了起来，认为这预示着上帝在庇佑她的病人。她将体弱多病的人转移到了地下室，由自己负责照料，不愿意就此脱身。

卢卡从睡席上掀起枕头，掏出晶体管收音机，这可是妈妈好不容易从家里抢救出来的。卢卡调着音量，小心翼翼地不弄出声音。妈妈听到新闻报道会恼火，可卢卡真的很想听音乐，随便什么音乐都行。此时，收音机里几乎没有一点儿声音。卢卡又调了调音频，找到了一个波段。有报道发出警告称，在萨格勒布发现了狙击手巢穴。卢卡并不了解什么是狙击手，他想起五年级的科学课上老师并没有讲这个单元。"狙击手的巢穴"，多古怪的词啊！卢卡想象出了五颜六色的鸟和飞来飞去的孔雀，它们拥有宽阔的羽翼，将整个城市都笼罩在了它们的身影下。卢卡想知道，既然这么可怕，为什么没人把它们射下来。

"把收音机关掉，卢卡。"

卢卡看见了妈妈白色的工作鞋，她的粗鞋跟儿在灰烬里弄脏了。

"妈妈，你见过狙击手吗？"

"没有。"妈妈一边说着，一边拿起了收音机。她用手掌根部敲打收音机的底部，就像是在帮婴儿打嗝儿似的。两节电池掉了出来，被她丢进了口袋里，"叮当"撞击着那瓶薰衣草油和弹片。

"怎么可以这样？"卢卡叫出了声，"我还没听音乐呢！"

"卢卡，够了！不会再有什么音乐了。"

伊莱娜把收音机放在了地上，给睡在儿子旁边的老人盖了一条毯子。她俯下身来，摸了摸老人的额头。在不惊扰老人的情况下，伊莱娜抬高了他的右手腕，解开了染血的绷带。

"他说要帮我找鼓的。"

伊莱娜叹了口气，动手撕下一条消毒纱布，棉纤维在潮湿的空气里飞来飞去。伊莱娜在双唇间衔着一支电诊笔，她把老人的手腕举高，检查他的伤口。老人的皮肤跟碰伤的梨子是同一种颜色。

"他跟我说啦，他知道我的鼓在哪儿。"

"卢卡，算了吧，他连自己的名字都不太记得了。"

伊莱娜放下了老人的手腕，将两粒药塞进了他的手掌里。她跟卢卡说过，这是她从自己的药品配量中取出来的，同时迫切期待着红十字会送来更多药物。为了满足数百位受伤民众的救治需要，两个月前增派药品的申请就已经提交。两周内每天的受伤人数少则十六人，多则八十人。10月初，共有九十二名伤者被送至医院。相比之下，现在的情况处理起来更容易一点儿。显然，迫在眉睫的难题还有很多，但卢卡不肯罢休。

"等他醒了，问问他吧，他肯定能想起来。"

伊莱娜将老人灰白的手指合拢在药片上，转过身直视着儿子："记得又怎样，街上又不安全。"

"什么时候才能安全呀？"

"我也不知道，塞尔维亚人还没走。"

"我想让他们走嘛！"卢卡一边开口央求着，一边用手指描着妈妈鞋跟儿上的污迹，"我想我的鼓，我想回家。"

"我也想。"伊莱娜的声音中透露着沙哑。卢卡抬起头，看到妈妈的嗓子那儿挤压着一个肿块儿。

"妈妈，你又不打鼓，为什么会想它？"

"我想的是家啊！"伊莱娜一边说着，一边拨弄着儿子的鬈发。这一头浓密的黑发使她想起了亚历山大大帝，她将儿子卢卡和这位征服者联想了起来。

"你的鼓在外面，"伊莱娜说，"我确定。"

卢卡的小脸上满是失望。

"我可以让卫兵帮我一起找啊！"

伊莱娜笑了笑。"天哪！"她小声说，目光打量着门口持枪的士兵，"他们开着装杂货的卡车，自以为开的是坦克呢。这些人不会救你，也不会帮你找鼓。"说完，她把注射袋扔给了卢卡："喏，玩这个吧！"

卢卡抓住了它，装有液体的袋子落在了他的手指之间。"这东西摸起来有点儿像胸部。"他嫌弃地又扔给了妈妈。

"像胸部？怎么会呢？"

"拉德克的女朋友让我们摸过她的假胸。"

"他的女朋友是俄国妓女。"

"俄国的假胸做得不好。"

"估计是吧。"伊莱娜笑着说。儿子的眼睛里透露着纯真和友善，使她在恍惚中看到了亡夫的身影。伊莱娜意识到自己并没有能力保护儿子，使他远离世间所有的纷扰杂乱。身为一个母亲，她有责任热爱自己的孩子；而世界的责任是赋予她的孩子个性，并且以她所不能掌握的方式塑造孩子。战争是有可能发生的，但作为家长就要承受这种折磨和风险。

卢卡数了数自己画在手臂上的标记："我们已经在这里待了六个星期了。"

"我知道，宝贝。"

"可我还没有敲过真的鼓呢！一次都没有。"

"但你是安全的呀，卢卡。你应该感到幸运。"

"妈妈觉得幸运吗？"

"毕竟我们活下来了。"

"只是现在活着，妈妈。战争还没结束呢，对吗？"

"没错。"伊莱娜答道。她其实想告诉儿子，战争才刚刚开始。

卢卡渴望鼓声，而不是铅笔在瓷砖上敲出的空洞的声音。这个小家伙再也不想去卫生间里凑合，他想要真切地触摸一面鼓，将它紧挨在两膝之间，连续不停地痛快敲打，直至手掌起泡，连心脏都要爆掉。他想要找到一种方法，帮他忘记为什么会来到防空洞这个地方。

卢卡瞧了瞧在旁边席子上打呼噜的老人，很奇怪他手腕都弄成这样了怎么还睡得着，何况周围的孩子们一直尖叫个不停。也有十多岁的小情侣们躲在角落接吻，好像自己不会被人看见或听见似的。卢卡探身过去，想要更清楚地看看老人脖子上挂着的吊坠。他慢慢地打开了它，吃惊地发现吊坠里有一绺头发。

"打算吵醒他吗？"

卢卡猛地抬起双眼，看到了一位身穿卫兵制服的熟人——拉德克，好朋友佐兰的哥哥。卢卡惊奇地发现，这个面色苍白的摇滚男孩儿没穿破洞牛仔裤和镶满饰钉的皮衣，莫西干式的发型已经剃去，头皮上金色的发茬儿刚刚冒出来，一杆枪像吉他似的松垮地挂在他的肩上。

“别吵到他！”拉德克说，“头发是他女儿的。”

卢卡向后退，拉德克蹲下身，把头发又塞回吊坠里。老人还在继续打着呼噜。

卢卡震惊地看着拉德克，问道：“你怎么穿着士兵的衣服？”

“你觉得呢？我在救武科瓦尔啊！我们需要你的收音机。”

他伸出手，卢卡把收音机递了过去。

“只能祝你好运了。收音机现在听不了，我妈妈把电池拿出来了。”

拉德克检查了一下收音机，从里面取出一盒磁带——是《行星鼓乐》专辑，上面写着“妥善保管”。

卢卡抬手去拿磁带。夏天时，他每天都要放这盒磁带，从米奇·哈特[1]的这个最新同时也是最伟大的专辑里，他想识记一些基础的乐理知识。卢卡把磁带放进了枕套，抬头看向拉德克。

“你真的开杂货车吗？”

“巴士，我开的是巴士。”拉德克整理了下衬衫的衣领，笔直地站好，向卢卡敬了个礼。他的身形如同橡树一般高大粗壮，面颊微红，下巴那儿撞过不止一次，已经有点儿歪了。

“开它干吗？这里已经没人坐车了。”

拉德克似乎受到了冒犯，生气地噘起嘴：“这里可是有枪和子弹

---

[1] 米奇•哈特（Mickey Hart）：知名鼓手。

的。卢卡，别像个小傻子似的。我是自愿为克罗地亚而战的。要知道，切特尼克想给武科瓦尔抹黑。你妈妈什么都没告诉你吗？"

卢卡盯着他，犹豫地摇了摇头。

"她应该告诉你的，"拉德克继续说，"你有权知道发生了什么。你没在空气里闻到些什么吗？灰烬没烫伤你的鼻子吗？醒醒吧，小东西。等下次再见到武科瓦尔——就算还有什么幸存下来的话，它也不会是你认识的武科瓦尔了。"

卢卡眼珠一转，不太相信他，因为拉德克总喜欢夸大其词。他只说过那么一次实话，那就是他俄国女友的假胸大小。女友的那对假胸似乎让他觉得挺骄傲，毕竟是他付过钱的。在匈牙利南部的黑市上，他将仿造的李维斯牛仔裤卖给了罗马尼亚的吉卜赛人。究竟这些牛仔裤他是怎么弄到手的，又是从谁那里弄到手的，这些问题一直都是未解之谜。无论对弟弟也好，对卢卡也罢，他都不愿意提起。他只是说自己有门路，能搞到东西。

"他们会让你出去吗？"卢卡问道，"去买香烟什么的？""偶尔吧，我们换班的时候。"拉德克凝视着眼前的男孩儿，观察着他的表情。每当弟弟佐兰想要看成人杂志或者限制级录像带的时候，脸上就是这副表情。

"但保证不了，你要付不少钱，不过我也会帮你想想办法的。万宝路的烟是搞不到手的，你只能试试便宜点儿的，比如亚洲的烟，泰国产的那种。我可以试着联系买骆驼烟，是土耳其的一种烟草。你能接受吗？"

"接受什么？"

"穆斯林的烟草。"

卢卡张着嘴巴，拉德克絮絮叨叨的话把他绕晕了。

"别误会啊，我并不是针对他们。见鬼，我是想说他们并不是切特尼克。他们既没想杀我们，也没想毁了我们的家园。"

卢卡一边瞧着他，一边用拇指拨动着下嘴唇："可我不抽烟。"

"怎么？那你想喝白兰地，还是啤酒？"

"想我的鼓。它掉在街上了，我想找回来。"

拉德克抓了抓嘴唇周围的胡子楂儿，思索着小男孩儿想要外出的请求。卢卡盯着卫兵的手表，看到数字表盘发出暗淡的蓝光，相信它会再亮起来。

四点钟的时候，卢卡跟随拉德克穿过了一小段走廊。这段走廊将防空洞和一个阴暗的楼梯间相连，从楼梯间可以通向街道。他们经过了卫兵的办公室。房门微开着，卢卡看见妈妈倚在文件柜边，正在和一个身穿便衣的持枪男人交谈。卢卡很感激妈妈，感激她分散了卫兵的注意力。他心想，这个傻家伙恐怕又是一个企图赢得妈妈芳心的追求者。男人正喝着茶水，看起来倒也不野蛮卑鄙。

"哎呀，糟了。"拉德克说道。

"怎么了？"

拉德克将卢卡推到墙边，伸手捂住了他的嘴："看见他的袖标了吗？"

卢卡点了点头，扭动着想摆脱束缚。

"他是一个切特尼克分子。"拉德克将手从卢卡的嘴上移开。

"切特尼克？"

"没错，他是塞尔维亚士兵。"拉德克解释着，一阵凉意滑过他的脊背。迄今为止，还从来没有一个塞尔维亚人受邀到防空洞来。那个男人抚摩着挂在肩上的枪，拉德克从他的姿势判断出，伊莱娜并非是在关照他的伤势。这个切特尼克分子看起来并没有受伤，反倒更像是要伤害别人。

"这主意可能没那么好。"拉德克说完，看了看自己的手表。他没听说过攻击近在眼前，但此时他的胃部开始颤抖起来。

"他只是在调情吧，"卢卡说，"任谁都要跟我妈妈调情。她是护士，长得漂亮，又很会照顾人。这个男人说不定只是想获得关注。"

"相信我，他会得到关注的，"拉德克转移了视线，"看见他的机关枪了吧？"

卢卡突然打了个喷嚏。楼梯井里落满了灰尘，厨房散发出尿液和甲醛的气味，卢卡开始怀疑谣言的真实性，猜想厨房是否真的被改造成了太平间。楼梯井里有一阵风吹过，这风是从门缝溜进来的，卢卡打了个寒战。拉德克用小手电筒照着卢卡的脸，看了看他长时间没见过太阳的眼睛。拉德克掏出一副太阳镜，递给了卢卡。

"别摘下来，一秒钟都不行。"

卢卡试戴了一下。"不行，太大了。"他一边说，一边把眼镜往鼻子上推着。

"这可不妙。你都已经六个星期没见过太阳了，不戴太阳镜出去的话，你可能会失明。你要答应我，不会跟切特尼克说话。"拉德克强调说，接着打开了门。

"我动作很快的，哪怕我离开了，你也发现不了。"

卢卡躬身走到了街上，他把太阳镜紧紧扣在自己的小脸上。想到即将亲眼看见狙击手，卢卡心里很激动，但又有点儿害怕。他缓缓睁开眼睛，努力适应刺眼的强光，武科瓦尔慢慢呈现在他的面前。

这里被夷为平地了，街道和房屋都没能幸免。汽车翻倒在地，引擎盖敞开着，发动机和电池都被偷走了。火炮摧毁了整个街区，混凝土铺设的人行道被分割断裂，弯曲翘起，上面还镶嵌着子弹。整条街看起来很像月球表面，迫击炮弹弄得它伤痕累累、坑坑洼洼。卢卡看看这个洞，再看看另一个洞，想试着重现城里的线路，根据自己的记忆将它复原。他记起了几家店铺的位置：先是约维奇咖啡馆，然后是维奥利客蛋糕店，接下来是一家自行车店。他认出了报摊，它的遮阳篷被炮火弄得支离破碎，绿帆布在风中抖动着。邮局大楼烧焦了，只有一个邮筒孤零零地伫立在外面。防空洞里的那位老人有一家理发店，店外红白条纹的柱子没有受损，收银机里的钱却遭到洗劫，收银机翻倒在人行道上，而且生了锈。拉德克说的没错，武科瓦尔已经不是卢卡记忆中的样子了。

远处响起了警笛声，从一栋楼里随之传出了机关枪的声音。卢卡绷紧了身体，看到一辆南斯拉夫人民军的坦克停在了医院外。武装的后备兵抽着烟，把空啤酒瓶砸在台阶上。卢卡看着坦克旁边的士兵，感觉到他们投来的视线。他拉高了衣领，心里想着，他的鼓可能会在任何一个地方。

卢卡不记得自己匆忙赶往防空洞的具体细节，也不记得丢鼓的具体时间。南斯拉夫军队放火烧了武科瓦尔外面的村庄，正在向城市中心挺进。食物和水电的供应被切断，电话线路也未能幸免于难。每个十字路口都设置了坦克陷阱，用铁丝网遮掩着，可是南斯拉夫军队还是设法来到了这里，对这块富含石油的宝地宣示了所有权。到8月底时，他们已经从地图上"抹去"了小镇科捷沃，花费了十二个小时"清理地面"。卢卡不理解：遍地都是尸体，怎么可能清理得干净？

尸体在科捷沃随处可见，在卢卡家乡的街头也是一样，这些尸体被当地的掘墓人扔进卡车里。在卢卡和妈妈逃离街区的那天，有一个身形瘦高的掘墓人曾阻拦卢卡去瞧那些尸体。他虽然用手帕蒙住卢卡的眼睛，可还是晚了一步。

卢卡想起自己看过的那具碎尸。死者的眼睛瞪着他，竟然流露出歉疚的神情，就好像它们犯了错，被判决不准擅自合上。他再也不想看见类似的尸体了，突然，他想要跑回防空洞去。只要敲一下门，拉德克就会放他进去；只要一下，他将回归安全。不过，防空洞里的日子他一天都受不了了。他现在也没什么可失去的，他已经长大了，可以自己上街了。他不需要卫兵保护，也不需要自己配枪。

听到玻璃破碎的声音，卢卡转过了头。他看到士兵们将空瓶子扔到街上，而且还在调着手表。卢卡不知道他们在等待什么，但可以肯定等的不是他。卢卡从防空洞离开，在弹坑和碎石之间穿梭着。学校操场后面有一家欧宝汽车的特许经销店，里面一辆车都没有了，甚至连门都被偷走了。树干上喷了漆，上面写着"塞尔维亚万岁"。这些黑体字内容都差不多，学校操场上也有相似的套话，写的是"这是塞尔维亚"。

卢卡走到篮球场边，捂住了自己的嘴：场地被淹了，水坑里向外冒着金属腥味的泡沫。旗杆上，一面支离破碎的克罗地亚国旗在傲然飘扬。这情景显得那么陌生。学校里有一个吉祥物叫米奇，它是一只大麦町幼犬。此刻，米奇被捆绑着后腿，跟另一个剥光了衣服的玩偶一起，悬挂在生了锈的篮球筐边。它的喉咙被撕开了，还在向外冒血。

卢卡胸口一紧。他屏住了呼吸，感觉到大腿内侧突然刺痛起来，由温热变得冰凉。他向下看了看，无法克制自己的念头：他想在"这是塞尔维亚"几个单词上撒尿。他心里想：这明明是撒谎啊，塞尔维亚才不是这个样子，克罗地亚也不是。在他的家乡，这种事情是不可能发生的。电影里会发生坏事，坏人会遭报应。但这是现实，并不是电影。

"米奇？"

卢卡抬眼去看那只小狗，风向后吹着它的耳朵。卢卡从狗的前爪中间挑出一颗石子，将它用力抛出去，击中了碎石路上一个滚动的空易拉罐。

太阳镜从卢卡的脸上滑落，掉入了水坑。他弯下身去捡，却在水里认出了切特尼克袖标的倒影。只听扳机"咔嗒"一声，冰冷的步枪抵住了卢卡的脑袋。

"你不知道吗？学校已经不上课了。"

卢卡慢慢转过身，塞尔维亚士兵正用修长的手指抚摩着瞄准镜。士兵留着一头暗色的须状头发，身上散发着酒气。缝合的印记像铁轨似的交织在他的脸上，他拉了拉手中的锤子。

卢卡感觉脑后突然一缩，将目光投向了碎石路，想要避开水面上射来的光线。士兵从水坑里捡起了太阳镜，递给面前的男孩儿。

"是你的？"

卢卡点点头，他紧闭双眼，小手在空气里乱抓一通。他蹲下来摸索着太阳镜，却感觉到水坑里冰凉的水正从眼镜上滴下来。卢卡一时说不出话来，就好像他的声音溜进了肚子里似的。

"我不可以把它摘下来的。"

"已经没什么可看的了，小家伙。"

士兵将太阳镜丢在右靴旁，用脚踩上去，鞋跟儿把镜框压碎了。他捧起塑料碎片，把它们撒在男孩儿的肩上。

"留作纪念吧。"他咕哝道。

卢卡缩了缩身体，把后背挤压进篮球架杆之中。他希望自己可以缩成一团，滚落进街上的某个弹坑里。

士兵从前面的衣袋里掏出一个长颈瓶，旋开了瓶盖。

"来一口吗？"

卢卡闻到了酒精味，胃里开始翻腾。

"不。我丢了东西，还在找。"他小声回应道。此时，卢卡还保持着蜷缩的姿势，不敢站直身体。牛仔裤被打湿了，下面的皮肤湿冷刺痛，卢卡希望后备兵不会发现。

士兵"咕咚、咕咚"地喝着酒，就好像站在水槽边似的，边说话边打着嗝儿："一切东西都丢了。你丢了什么？"

"我的鼓。"

士兵似乎一下子来了兴趣，仿佛男孩儿提起了他所忘记的某个东西：也许是一品脱牛奶、一个鸡蛋、一块面包，或者是一款很久没玩儿的游戏。士兵掏出了一支烟，端详着男孩儿。

"它长什么样儿？"

卢卡伸出了双手，开始联想："是人的头骨做的。"

士兵将瓶里的酒一饮而尽，把余下的几滴抖落到舌头上，说："小家伙，我见过的头骨多了去了。相信我，没有哪个能做成鼓的。"

自动手枪的射击喷雾打断了后备兵的话。他丢下瓶子，把男孩儿拽至自己的膝盖，卢卡的牛仔裤在拉扯中破了一个洞。手榴弹如雨点般掉落在校园里，粉碎了古巴洛克风格的拱廊里的柱子。

"快跑！"

卢卡紧紧跟随后备兵，匍匐着爬过碎石路，毛衣被泥水浸湿了。这位年轻的塞尔维亚士兵喝得大醉，没办法给枪上子弹，于是他把枪塞给了卢卡。

"你来。"

"我不知道怎么弄。"卢卡说。

"你得帮我！"

卢卡的脸上滑过了一滴眼泪。后备兵伸出手掌拍了过去，就好像那眼泪是一只飞虫。

"拿好。"

士兵把枪推到卢卡的下巴，将他的手掌心朝上翻过来去接子弹，可卢卡并未接住，使得子弹散落在地。新一轮的自动枪声划过他们的上空，点燃了学校建筑物的房顶。士兵继续咒骂着，手指没什么力气，没法装弹了。

卢卡一动不动，专注地看着那只悬挂在篮球筐边的小狗。它的尾巴被枪打掉了，像破败的绳子般落在卢卡脚边。卢卡向后伸手去摸它，不太相信它是真的，上面的皮毛又湿又黏，还带着气浪的余温。他从那松软的尾巴上抽离了手指，这时自动手枪的子弹掀翻了卢卡手边的沥青，弹片嵌入了他的手腕。

塞尔维亚士兵摔倒在地，他后背中枪，不能动弹了，鲜血不断地从他衣服上的洞里向外渗出来。

士兵抓住卢卡的脚踝，连拇指的指甲都嵌入了他的肉里，这使得卢卡没法挣脱。"你不能丢下我。"他呻吟着。

"我去找人帮忙，我妈妈是护士。"

"她不会帮塞尔维亚人的。"

卢卡凝视着他的眼睛，回应说："可她嫁了一个塞尔维亚人。"

后备兵放开了卢卡的脚踝，伸出手来，温柔地摸了摸他的脸颊，面露关切之色。男孩儿在退缩，躲闪着他的触碰。

"真的很抱歉，"他说，"原来你也是我们中的一员。"

说完，士兵收回了手。他仍然趴在操场上，一道血流把他和卢卡隔离开来。没有迹象表明这个人还能再站起来。米格式喷气式飞机向着街区俯冲下来，巨大的声音击碎了他的话。

"求你……救救我。"

卢卡伸手捡起散落在地上的三颗子弹，匆忙放进了嘴里。他用舌头舔了舔，接着统统都吞了下去。

卢卡记不清接下来发生了什么，他的记忆不肯回溯到很长时间以前发生的事情。由于强光导致暂时失明，卢卡跌跌撞撞地走在碎石和破瓦片之间，设法将塞尔维亚士兵拖行了三千米。经过千辛万苦到了医院后，卢卡发现那个士兵面色发紫，已经没了呼吸。

他们到达的时候，天已经黑了。空气中泛着橙色的光，在炮火中闪动，一排人民军坦克把整条街都封锁了。卢卡记住了一切仿佛失控的样子，成群的伤病员从医院里跑出来，塞尔维亚士兵们开枪打中了一个医生的头。他看到其他士兵将防空洞里的难民押解出来，男子和妇女儿童分列两侧。卢卡在人群里看见了妈妈，于是大声呼喊她，可惜炮火声太大，妈妈没有听见。她搭上一辆校车，从烟柱后面消失了。

卢卡站在那儿一动不动，直到一辆南斯拉夫军队的坦克停在了他的面前。卢卡一时并未察觉，士兵也没打算用火炮把他推开。坦克里爬出来一名军官，他摇了摇卢卡，高声说着什么，卢卡只看到他的嘴唇在动着。军官又喊了一遍。

"我是问，你是克罗地亚人还是塞尔维亚人？"

"塞尔维亚人。"卢卡脱口而出。

"那你可以留下，这座城市现在是你们的了。"他一边说着，一边从背心口袋里掏出一支烟，把它塞到卢卡的嘴里。他又回到坦克里，继续开他的枪。如果男孩儿刚才说他是克罗地亚人的话，这颗子弹早已射向他了，但现在只是打中了街上的一个空梅子白兰地酒瓶。

在这之后，卢卡只记得一切都寂静下来。跟他在防空洞里所感受到的相比，这种寂静更让人难以忍受。就在这寂静之中，那位老奶奶的话又响了起来："永远不要让别人来告诉你，你是谁。"

第二章

　　萨拉·福斯特将脸颊紧贴窗口，盼望着飞机可以早点儿着陆。傍晚时刻，飞机在多瑙河上空盘旋良久，突然朝左边倾斜，一直向南方飞去，布达佩斯的灯光渐渐消失在了黑暗中。

　　她转过头，看见其他老师露出了担忧的神色。飞机降落在一处断裂的跑道上，近地面泛着蓝色的雾，随风飘飞的雪闪烁着红光。舱门打开了，外面一片黑暗，机舱里涌入了一阵冷风。

　　对讲机中传出了模糊的声音："圣诞快乐。"

　　来到停机坪上，迎接他们的是一个自称伽博的胖男人。他在行李中间来回走动，一一核对着剪贴板上的物品，时不时地抓抓双下巴上的山羊胡子。此人身形短粗，身穿一条尼龙运动裤，上衣外面套着一件防弹衣，胸膛高挺着。他戴着一串金色的十字架项链，上面映照着月光。

　　他一边打电话，一边用鞋尖去踢飞机跑道，不停地剐蹭那些结了冰的水坑。

他说着简单的英语："老师们到这边，译员们到那边。"

人们站着没动，一时谁也没反应过来。萨拉看向身旁高大的金发男子，他是一名加拿大人。男子的衣服上有一个红枫叶图案的补丁，萨拉看到这个图案后就从法兰克福机场一直跟着这名男子，这让她感觉自己离家更近了。萨拉碰了下他的肩膀。"我以为来的都是老师。"她开口说道，尽力浅化自己的得克萨斯州拖腔。

男子摇了摇头，低声说："他们并不需要老师。"

听到这句话后，萨拉有些好奇，她挺直了身体，眼睛盯着男子。萨拉见他露出过同样的表情，那是在空乘员将他错认为美国人的时候。

"大多数是译员。"他说。

萨拉的手指冻得发疼，于是她戴上了手套。

"你翻译什么？"萨拉问道。

"故事。"

"故事？"

加拿大人向后仰头，望了望天空。

"难民的故事，"他继续说，一边解读着萨拉睁大的眼睛，"你第一次教书？"

"是的。"

"教英语？"

萨拉点了点头。

加拿大译员继续说了下去，尽可能地帮助她理解："我翻译的是已经成为过去时的东西，而你是要把现在时教给难民，帮助他们忘记过去。"他一边说，一边端详着眼前的女孩儿：她长得很漂亮，有大大的绿色眼眸和红色的飘逸秀发，肌肤完美无瑕，只在下巴那儿有一道疤痕。女孩儿天真烂漫，比其他乘客都年轻。她显然毫无准备，而且也一无所知，不清楚自己为什么来到这里。

"祝你好运。"他说。

"你要去哪儿？"

"萨格勒布、杜布罗夫尼克旧城，还有贝尔格莱德，"说完，他耸了耸肩，"哪里有故事要讲，我就去哪里。不然，你觉得我们为什么会在这儿着陆？"

萨拉难以置信地盯着加拿大译员，她以前从没听过他说的前两个城市，而提到贝尔格莱德，她倒是知道斐迪南大公遇刺事件和"一战"爆发都跟它有关。不过，萨拉更熟悉南斯拉夫人，也听说过蹩脚的汽车笑话。对于最近发生的冲突，萨拉并不了解细节，只知道新闻报道里似乎一团糟。

译员们正在登上一辆巴士，加拿大人跟了过去，车门在他们身后关闭了。萨拉站在原地，目光追随着那名男子。夜色中，汽车排气管吐出了一团烟。萨拉双手握拳插进口袋，脑子里在想着那位加拿大人和她自己的工作。她想去追赶那辆车，再向男子打听些什么；她想知道他要去哪里，他们要在圣诞节这样的日子去哪里。

"萨拉·福斯特？"

听到自己的名字，萨拉转过了身。尽管穿着很厚的衣服，她还是感觉到了伽博的手落在肩上的重量。她紧紧蜷着手指，仿佛自己的骨头会被他拆下来扔出去似的。伽博打了个响指。

"请出示护照。"

萨拉看了看其他老师。他们一共有六个人，每人都瞪大了眼睛，神情紧张无措。机上的乘客都走了，停机坪上只剩下了他们。

"请各位把护照拿出来。"

伽博有些不耐烦地伸出手来。老师们纷纷掀开毛料衣物和保暖内衣,动手解着自己的腰包。风从跑道上刮过,他们的动作慢了下来,血液在寒冷中变得黏稠。

伽博走向前,把护照收了上来。他掏出了六个邮票模样的粉色工作签证,用舌头舔了舔,然后将它们粘在护照内页上,又用拇指的指肚抹了抹上面的口水。这一幕让老师们初次见识到了东南欧的粗俗礼仪,提出卫生保健的权利有了正当理由。伽博把护照还给每个老师,又握了握手。

"我叫奇科什·伽博。"他这样介绍自己,按照匈牙利的习俗先报出了姓氏。

见面以后,伽博的目光就再也没从萨拉身上移开过。当着他的面,萨拉很不自在地扭了扭身体。冷风吹着她的脚踝,冷意直达骨头。飞机引擎已经关闭,跑道上一片漆黑,万籁俱寂。在萨拉和飞机中间,伽博站成了一道剪影。他的脸上蓄着胡须,面色苍白,似乎永远都是一副困惑的神情。伽博窝起手围住了打火机,眼白随着火苗而颤动,他有点儿心绪不宁。

"我是难民营的负责人,"他说,"到了卓各希德,你们的工作要向我汇报。"

"捉个……细的?"她以为自己听错了。

"没错,是卓各希德,镇子里有很多桥。"

"那么,布达佩斯呢?"

伽博合上了打火机的盖子,在黑暗中靠近了萨拉,呼吸中带有甘草和香烟的味道。"布达佩斯,"他说,"已经满员了。"

"可我们是跟教育部签过文件的。"

"但没法安置你。"

萨拉迷惑地盯着他："职位不是空缺很多吗？"

"萨拉，这里的事情是瞬息万变的。"

按照匈牙利人的习惯，伽博将重音放在了第一个音节。他叫出了萨拉的名字，似乎已经独自排练了上千遍。

"萨拉，你的名字是萨拉·福斯特，家住美国得克萨斯州奥斯汀市，对吗？"

"是的，"她答道，"我觉得自己不该来这儿。"

萨拉看向其他人。几位老师都一言不发地吸着烟，火光忽明忽暗。

"难民不在布达佩斯。他们在克罗地亚，边境线的另一侧。"

"克罗地亚？"

伽博揉了揉两鬓的秃块，掏出一支烟，然后笑了。他已经看惯了人们受惊的样子，甚至在亲眼看见这个词所引起的不适时，他竟然还能收获一种别样的乐趣。他就像变魔术一般，将这个词像兔子似的放在舌头上，借着脱口而出的机会去检测媒体的消息是否属实。伽博可以把实情告诉萨拉，而其他人依然一无所知。这些人并未花时间去了解这场冲突，更糟糕的是，他们将原因归结于冲突的复杂性。克罗地亚并非爱尔兰，它们是不一样的。

"也许你弄错了。"萨拉说。

"我并没有错，有的只是经验教训。不过，别担心，你一定会去匈牙利的。"

伽博又笑了，在黑暗中划出了金属的点点碎光。

萨拉绷紧下巴，抓住了自己的腰包，里面不小心掉出了合同、护照复印件和信用卡，连同十张一百美元面额的纸币一起纷纷浸泡在泥水里。萨拉飞快地捡起文件并打开了合同，用手指着上面的签字。

"这里写着，我的工作地点是布达佩斯。"

伽博把那张纸扯了过来，仔细看了看。"钢笔字没有任何意义，"他将纸揉成一团，"在巴尔干，契约都是用鲜血签订的。"

说完，他把纸团扔在了萨拉的脚下。

"可我不明白。"她说，感觉自己的心脏狂跳不已。

"这又不是你的工作职责，"他答道，"你不必弄明白。"

匈牙利接收了四万八千名难民，伽博需要外力帮助他管理四个难民营。老师们在匈牙利教书，但学生并不是匈牙利人。他们的工作内容与其说是教英语，倒不如说是播种希望：一来学习英语能够激发人们在西方开始新生活的热情，二来也可以帮助消除难民接收国所承受的负担。伽博并没有说谎，只是略掉了细节。

伽博走向路边一辆带有红十字标记的白色货车。他招手示意老师们跟过去，大家一起上车。萨拉经过门口时，伽博的手里抓了一把雪。他的话柔和很多，语气里满是歉意。

"我们不奢望你能够理解什么是生存。"他说道，眼睛紧盯着萨拉，似乎还想再说些什么。他的手指在门锁上敲了敲，随后关上了门。

萨拉和英语老师们坐在一起，周围是成箱的注射器、消毒纱布包和冷冻血袋。货车后门上，在快要脱落的曼彻斯特联队的画报里，著名的威尔士足球运动员瑞恩·吉格斯在微笑。这张孩子般的笑脸非常讨人喜欢，给他们留下了最深刻的印象。收音机已经调到了地方电台频道。伽博在哼唱着巴尔干民谣，着迷于一首黑色嘉年华风格的歌曲的歌词，他的语调里满是愉悦和恣意。伽博驾驶着货车，每每到了转弯儿时，车厢后座上的老师们就被甩来甩去，而转弯儿处又非常多，他们不知道自己在被带往哪个方向。外面什么都看不见。被子弹击中的玻璃呈现出网状图案，窗子已经用胶带封紧，外面覆盖的厚纸在风中抖动拉扯着。

萨拉抱着膝盖，在货车冰冷的钢铁内壁上撑住自己的身体，试图弄清楚当下的情况。她并不想去匈牙利给难民们教书，她想教的是那些身穿制服的布达佩斯名流的子女。

货车猛一转弯儿上了铁轨，橡胶轮胎在轨道间如波浪般起伏。存放在货车架子上的血袋滑离原位，砸落到了地板上。萨拉伸出双手捧起了一个冷冻血袋，猜想着给难民们提供血液的会是什么人。

货车沿着多瑙河向北而行，沿途经过了白色的农舍和茅草屋顶的小屋，葡萄园和杏树遍布在山丘上。黎明时分，他们抵达了卓各希德。透过后窗口，萨拉望见了一个火车站。空荡荡的站台上，一家吉卜赛人正演奏着音乐，太阳在小提琴声中冉冉升起。

伽博打开了门，示意老师们下车。他们面前是一座废弃的医院，窗子上钉着栅栏。远处的河流上细密地交织着许多木桥，桥面很狭窄，无法通行货车或汽车。这里的小桥实在很多，多到除非一直待在某个桥的中间不动，否则要走到桥的另一端就难免要跨过其他桥。难民们纷纷向屋子里移动，脚下的旧木板嘎吱作响，被重量压得有些下沉。天气很冷，还起了雾，空气里是刺鼻的煤烟，散发出死亡般的恶臭。

伽博递给每位老师一块折叠的手帕，闻起来有樟脑球和雪松的味道。他没解释这是要做什么，确信他们很快就会明白。老师们由他引路来到了红十字会的帐篷里——破烂的防水布下，立着三张摇晃着的轻便桌子，磨损的塑料帐篷在风中抖动着。

孩子们在雪地里迷了路，又饿着肚子，滑倒在斯大林的半身像旁边。这处难民营原本是共产党医院，在保卫它的战斗过程中，塑像并没有坍塌。撒了盐的台阶闪着蓝光，穿着亮白色袜子的神父站在上面，正为那些觉得自己活不过明天的人作临终祷告。

人行道上停着救护车、警车、货车和巴士，当地旅馆的手推车上堆放着成箱的肥皂和洗发水。伽博向老师们概述了一下当前的形势。听到他冷静超然的声音，萨拉心里有些发慌。据说校园无线电台在午夜时接到消息称，当地将迁入一批难民，于是居民们穿起睡衣裤忙碌起来。他们从厨房里拿出杯子，倒好咖啡和茶水用作招待。孩子们也把自己床上的毯子捐献出来，一起放进了成堆的毛料衣物里，上面还留有人的体温和各家各户的气息。精美的蛋糕和点心在受困的人群里流动传递，但并未起到安慰作用。

"他们不会感激你的，"伽博说，"不过不要介意，他们现在义愤填膺，做不到亲切友善。别想太多，我们只管把他们安顿好。"

他解释说，克罗地亚的武科瓦尔已在11月落入了塞尔维亚人手中。市民们认为，总统图季曼之所以牺牲该城，为的是要获得国际社会的同情。迫击炮摧毁了这座多瑙河沿岸的美丽城市，截至8月，逃亡人数已经达到三万五千，另外的一万五千人选择留下来，他们相信自己会得到图季曼总统的保护。然而，总统并未对外宣战。9月，绵延六英里的坦克大队沿着"兄弟友谊与团结"公路从贝尔格莱德长驱直入，对这座城市宣示了所有权，对他们声称要加以解放的这座城市进行着破坏。即便到了这样的关头，总统图季曼依然没有宣战还击。武科瓦尔损失了两千名男丁，此刻他们的妻儿正因为自己弄洒了茶水而向难民营的工作人员道歉。

"对不起，把您的衣服弄脏了，我来清理吧。"一个女人对萨拉说。说话的是一位漂亮女人，脚踩一双白色的粗底护士鞋。她说起英语来，就像大多数年轻的克罗地亚女性一样。女人蓝色的双眸明亮有神，额头微皱，面露忧愁之色。她带着一只儿童款手提箱，上面贴满了跳舞的小熊贴纸。

"不要紧，"萨拉说，"弄上的只是茶水。"

不知是哪个孩子把足球踢进了帐篷，护士倒吸了一口冷气，她的面颊被球擦伤了。萨拉伸出手，及时抓住了球："好险。"

"这经常发生。"护士说。萨拉把球从护士的脸部移开，放了下去。"我叫伊莱娜·米拉诺维奇。"护士做了自我介绍，同时伸出手来。

"你好，我叫萨拉·福斯特，很高兴认识你。"萨拉突然有点儿局促。

"我也是。"伊莱娜回应道。她带着手提箱从萨拉身旁经过，独自走向难民营。到门口时，她停下脚步，目光注视着男孩子们。

一个在衣服上别着瑞典国旗徽章的女人向萨拉靠了过来，小声说道："不要让这些人抱什么希望。"

"我刚才说错什么了吗？"

"你说了'不要紧'，可这里就没有不要紧的东西。"

说完，她又转身去忙了。有一个女人忘了把老花镜放在了哪里，无法看清楚登记表。于是，瑞典女人为她指出了表格的具体位置，好让她填写信息。瑞典女人的左臂里环抱着一个婴儿，婴儿被包裹在运动外套里，外套的两只袖子垂落到了她的腰部。萨拉看不出来，小婴儿究竟是睡着了还是死了。她感觉肩膀上被人轻轻拍了一下，转过身发现一群孩子正等着她归还足球，于是把球轻轻地抛了过去。萨拉察觉到，这些孩子没有任何人监管，他们衣服的拉链没有拉上，鼻子冻得发红，流着鼻涕。

"他们的父母呢？"

"都不在了。"

瑞典女人观察着萨拉的脸色，在其他红十字会工作者的脸上，她曾看到过痛苦之色。她敢断定，萨拉撑不过一个星期。难民们会削弱她的意志，还没等她有机会把包裹取下来，他们就会让她卷铺盖走人。在难民营里，瑞典女人见过有许多老师来了又走了，他们当中谁都没有勇气和难民一起生活，尽管不用成为真正的难民。这里所接纳的是那些不会为了生存而丧失同情心的人。无论怎样，萨拉·福斯特这个姑娘似乎有些与众不同，她留着红色的飘逸秀发，仿佛把这里当成了观光地。

"他们怎么了？"萨拉问道。

"你想得到答案，可我们的工作任务并不是提问题，"瑞典女人一边说，一边朝着笔尖吹气，"别再问了，细节有可能是致命的。我们不妨只关注一些基本需求，比如鞋码大小、衣物的内缝，是否有过敏反应出现，还有用药情况怎么样。对了，我叫莉森，你是萨拉·福斯特吧？"

萨拉绷紧了身体。她望着眼前移动的人群，队列里都是女性。站在桥上的似乎是唯一的男性，此刻正被孩子们簇拥着索要签名。他身穿一件白色的长款雨衣，带着一只大箱子，年纪比萨拉大不了多少。女人们一边看着他，一边窃窃私语，他的出现使大家突然活跃起来。人群依然相互依偎着抵御严寒，害怕会再次分离。她们在身体一侧挎着鼓起的尼龙袋，里面装着衣服、照片、儿童玩偶、塑料闹钟、挂历和婴儿汤匙。她们身上散发出烟熏的木料味道，脸上沾着灰。尿液、汗水和烟酒的气味混合在一起，向外散发着恶臭。萨拉拿出伽博给的那块手帕，樟脑的味道让她心怀感激。

萨拉还是第一次见到这么多精疲力竭的人。她猜想，难民们之所以如此疲劳，与其说是因为睡眠不足，不如说是由于不敢入睡，仿佛闭上眼睛，恐怖的画面就会涌现出来，而那些画面是她们永远不想再见到的。她们望向萨拉，内心感到屈辱和沮丧，神情有些懊恼，血腥杀戮的场面在脑海里挥之不去。作为英语老师，萨拉既没办法扭转难民的命运，又无法肯定他们是否能够在这里过上另一种生活。

一个小女孩儿挣脱了妈妈的手，走出了队列。她在圆点连衣裙外罩了一件海军水手短外套，裙子的边缘从下面微微露了出来。她把手伸进口袋，掏出一个金色的盒式吊坠，放在萨拉面前。小女孩儿的手冻僵了，打不开它。

"我来帮你吧！"

萨拉打开吊坠，里面是一只大麦町幼犬的照片，它的脖子上系着红色蝴蝶结。小女孩儿指了指自己，用手卷着下巴处的几绺金发："这是我们的小狗，"她说，"是学校里的……"

萨拉莞尔一笑，明白小女孩儿想要说的是"吉祥物"。

"它真漂亮。"

小女孩儿点点头，深吸了一口气，努力找着合适的词来表达自己的意思。"它叫米奇，"她介绍说，把吊坠放在了桌子上，"我们再也见不到它了。"

小女孩儿伸手去抓滑雪服摇摆的袖子。她的妈妈转过身，面带歉意地看了萨拉一眼，然后继续走向了那栋楼，准备开始一段新的生活。

萨拉想让女人停止脚步，将一切人和事都冰封起来。她想用遥控器或别的什么设备来控制眼前的影像，要么调节成静音状态，要么快进让它们直接消失，因为这一切都让她觉得不真实。她待在帐篷里，身边的老师们在用三种语言交流。"萨拉。"

她闻声抬起头，看到伽博手握一只冒着热气的杯子站在她面前。杯子上是一面手绘的美国国旗，由于星星和条纹画得太少，它看上去并不像真的。

"里面是热巧克力。"伽博把杯子递给她，可萨拉不能伸手去接，当着其他难民的面儿，她觉得有些难为情。

"你还好吗？"

萨拉摇了摇头。

"喝吧，"伽博一边说，一边留意到她的手，"你的手指都冻紫了。"

萨拉感觉体内突然涌起一股热浪，她转身便吐到了雪中，溅在了伽博的鞋上。伽博脱掉了鞋，在椅背上利落地拍打着，此时瑞典女人伸出手碰了碰萨拉的肩膀。

"进里面去吧，"莉森劝她，"剩下的人我来登记。"

萨拉无助地看着难民。一位老妇人从队列里走出来，径直来到了桌边。她把一块亚麻手帕塞进萨拉的手中，手帕上是薰衣草和皮革的味道，萨拉拿起它擦了擦嘴角。"谢谢。"她说。

妇人笑了。她有着金色的头发和大大的蓝眼睛，她的脸庞让萨拉想起了苹果娃娃。她的双唇涂了粉色的口红，尽管在奔波中融化后又凝成了硬块，但她还是不嫌麻烦地涂上了它。

"站起来，萨拉，"伽博劝她，"你快要冻住了。"

萨拉坐了四个小时了，太阳已经开始沉入营地的后方。伽博从桌子那儿迅速拉起她走进楼里，其他老师正在往一辆梅赛德斯车的后备厢里放手提箱。萨拉瞧货车看了一眼，车轮旁边的雪泥里浸泡着红色的行李袋。

"他们忘了我的包。"

"你待在这儿，我去帮你拿回来。"伽博说道，在她身后关上门离开了。

萨拉站在走廊里，脚下踩着栗色的方形油布，上面有鞋子和拐杖留下的痕迹。她嘴里有些发酸，在阴暗的走廊里环顾四周，想找到卫生间，可除了闪烁的日光灯外很难看到别的东西，仅有的其他几点光芒来自一棵假松树，上面用金属丝系着纸折的天使。

楼里很热，空气中散发着陈旧的味道。萨拉走到卫生间，小便池旁有一个神志不清的老人正打着鼾，骨瘦如柴的手指缠着一个棕色的啤酒瓶。萨拉绕过他走向水池，放开了水。管道里喷溅出一堆铁锈，萨拉立刻关掉了它。

"他醉醺醺的已经有一个月了。"伽博的声音从门口传来。说完，他走向了老人，从他的手中把啤酒瓶拿下来，老人被惊醒了。伽博咒骂了几句，把瓶子扔到了墙上，啤酒瓶在老人的头顶上方打破了。他猛地伸手把老人拉到脚边，指了指门。老人用手触到墙壁，摸索着向走廊走去，他的裤子被弄脏了。看到萨拉，老人的脚步停顿了一下，随后走上前，亲了她的双颊，嘴里还叫着她"马娅"。

"马娅已经死了！"伽博吼道，把他从萨拉的身边拉开。

老人愣了一下，羞愧地低下头，被伽博推出了门外。萨拉擦了擦脸上的口水，手指上沾染了老人的气息。此刻，她在厌恶和同情的情绪中挣扎着。

"我猜，你可能长得很像他认识的某个人吧。"伽博说，从壁砖上擦掉了老人的指印。他扫了一眼地上的玻璃碎片，这乱糟糟的场景让他厌恶："并不总是这样的，还有一线希望。"

走廊里传来了老人的咳嗽声。

"他会回去吗？"萨拉问道。

"回哪里？"

"他家。"

伽博把手指压在下唇上，仿佛萨拉刚刚说了什么禁忌。他低语道："难民是没有家的，所以才会来这里。他们可以浪迹天涯，但无论在哪儿都是异乡人，因为他们的国家亡了。"

一只灯泡"嘶嘶"作响，随后便爆裂了。他们陷入了黑暗中。

伽博领着萨拉在走廊里走着，旁边有女人和孩子在手忙脚乱地整理行李。看到萨拉经过，他们停顿了片刻，猛然想到了她的身份。大部分孩子和年轻妈妈都坐在地板上，疲惫的年长者们却挣扎着站了起来，艰难地伸出手去摸她，用母语含混不清地表达着自己的喜悦，对她的到来表示欢迎。他们往萨拉的手和口袋里塞进了一些小礼物，包括塑料花、纽扣、吃剩一半的巧克力棒、蕾丝桌垫、空烟盒和钩针编织的纸巾盒。"老师！老师！"孩子们喊叫着，把自己的蜡笔画和彩色铅笔画送给了她，画面上有彩虹、河流、房子和树木，还有摧毁了它们的坦克。

萨拉动了动身体，无法躲避他们的触碰。她把手抽了回来，不清楚自己可以教给他们什么。幸好那些十几岁的孩子没有跟着一起来，此刻他们正在别的房间里，横七竖八地躺在双层床上用耳机听歌。墙上贴着海报和空的万宝路烟盒，挂着一个十字架，还有从本族语言的杂志上撕下来的广告。墙上还画着一只手掌，在竖起的中指上方写着一行英文：老师，别管我。

一大早，在伽博巡视难民营回来后，萨拉发誓要离开这里。整件事就是一个错误。她想去德布勒森或贝凯什乔包市跟其他老师会合，除了卓各希德的难民营，随便去哪里都好。萨拉了解到一点儿这里的历史，知道伽博是如何成了负责人以及他有多热爱美国的理念——在"庇护所"身份的基础上建立整个国度。

"说吧，为什么会觉得虚弱和疲惫。"伽博一边说，一边从书桌抽屉里取出来一张已经风化了的自由女神像的明信片。"我叔叔去过格雷斯兰，"他说，"我的第一个女儿伊莉斯是以同名岛屿命名的。"

"是埃利斯岛才对。"萨拉纠正他道。

"是吗？我的狗叫埃维斯。"

伽博实在提不起兴趣去处理琐事，于是便领萨拉去参观了自己的办公室。他细致地抹去了白兰地酒杯上的灰尘，就好像它们是小奖杯似的。接着，他又骄傲地展示了各国为难民营送来的小玩意儿：成箱的瑞士巧克力、未拆封的丹麦蓝罐曲奇饼。

"有很多人送你礼物吗？"萨拉问。

"算不上，大多是给难民的。"

"大多？"

伽博笑着耸耸肩，打开了曲奇饼的盒子。

"要是有你喜欢的，尽管拿去。"他说。

萨拉凝视着盒子里面。难民们已经失去了太多，她不忍心再拿走他们的任何东西。

难民营里没有什么能让萨拉得到慰藉，连那飘过走廊、给窗子蒙上水雾的炖菜牛肉的香气也不行。伽博领着她登上顶楼并打开了门，里面的房间不禁让人联想到五星级酒店，萨拉一时惊呆了。出现在眼前的是一张特大号床，宽大的办公桌，摆满了密封完好的英语教材的书架，配有软垫的黑色皮椅，还有一块堆放着音响设备、大屏幕电视和录像机的休闲区，装饰性的隔板一直延伸到对面的镜子上。墙上挂有匈牙利前国王马加什的油画画像，其尊贵无比的双眸注视着前方。

伽博把萨拉的行李袋放在了一张铺着丝质床套的床上，鸭绒被因为行李的重量有些下陷。

"我们想让你自在一点儿。"伽博从床边抬头望向萨拉，示意她进去。伽博触摸着脖子上金色的十字架项链，在房间里检查了一遍。

"喜欢这儿吗？装修是我妻子的主意。"

萨拉将身体抵在门框中间："房间很漂亮，我也很喜欢，但我不太可能住在这儿。"她揉了揉前额。想到楼下三家人挤在一间房里，她不可能睡得着。

"我不明白，"伽博说着，脸上写满了失望，"这台电视还可以看呀！"他不能失去她。伽博走到了休闲区，拿起电视遥控器并打开电源，先后调到了英国广播电视和欧洲音乐电视频道，最后定格在了一部复播的电视剧《朱门恩怨》上，它的配音是匈牙利语。

"你知道 J.R 吗？"伽博指着电视屏幕，一脸认真地问。屏幕里，身穿白色西装的拉里 · 哈格曼正在亲吻维多利亚 · 普林西帕尔的手腕内侧。

"我不怎么看电视。"萨拉说。

伽博听了大笑。"你真的是美国人吗？我还从没见过不看电视的人，"他说，"要不要看看风景？"

他走向窗子，拉开了窗帘，用手指着哥特式的双子塔尖——它曾是卓各希德最古老的建筑。太阳已经从这座 20 世纪的城堡后面落了下去，将整座城笼罩在黑暗中。

"风琴值得一看，有 1.1 万个音管，演奏起来棒极了。"

萨拉走到了窗边，望向河流中央的小岛。上面伫立着一座废弃的船屋，屋顶覆盖着积雪。它跟周遭的环境是如此格格不入，看起来如此孤独。萨拉凝望着它，喉咙有些发紧。她将手指按压在玻璃上，描摹着船屋的门廊。她看见那位身穿白色雨衣的年轻男子正在朝一群排队的男孩儿扔雪球。他看起来很友善，跟他们待在一起很自在。萨拉在想，他是否也是一位老师。

"那个人是谁？"

伽博甚至没有向窗外看上一眼，但他已经猜到萨拉会很好奇。

"那个英俊的年轻男人？他叫米兰 · 布雷纳，是从杜布罗夫尼克来的著名音乐家。"

萨拉从窗口转过身来。

"他在这儿做什么？"

"跟其他人一样——生存。你不应该对他另眼相看，我可知道你们美国人有多喜欢追捧名人。"

萨拉咽了一下口水，不知道该说什么。她天生就有好奇心，可面对伽博表面上的漠不关心，她变得不知所措。萨拉再次看向窗外，米兰正帮一个男孩儿解开衣服拉链。这时，一阵风将足球吹了起来，飞过桥面掉进了水里。孩子们挨着冻，站在那儿看它在水中漂浮。

"来这儿的孩子越来越多，可是他们都没有父母在身边。"她惊讶地说道。

"没错，只要战争还没有停止，这种情况就会一直存在，所以我在这里放了一台电视机看，排除外界的干扰。"

这时门打开了，萨拉站到了一旁。进来的是一位相貌平凡的中年女人，她把长尼龙袜卷了又卷，堆积在了脚踝处。女人用手托着一盘奶酪加本地香肠，上面插着带有匈牙利国旗图案纸贴的牙签。一只绿色的玻璃瓶被打开了盖子，在空气中弥漫开酒精的味道。

"来得正是时候，"伽博说，"能让你心情好点儿。"

他往女人的手里塞了一支烟，然后挥手示意她离开。他端着两杯巴林卡酒（梅子白兰地），快步走向萨拉。

萨拉闻了闻，咳嗽了几声，这味道使她想起了谷类酒精和大学里的男生。

"这是匈牙利的国酒。"伽博将一只酒杯递给她，同时饮下了自己的那杯。他小声地喊了一句："该你了。"

萨拉将白兰地一饮而尽。"我怎样才能帮到这里的人呢？"她问，因为酒精的灼热而皱了皱眉，"他们似乎都会说英语。"

"跟英语无关。"伽博举起了一根手指。

萨拉大笑："可你雇我来不就是因为英语吗？"

伽博转过头，与她四目相对："不，我雇你来，是要让你带给他们希望。"

萨拉无法入睡，摸索着走进幽暗的走廊里，想找到一部电话。难民营里挤满了人，可让她吃惊的是，在这里秩序竟然占了上风——同时占了上风的还有恶臭味。成堆的鞋子整齐地码放在门廊里，仿佛难民们需要的是井然的秩序，并不是什么栖身之地。她悄悄地经过了难民的房间，不希望打扰到他们。

萨拉在楼梯井里找到了一部公用电话，她拿起听筒，计时器上的灯光发出了"嘀嗒"声。一千人要共用一部唯一可用的电话机，这似乎是不可能的，反过来想却说得通：大多数人都有一个电话需要打。

在给国际话务员拨打电话时，萨拉意识到这个电话打得有点儿可笑，没有一个得克萨斯州人会相信她要说的话。电话响了第五声，就在答录机快要启动的时候，萨拉的父亲终于接了电话。在奥斯汀，这恰好是人们的午餐时间。

"你好。"

"爸爸，是我。"

"萨拉？"

她听到电视里播放着夸赞洁厕剂的商业广告歌曲，等到转换频道后，她又听到了情景喜剧里传出的笑声。

"听声音还不错，宝贝。你在那儿还好吗？"他问道。

"很冷……在下雪。"萨拉不自然地回答父亲，喉咙里似有千言万语。

"宝贝？"

"怎么了？"

"你听起来有点儿不对劲儿。"

"其实是非常不对劲儿，我的圣诞节是在飞机上过的。"萨拉说道。她迫切地想再说点儿什么，为增加喜剧效果也好，让人开怀大笑也罢（见鬼，为什么不呢）。她想说的是：我在克罗地亚下了飞机，接着又被关在破罐车的后箱里待了三个小时，下车亲眼看到一千个难民，我当场就吐了。他们的家乡我以前从来没有听说过，当然以后也听不到了，因为那里已经炸成了碎片。

"感谢上帝，你安全到了。我梦见你竟然坐着直升机，降落在了麦田里。你能想象到吗？都是因为我在睡前喝了太多啤酒。等一下，宝贝，让你妈妈来听电话。"

萨拉脸颊有些发烫，她觉得喉咙发紧，于是用衣袖揉了揉。她在调整状态，希望使自己的声音显得欢快点儿，试图掩饰自己的慌乱。萨拉勉强挤出了一个微笑，将电话紧紧地贴在耳朵上。她听到有一把椅子从餐桌下面拉了出来，电话被传递给母亲的时候，听筒在父亲的睡衣上摩擦了一下。

"那里怎么样？我的小甜心。"

"这里……很好，与众不同。"

楼梯井里的灯熄灭了。于是在电话线长允许的范围内，萨拉尽可能地走远了一点儿。她抬起腿，用脚按下按钮，重置了计时器。

"他们很友好吗？"

"谁？"

"你的学生。"

"我还没见过他们……没正式见过面。"

"他们为你举办派对了吗？"

"什么派对？"

"欢迎派对啊,欢迎志愿者的。"

萨拉吸了口气,说:"没有派对,我不觉得会有什么……派对暂时还没办。"

"公寓怎么样?"

"我有一个房间。"

"宝贝,公寓里应该有不止一个房间,对吗?"母亲使用了"公寓"一词,仿佛萨拉正在巴黎避暑。

"说真的,我住的不是公寓,这里只有一个房间。"

"房间里可以做饭吗?"

自从来到这里,萨拉甚至还没有想过亲自做饭或品尝任何美食。就在这时,电话里发出了"嗡嗡"声。通往楼梯井的门打开了,一个难民——那位身穿白色雨衣的年轻男子从萨拉身旁经过,用不太标准的英语跟她打着招呼。

"晚上好,我叫米兰,很高兴见到你。"

萨拉朝他挥挥手。米兰坐到了台阶上,戴着一顶报纸做的帽子。看到他绽露出一个顽皮的微笑,萨拉不由得挺起了身子。米兰用动作示意她挂断电话。

"他说什么?"母亲在电话里问萨拉。

"晚上好。"她答道,年轻人让她心里有些慌乱。

"他们已经在讲英语了啊!"母亲赞叹道。

这时,父亲突然问她:"你在教夜课吗?"

"不,只是我们所有人都住在一起。"

"天哪!你是说跟他们住在一起?"

"没错。"萨拉说,她知道米兰的目光还没从她身上移开。

"简直是上天作孽！"每次听到父亲这样的咒骂声，萨拉都会觉得沮丧，觉得父亲仿佛是在滥用语言咒骂她。她曾跟父亲说过语言是很脆弱的，但他从没放在心上。"它是什么样子的学校？"父亲继续问道。

萨拉停顿了一下。"一所寄宿学校。"她终于说出口，但觉得哪个答案都不理想。她并没有把真相告诉父母，而是决定给出一个他们想听到的、她自己也期盼成真的答案。她不能就这样回家，宁可在这儿面对变化不定的生活，也不愿意在得克萨斯州羞愧地过着没有自我的生活。

"我有学生要用一下电话。"萨拉说，看到米兰正在对她比画着手势。

"宝贝？我们听不清你的声音了……"

信号中断了。米兰从萨拉手中拿起电话，把它放回了原处。就在他碰到她的那一刻，楼梯井里的灯突然熄灭了，萨拉能看到的只有他眼睛的眼白部分。他的身上散发着烟斗丝和肥皂的香味，刚淋浴过的黑发还有些潮湿。萨拉心跳加速，奇怪他为什么要打断她。

"来吧，跟我来，蜡烛被点着了！"他说着，又露出了微笑。

"有火炉吗？"

米兰抓住萨拉的手肘，带着她穿过幽暗的电梯井，来到走廊尽头的一个房间。他在门口停下脚步，踢掉了鞋子。萨拉也照做了，然后被他轻轻推了进去。她赤脚站在那里，周围环绕着其他难民。她从中认出了红十字会帐篷里的人、身穿海军水手短外套的小女孩儿，还有来自武科瓦尔的护士伊莱娜，他们都没精打采地盯着地板上燃烧的蜡烛。床铺被推到了墙边，以便给大家腾出地方，窗子上挂着报纸做的链条。那位瑞典籍的红十字会工作人员从门后走了出来，手里拿着一瓶红葡萄酒。

"欢迎你，"她说，"我以为你不会跟米兰来这里睡觉。"

"跟谁？"

莉森笑了笑，瞥了一眼在墙角拿起小提琴的米兰。

"米兰·布雷纳。"

萨拉有些困惑，摇了摇头。

"他就像是南斯拉夫的博诺！"莉森赞叹道。

"他也是摇滚明星？"

"差不多吧，他是作曲家。其实他是一个神童，为很多著名的国家元首表演过节目，"莉森压低了声音，"有传闻说，他受邀为铁托的五十岁生日表演，可他拒绝了，他这个人不怎么喜欢在公开场合演出。"

"为什么呢？"萨拉问道。米兰刚才要她相信这里有燃烧的火炉，她此刻非常迫切地想要探个究竟。房间里并没有火炉，有的只是当他看向她时，在萨拉的体内涌动着的一股不知名的燥热，仿佛他们之间有电流通过。萨拉从未见过他，但在幽暗的电梯井里，她竟然对他产生了熟悉的感觉，这让她无法理解。

"如果给他足够大的空间，但愿他能为我们表演一次。他这个人非常怯场，可他的音乐很棒，绝对会震撼到你！"

萨拉看到米兰正在给琴弓擦松香。

"所以这个派对是为他举办的？"

"是为他们和你，庆祝你们余生的第一天。"

莉森拔出瓶口的软木塞，将一只杯子倒满，递给了萨拉："为了健康，干杯！"

"哇！半杯就好，我喝得不多。"

"他们也一样。"莉森说着便将盛满了酒的杯子推入萨拉的手里，让她无论如何都要拿着。接下来，莉森开始在房间里四处走动，给众人倒酒。她斟满了一只又一只难民们设法抢救出来的杯子，倒完了一瓶又一瓶葡萄酒，鼓励人们要多喝一些。第三、第四瓶酒见底后，莉森为一个身形高大的难民打开了第五瓶。这个人挂着拐杖在房间里踱着步，头上刚换了绷带。

"他是一个掘墓人。"莉森一边小声告诉萨拉，一边注视着那个神色焦虑的男人。角落里独自坐着一位老妇人，她在将报纸折叠成花朵、帽子和十字架。莉森向她招了招手。妇人用手撑在地上站了起来，托着一串纸折的花从房间那头走到了萨拉面前。她把花朵缠绕成了一个花环，戴在了女孩儿的头顶。

"谢谢您。"萨拉对她说道，同时认出了女人融化了的粉色口红，下午送给她手帕的正是这位老妇人。已经喝醉的老妇人将酒瓶递给了掘墓人，随后跟他一起摇摇晃晃地走到窗边赏雪。

萨拉尝了一小口酒，走向瑞典女人。

"男人们都去哪儿了？"她问，"除了这两个。"

"被埋了，埋在集体坟场。"

"什么？"

莉森指了指窗边的高个子男人："掘墓人活下来了，因为塞尔维亚军队需要他们。米兰太年轻了，本来是不可能活下来的。"

"太年轻是什么意思？"

"在这里，你不可能会见到十八至四十岁的男子。要是真看见了，不妨想象一下他们为了生存做出过什么事情。他们大多数被塞尔维亚人征召入伍了。"

萨拉环视了众人的面庞，她因为喝了酒，脸开始发红。难民们在轻声地用克罗地亚语彼此交谈。米兰正独自一个人待着，他在给小提琴调音。

"他们都来自武科瓦尔吗？"

"大多数吧，但塞尔维亚人会越来越多的，那时情况就不妙了。"

萨拉在烛光下凝视着她："你来这里很久了吗？"

"三年。我见过罗马尼亚人的第一次迁移潮，还有东德人的。"

"我已经很久都没了解过他们中的任何一方了。"

莉森伸出手指晃了晃："我只工作，不求回报。"

"你可以做到置身于他们的故事之外吗？"

莉森将剩下的酒一饮而尽，杯子被打翻，她用舌头舔干净了落在手腕上的酒："不能。要知道，痛苦是会传染的。"

萨拉摇摇头，对她所说的东西一无所知。

"如果你请他们说出自己的痛苦，那他们的痛苦就会变成你的。你要学会保持距离，"莉森放低了声音说，"从你向难民敞开心扉的那一刻开始，一旦开口问他们发生了什么，你就会经历一遍他们的喜怒哀乐。"

"所以你才不会问。"

瑞典女人笑着点了点头。"你在这儿会做得很好的。"她一边说，一边动手解开了萨拉的辫子。茂密的深色秀发如波浪般落了下来，遮盖住了背带裤的肩带。她看上去一副无比闲适、满不在乎的样子，仿佛到了世界上的任何地方都无所谓。

　　萨拉觉得有点儿冷，于是将双手交叉放在胸前。有一个难民因为要吸烟而打开了窗户，进来的一阵寒风吹过了萨拉的脚踝。突然，她隐约听到有音乐从船屋传出来——小提琴独奏的表演者正在尽力调音，此时楼上醒来的孩子在号啕大哭。这种混合的音调跟萨拉听过的都不一样——它并不优美，不是传统意义上的和声，而是受了伤的声音，让听者呼吸一滞，却又让情绪在某种程度上得到了释放。

　　感受到这音乐中的活力，掘墓人不禁鼓起掌，甚至还跳起了民族舞以驱散内心的焦虑。身穿海军水手短外套的小女孩儿牵着他的手，轻快地跳来跳去，尽量跟着他长腿的步伐。很快，其他人也加入进来，大家一起跳起了舞，仿佛身体的移动可以转移他们的失落感。萨拉坐在那里望着他们，想知道是什么赋予了难民们勇气，让他们勇于超越生活中的痛苦和不确定因素。她以为舞蹈还会持续很久，可当难民们把她从地上拉起来加入他们的时候，她感到周围一下子安静下来。听到耳边响起音乐，萨拉抓住了他们的手，心里不禁好奇：这种想要紧紧抓住彼此的需求，是否是她和难民唯一真正所共有的东西？当她看向四周寻找米兰的时候，她才震惊地发现，米兰已经远离派对的人群，去为大家演奏了。

第三章

卢卡打破了沉默，发誓说除了妈妈，这几个月以来的人和事他都不记得了。因此，当他进入作曲家的工作室却被逮个正着，还被要求报出名字的时候，他只是指了指在钢琴旁边长凳上放着的鼓。

"很好。"米兰说道，设法平复着自己的情绪。直到现在，他还觉得这个男孩儿是一个幽灵。过去三个月的晚上，他一直在密切注意着男孩儿，他想要把鼓抢过去。他们都一言不发，鼓就在他伸手可及的地方。

"把它给我。"卢卡要求道。

卢卡倚着墙，一不小心压到了窗子上的玻璃碎片，发出"嘎吱"的声音。他紧张地动了动身子，在这个曾经住过的大房间里跟年轻男子说着话。这是间客房，有一架大钢琴和像儿童床似的装着护栏的床，一摞摞堆放起来的笔记本高过了卢卡的头。卢卡以为自己碰见的会是一个年纪稍长的人，没想到是米兰·布雷纳，他在这之前还从没见过任何名人。空处方瓶杂乱地躺在枕头上，一个白色信封从枕套里滑了出来。床的正上方挂着房间里唯一的图画。在装裱的画像里，一个带着孩子的女人正站在黑暗的孤岛上挥手，岛上长有松柏。画面中弥漫着一丝古怪的禁欲气息，孤独和寂静的气氛在渴求被打破。

卢卡的视线在地板上缓缓移动，然后慢慢抬升，定格在角落里带着手提箱的高大身影上。箱子的接缝处鼓了起来，在拉链坏掉的地方，有裂纹的皮带被紧紧捆在了用来固定行李的挡板外。看到米兰一边用手支撑着自己的腰，一边将手提箱放在地上，卢卡以为他把全世界的重量都装了箱。

"如果不愿意把你的鼓给我，那就由你自己来演奏吧，别因为我在这里你就不敢了，我希望在离开前听一曲肖邦的作品。"作曲家一边说，一边审视着窗外港口里船夫发出的信号，希望那不是恶作剧。

卢卡手里的折刀掉了下来。他没想到这里会有人在，更别说是全国最知名的作曲家了。他原以为这座老建筑已经被遗弃。卢卡已经在杜布罗夫尼克逗留了四个星期，百叶窗在这期间没有打开过。他猜想，原来住在这儿的人是在圣诞节前逃走的。台阶上散落着破碎的蛋壳和啤酒瓶，被人用喷漆写了"切特尼克"的字样。这座房子是塞尔维亚人的，但卢卡知道，现在没有几个塞尔维亚人敢住在杜布罗夫尼克。

城市遭受到了猛烈攻击，损失惨重。尽管如此，许多本地人仍然住在这里，宾馆里还住着从临近村庄来的难民。卢卡不肯去任何一家旅馆，他害怕被安置到孤儿院，作曲家的这间工作室似乎是最安全的藏身之处。雨水从被迫击炮打烂的屋顶上倾泻而下，卢卡看到暴风云正在逼近月亮，可他并没有从雨中走出来，只是开口咒骂着风云变幻的形势。"真够倒霉的。"他想。

与其把鼓让给米兰·布雷纳，不如选择弹钢琴。然而说到肖邦，卢卡一点儿都不了解。那么米奇·哈特呢？他当然是知道的。卢卡还知道基恩·克鲁帕、巴迪·瑞奇——被称为"传奇鼓手"的打击乐先驱，这是他的偶像。而对于古典乐，卢卡真的一无所知。他现在手抖得厉害，很多东西都没办法演奏出来。

"请坐，开始吧。就像在自己家一样，随意一点儿——毕竟你已经随意过了。"

"我不会弹钢琴，"卢卡说，"我……我是来找食物的。"

作曲家听后大笑："食物？那你找到了吗？"

卢卡点点头，心脏怦怦直跳。"一罐豆子，我给你写了欠条的。"他说。卢卡在找到食物的每个地方都留下了欠条，承诺会在他日偿还。

"我不想要你的借条。"

黑暗中，米兰的脸被光影切割成两半，呈现出刚毅的线条，卢卡只能看到他的半张脸。米兰身上穿着白色雨衣，为抵御寒冷而拉高了衣领。他在唇间点燃了烟，在没有把它取下来的情况下，成功地从嘴角吐出了烟雾，接着又清了清喉咙。

"你会帮我吗？"卢卡问道。

"不会，"米兰说，一边审视着男孩儿，"我只要你的鼓。"

闪电照亮了卢卡的脸。他的头发凌乱地贴在头顶上，眼睛发红，眼眶凹陷，脸颊和眉骨处的皮肤紧绷着。

"我不能把它给你。"卢卡说，害怕自己会屈服。

"你从哪儿来？"

"武科瓦尔。"

"你是怎么到这儿来的？"米兰问他，想要知道是什么给男孩儿壮了胆。

"骑车，"卢卡回答说，然后像狙击手那样举起双手，"在夜里骑过来的。"

"天哪！"米兰在心里感叹，这个男孩儿虽然被独自留了下来，但生存不成问题。

"我是说，你怎么发现这儿的？"米兰问道。他一直都住在这里，可是他从未邀请过导师安东以外的第二个人。

卢卡耸了耸肩，感到有些苦恼。"我也不清楚，我只知道自己不愿意去哪儿。"他说。男孩儿这样解释的时候，米兰就站在旁边听着。

那是一场意外。卢卡从来没听说过洛克卢姆岛有什么迷信。这座美丽的岛屿树林繁茂，从熙熙攘攘的杜布罗夫尼克乘船十五分钟即可到达。岛上长有橄榄树丛和黎巴嫩雪松，还有狮心王理查建造的一所修道院。该岛为游客们提供了娱乐和休息场所，但没有人在这里过夜，因为人们害怕自己会像传说里的故事一般丧命。

自从空袭过后，这里再没有游船来过。南斯拉夫军队已经把该岛用作试验标靶，如今敢去这座岛的只有达尔马提亚渔民和拥有私人船只的当地人。他们的行程短暂又仓促，总是处于夜晚浓重的黑水之中。在和平时期，船只每小时都会在整点驶离杜布罗夫尼克，夜里七点驶回杜布罗夫尼克。

有一天晚上，寻找藏身之处的卢卡偷偷搭上了海港里一艘巨大的红鲸船，它叫"伊莱娜"。这个名字很常见，是一个好名字。尽管不能跟妈妈在一起，但卢卡还可以藏身在跟妈妈同名的船上，假装自己拥有了安全感。此时他还不知道第二天早上自己会成为一个船员，为那些来评估战争损失的外交官捕捞鱿鱼。鲍里斯——独眼船长，抓住了藏在一堆救生衣后面的卢卡。

"你在这儿干什么？"他一边朝男孩儿大喊，一边用手抓住他的背包带，把他拉了出来。他将一团渔网扔向卢卡，船在风中摇摆着。他将一盏防风灯和火柴塞入卢卡的手中，接着又把他丢在岛上，命令卢卡修补渔网，他自己则继续去打鱼。

渔网已经无法补救，卢卡转而开始探索这座黑暗的岛屿，他被岛上那些隐秘的小路和植物园迷住了。在一簇巨大的芦荟后面停下来撒尿时，卢卡发现植物的根部嵌着一本日记，此后他就一直坐在地上，在月光下读着一个名叫米拉达的女人的故事。她是植物园的看守人，跟丈夫一起在岛上居住——显然，他们被免除了诅咒，而具体的原因和方式则并未透露。日记中的笔迹前后有很大变化。在日记本的中间，一张写满了乐谱的纸被折叠成了十字架。到了最后，日记上的字迹变得越来越小、越来越密。日记本里丢失了几页。卢卡读着读着，逐渐进入了梦乡。

等到睡醒过来，卢卡将日记放进了背包，然后跑回了码头，在那儿等待鲍里斯的船。看到什么都没有出现，卢卡以为鲍里斯和船员们已经把他给忘了。他当然也想要相信，鲍里斯只是在拿洛克卢姆岛的诅咒开玩笑。他心里想着：自己好不容易在武科瓦尔活了下来，又经过长途骑行来到这里，要是最后因为睡在一个岛上而丢了性命，上帝的玩笑可就开得太大了。

卢卡不太信任鲍里斯船上的那些人，他们看上去并不像是渔民，身上穿着黑色的油布雨衣，白色的神父衣领紧贴在他们的脖子上。这些人手里摇晃着焚香的提灯，在黑暗中静静地观察着男孩儿。一发现他在码头缩成了一团而且在不停地颤抖，众人就将他抬到了船上，用一张毛毯将他裹住，接着又从热水瓶里倒了热汤，连同几片面包一起给了他，然后又把瑞士巧克力塞入他的手中，问他要去哪里。

"回家。"他答道，将毛毯更紧地裹在肩膀上。

"你住在哪儿？"

卢卡抬起头，尽力不让自己的谎言暴露在眼泪中。

"旧城，"卢卡说，他的牙齿在打战，"我住的地方有一架钢琴。"

他们点点头，彼此交换着眼神，有些怀疑他说的话。

鲍里斯将船开动了。"够了，"他急促地对神父们说道，"我说过你们可以看看他，而不是扣留他。"

他们经过了一小片加德琳娜轮船所处的水域，向着圣约翰港的方向驶去。神父们在低声地诵念祈祷，祝福这个男孩儿能够获得安全和救助。船上有十二名神父，卢卡并没有看他们的脸，而是数了他们的鞋子。

抵达港口后，鲍里斯指挥神父们上了岸。他把卢卡单独留了下来，要求他支付从洛克卢姆岛过来的船费。

"为什么要我给你钱？"卢卡问，"就算没有我，你也是要回来的呀！"

"你是偷偷溜上船的。"

"我才不是小偷，我没偷你任何闲置的东西。"

鲍里斯定睛望着卢卡，发觉自己没有什么证据："那就把它给我。"

他用脚尖轻轻踢了下日记本。在航行的时候，日记本就从卢卡的背包里掉了出来。纸张向外摊开了，在鲍里斯双脚之间的船板上被盐水浸泡着。卢卡不在乎地耸了耸肩，因为这本日记对他毫无意义。

"拿去吧！"说完，卢卡登上了码头。他一直望着神父们，猜想这一切是否是为了抓捕他而设下的圈套。他们缓缓地跨过了广场上的石块，消失在修道院的暗处。卢卡一直等在那里，直到鞋跟儿的"咔嗒"声已经远去，他的心跳才缓和下来。

"你放他们走了。"卢卡说道，终于松了一口气。

鲍里斯摇了摇头："我放走的是你，我本可以告发你的。"他把日记本拢进衣服里，然后掏出两支烟，把其中一支塞进卢卡的嘴里，在黑暗中看着卢卡。鲍里斯已经不做祷告仪式了，他此刻却举目望向夜空，用手比画着十字。他很感激男孩儿擅自上了他的船，对于把男孩儿留在孤岛上这件事也少了一丝愧疚，他更加欣慰自己没有做出把男孩儿上交给当局的决定。再说了，男孩儿持续不断的击鼓声也并未给他带来过任何困扰。不同于镇上的其他人，他对于这个男孩儿是否会被抓并不感兴趣，也拒绝打赌男孩儿什么时候会再度出现，再出现时是生还是死。

他划了一根火柴点着嘴里的烟，然后将火柴递给男孩儿。然而，卢卡把烟从船舷吐到了外面。

"我不抽烟！不然妈妈会要我的命的！"

"战争会先要了你的命，"鲍里斯一边说着，一边越过船舷摸索着那支烟，"战争最后会要了每个人的命，那些活下来的人也逃不了。好了，你快走吧！"

"我希望你不是来送死的。"米兰说。

卢卡撞上了米兰看向他的视线，吸了一口气说："反正不是和你死在这里。"

他并没有打算成为一名听众，也没有做好等待的准备。卢卡为见到妈妈已经等待了三十七天，在没有妈妈的日子里，每过一天他就在自己的手腕上画一道线。他想起了武科瓦尔的那辆校车，好奇它把妈妈带去了哪里，而妈妈又为什么还没来找自己。

"你这么说让我很生气，"米兰说道，"这是我的房子，这儿从没有死过人。"

"那是以前，"卢卡说着伸出了一根手指，"我被诅咒了。"

"你不觉得这事应该让你妈妈知道吗？"

卢卡看了看米兰。"我妈妈可能都不知道我在这儿。"他说，思索了一遍到目前为止妈妈可能找到自己的各种方法。她怎么会没听到鼓声呢？敲鼓的人是他，这是绝不会搞错的。在爸爸的葬礼上，卢卡跟随抬棺材的队伍前往基地，当时他演奏的就是这首曲子。节奏是一种密码，当彼此都心痛到无法说话时，它便是心与心交流的秘密语言。

葬礼过后的几个月里，卢卡一直都沉默不语。对于妈妈提出的问题，他都用击鼓的方式来回答：敲两下是肯定的意思，一下则是否定。当妈妈在考虑选择哪一个避难所的时候，卢卡为杜布罗夫尼克旧城敲了两下。这里是他度过童年假日的地方，是他第一次现场听管弦乐演奏的地方，也是音乐开始变得重要的地方。妈妈告诉卢卡，杜布罗夫尼克是亚得里亚海上的王冠，是被世界遗忘的一颗宝石。

作曲家指了指钢琴。"希望在我离开之后，你可以守候它。"他这样说道，想要借此给男孩儿一个留下来的理由，也避免了将他移交给任何人。

几个月以来，男孩儿持续不断的击鼓声搅得人心惶惶，所以每个人都在寻找他，这其中要属米兰找得最多。任何事情都无法分散男孩儿的注意力，甚至连炮火都不行，仿佛男孩儿明白鼓声所带来的恐惧要比战争的声音更加有力。当地人在打赌鼓声会在什么时间停下来，还有一批地下赌徒出现在了杜布罗夫尼克的各个角落，贩卖着香烟、电池、子弹和啤酒。米兰确定赌博活动是由某个修道院发起的，他自己也下了注。跟修道士和城里的其他人不同，米兰并未祈祷男孩儿得到拯救，他在祈祷回归宁静以及拯救自我。

作曲家穿过了房间，手里拖着塞满的手提箱轧过地板上的积水坑。他将箱子倚在钢琴旁，接着站到了长凳后面，用手背去擦拭琴键上的灰尘。

"快点儿，时间不多了。"米兰说着拍起了手，男孩儿吓了一跳。

卢卡敲了敲窗边的书架，不小心把一堆笔记本碰落在地上。他难以置信地盯着眼前的一大堆纸和生锈的螺旋线，摊开的笔记本里满是模糊的音符。卢卡从没见过这么多乐谱，就连在学校里或书本上都没见过。包括每个页边空白在内，笔记本里塞满了写有音符的碎纸片、收据、火柴纸夹和旧信封。卢卡蹲下来摸了摸这些纸张，不禁好奇米奇·哈特是否也像这个古怪的年轻人一样写过这么多曲子。

卢卡屏住呼吸，他听见窗外的石头街上传出了鞋子的"咔嗒"声。想到有可能是神父们跟踪自己到了这里，卢卡心中一沉。

"求求你别把我交出去。"卢卡请求道。

米兰点点头。"那你就坐下来弹琴吧，肖邦的哪首曲子都可以，"他说着坐在了长凳上，"不过我更想听他的 A 小调玛祖卡舞曲，我相信你一定听过。来吧，我先给你起个头。"

米兰把最开始的四小节弹得尤其缓慢，一次只有一个音符，就像他在那些从没碰过键盘的学生面前弹奏的那样。他将原本就已延长的序曲继续拉长，突出了其动人的节拍，使它在情绪上更具感染力。因为序曲中所包含的神秘色彩，米兰偏爱肖邦这一版的强健风格的舞曲，并且发现它很适用于他跟男孩儿之间的这场偶遇。这首曲子里有一丝悲戚，有着对重新开始的渴望。

"知道吗，在创作这支曲子的时候，肖邦只有十四岁。"

卢卡透过窗子看向了他。

"只比你大几岁。"

米兰在琴键上滑过指尖，但并没有再按下第二个音符。

"肖邦很爱节奏，"他说，"对他来说，节奏就是一切。"

卢卡慢慢地走过去，坐在了钢琴旁。他取下背包，脱掉了红毛衣，青肿的肋骨和瘦弱的胸膛裸露在外，上面泛起了一层鸡皮疙瘩。被水浸透的毛衣闻起来就像是毛皮湿软的猫咪，被卢卡扔在了地上。他把背包放在双脚之间，触碰到了钢琴冰冷的金属踏板。

突然，有一束光从工作室闪过，接着又闪过了第二次、第三次，这是让米兰出发的信号。卢卡在钢琴旁僵住了，以为神父们随时都可能会出现在门口，此时米兰却站起来冲向了门口。走廊里一片漆黑，铰链随着缓缓打开的门而嘎吱作响，外面空无一人。

米兰从口袋里掏出一把木质钥匙扔给了男孩儿，它上面有一小块打磨过的黄铜。男孩儿低下身把钥匙捡了起来，在月光下把玩着它。

"房间是有门的，"作曲家说，"下次用它来开门，好吗？"

"你还会回来吗？"卢卡问他，"你要去哪儿？"

他们在黑暗中望向彼此。雨已经停了，房间里一片寂静，作曲家在今夜之前未曾体验过这种寂静。他拿起手提箱，跨过门槛进入走廊，随后关上了门。

第四章

　　每一天，穿海军水手短外套的女孩儿都会出现在萨拉的课堂上，坐在离萨拉最近的书桌旁，迫切地想要多学点儿英语。她是唯一坚持下来的学生，甚至跟萨拉逐渐进入了一对一的授课形式。她们几乎每天都会阅读《老雷斯的故事》，一字一字地去翻译。"什么是'米弗麻弗莫弗'？"女孩儿问道。萨拉解释说，这个词在所有的语言里都是一个意思，指的是"杂物"。

　　"什么是砸……物？"女孩儿问老师，然后按发音写出英语单词。"达——妮——察。"她慢慢地向萨拉说出了自己的名字，希望老师能记住她名字的正确发音。

　　一天，当只有她们两个人在的时候，女孩儿问道："老师，为什么这儿没有别的学生呢？"

　　萨拉与她四目相对，看到了她诚挚的神情。

　　"我不知道，"萨拉回答说，"要是知道就好了。"

　　"他们可能有点儿害怕。"女孩儿说。

"怕什么？"

"怕砸物。"

萨拉听了想笑。她做任何事情都没失败过，可作为一名老师，她正在经历失败。她既没有教学大纲可以遵循，又没有什么独家秘诀，无法保证自己会成功。为了让难民们开口说英语，她试遍了包括放电影在内的各种方法，可他们只想说自己的母语，吃自己的食物，并没有打算在难民营里追寻更好的生活或跟萨拉进行过多的讨论。

"要是无法交流的话，他们又怎么在陌生的国家生活呢？"一次午餐时，她向掘墓人问道。嘲讽的笑意从掘墓人脸上一闪而过。

"问题就出在这儿，萨拉小姐。你瞧，并不是每个难民都想去别的国家。我们有过美好的生活和自己的祖国，我们想要回到从前。"

她做着相应的授课计划，只教现在时态的语法，也终于理解了为什么伽博坚持要逃避过去和未来。

在一次令人难忘的课上，萨拉走向一个戴着随身听耳机的学生。他正在用铅笔画枪。乌兹冲锋枪和半自动式步枪仿佛有了生命，从他的笔记本跳到了桌面上。萨拉虽然只在报纸上看到过这些枪，却被他对细节的关注和准确把握所触动。她敲了敲桌子，学生抬起头，漫不经心地瞥了她一眼，并不想理会她。

"你在做什么？"她问道。

"让世界停下来。"他回答说，口音很轻。萨拉很疑惑，不清楚为什么她会被雇来教他们已经知道的东西。学生长久地跟她对视着，直到她发觉自己的脸颊发烫，理解了他的无聊和痛苦。

"老师，您没听明白。对吗？"

萨拉点点头，默认了，她再也没有什么可以教给他们。上课次数在减少，出勤人数每天都在下降——仅有六名学生，有时甚至更少，没有一个坚持下来。她的教学计划频繁地中断，最后完全脱离。她等待的时间有四十五分钟，而授课的时间只有十五分钟，具体还要取决于来上课的学生。来上课的学生拒绝做任何作业，嚷嚷说自己没法儿专心地去记忆那些绝不会用到的单词："行李员""服务员""管家"。

学生难得来上课，来了也总是走神儿，能抓住他们注意力的只有与战争有关的情色描写。他们蹲守在休闲区的电视机前，就好像新闻广播员随时都可能宣布战争结束。但战线只是向东发生了迁移，"20世纪的牛皮癣"也随之传播开来。1月9日，波黑塞尔维亚人民共和国成立。2月26日，塞尔维亚人和克罗地亚人在奥地利格拉茨会面，双方均否认了对穆斯林发起的阴谋活动，提议设立人口迁移局这样的种族清洗代理机构，从而实现人口迁移。"这是战争的关键所在。"有一天，伽博偶然撞见萨拉正在收听新闻，于是对她这样说道。

到了晚上，萨拉会来到河边听小提琴，想要跟难民营外部建立某种联系。她等待着从船屋里传出来的音乐，被米兰的充沛精力所震慑：他能够持续演奏几个小时，并不为自己睡眠不足而担忧。在她晚上散步的时候，他似乎以音乐陪伴着她；萨拉靠得越近，他演奏的声音往往就越大。然而，今晚他的琴声戛然而止。

米兰很少会在夜里演奏的时候突然停下来，此刻却只留下一片寂静。一阵冷风从城堡里吹下来，在萨拉身边刮起雪粒。她从桥上经过，沿着薄冰上的一条小路来到船屋。看见米兰倒在地上，她停住了脚步。

萨拉跑向门边，在石头缺口处擦伤了手。她抓住门把手，将扣锁的门闩摇晃松动，接着一脚踢开了房门。米兰的脸颊靠在地板上，四肢摊开躺在地上，身边是各种各样翻开了的笔记本，遍布着音乐作品。

一股冷风吹过了房间，米兰的脸上却闪着光。他在出汗，可船屋里并没有暖气。他的头猛然一抖，接着又痉挛了三次，随后整个身体都抽搐起来，仿佛一个被放在地上的发条娃娃。他的脸向左耷拉下来，就好像他的皮肤变成了熔蜡，上面的纹理也随着吃惊的面部表情发生了变化。他舌头向外伸着，嘴唇边像狗嘴似的悬挂着几条唾液，流在了音乐作品上。他用手捣坏了小提琴，又把琴弓折断了。

萨拉僵住了，无助地望着米兰在地上翻腾。萨拉看见他的头逐渐靠近了锥形蜡烛，不假思索地跑过去吹灭了它，却没能在他的拳头击穿空酒瓶前把酒瓶踢开。她跪下来，将自己的短外套脱掉后垫在了米兰的脑袋下，又将他手里攥着的湿发拢在一起。萨拉探过身去，试着去抓他宛如电钻般砸在地上的拳头。她扫除了玻璃碎碴儿，却无法控制住米兰那不断地舔着地面的舌头。萨拉知道不能随便就把什么东西塞进米兰的嘴里，她担心自己的手指要是放进去可能就会被咬断。

米兰突然挥手，无意识地打到了萨拉的嘴唇，鲜血流了出来，但她没有退缩。在他身体抖动的时候，萨拉一直守候在身边，握着他的一只手腕，感受着从他所佩戴的医用手环上传来的温度。手环上的文字是塞尔维亚－克罗地亚语，所以萨拉无法读懂他的健康状况。她把米兰发沉的脑袋抱到自己的腿上，手指缠绕着他因为汗湿而粘在前额的浓密的黑发。萨拉很好奇，这个在夜晚用音乐使她无法入眠的、有些孩子气的男人究竟是谁。

这次发病结束了。米兰放开萨拉的手，抬头向上看着，他的眼睛睁得很大，一脸受惊的样子，试着在黑暗中确定自己的方位。房间的形状和颜色无从得知。他不知道自己在哪里，记不起来病发前的时刻。他将手掌撑在地上，用手指拉扯着笔记本的螺旋线。在收拢小提琴破碎的琴弦时，他感觉到自己心中一沉。小提琴颈部的木头碎片透过牛仔裤扎进了米兰的大腿，他舔舔上腭，尝出了金属的味道——这可真是一个哭笑参半的滑稽场面。他当即意识到发生了什么事情。

　　自从来到难民营后，这是米兰第一次发病。筋疲力尽的他用手揉了揉脸，按摩着肌肉，将脸颊复归原位，希望这次没有弄伤自己。尽管现在日照不足，可他看起来比在杜布罗夫尼克的时候更加健康。他一直留心用药，一剂都没有忘过。他不想让自己的病情被其他难民知道，所以选择从当地药房购买血管扩张素，而不是经由瑞典女人和红十字会订购。

　　米兰不知道是什么引起了这次病发。在难民营里，他尽最大努力保持着自己的生活习惯。他避开人群，不与他人来往，独自一个人吃饭和作曲。周围灰暗的颜色毫无刺激性可言，没有能够触动他的明亮色彩。他深深地吸了一口气，又缓缓地吐出来，逐渐恢复了意识，大脑从麻木的状态中摆脱出来。他还没从萨拉的大腿上把头抬起来，只是将视线转向了墙上的影子。月光下，两人的剪影挨在了一起，他看出英语老师正忧伤地耷拉着肩膀。

　　他坐起身来看向萨拉，脸上有些发烫。她微张着嘴，下唇发肿，裂开了一道口。血沿着下巴滴下来，溅落在了笔记本上。他们两个谁都没有动。他不想知道她的嘴唇为什么会流血，如果真是自己打了她，他会接受不了的。

　　他从地板上撑了起来，感觉自己的后背在颤抖。脖子和手臂发酸，肌肉和肌腱都有些痛。他察觉到头顶受了伤，知道它明天会像梅子一样肿起来。他用胳膊肘压住了流血的鼻子，却在衣袖上闻到了萨拉身上的味道。虽然急切地想从萨拉身边逃离，但他还是从裤子口袋里掏出一块手帕，探过身去擦她下巴上的血迹，第一次注意到了上面的小伤疤：这是一个旧伤疤，疤痕泛着白色，有些发皱。感受到他的碰触，萨拉的身体猛然一缩，却没能打消他想要帮忙的念头。他将手帕的一角叠起来放在她的唇上，温柔地用拇指按着，直到确定血已经止住了。

萨拉和米兰拾起笔记本和小提琴破碎的零件，一言不发地过了桥，向难民营走去。伽博难民营在门口碰到了他们。他怒气冲冲地站在玻璃后面，穿着一件新运动服，红色尼龙裤紧绷在腿上。他仿佛是一个失了颜面的动作英雄，被强行安排了并不适合自己的角色。太阳还没出来，伽博的脸上已经泛起油光，玻璃门上的指印和污迹在上面打了照影。看到萨拉的脸，他立刻动了怒。

"发生了什么？"他问道，目光直指米兰，看见了他流血的手，"是他伤的你吗？"

"不，不，不是那样的。"萨拉答道，被他指责的口吻吓到了。

"那是什么情况？米兰！"他大吼了一声。米兰看向他，脸上没有一丝表情。

萨拉跟伽博说："我猜他可能患有癫痫，但也不是很有把握。他当时躺在地上，戴着医用手环。你应该了解他的状况吧？"

伽博猛地吸了一口气，说道："我不了解。"

萨拉绷直了身体，很好奇米兰是怎么做到泰然自若地站在这里的，明明他的血正滴落在地上。

"你怎么可能不知道？那红十字会的工作人员呢？"

伽博眯起双眼说："我告诉过你，不要问任何跟他们有关的问题。"

"可现在不一样啊！米兰需要帮助，也许我们可以给他提供药物帮助。"

萨拉望向了米兰，可他却避开她的目光，语速很快地试图用克罗地亚语做出解释，从他的语气中能够听出来歉意和稍显局促的懊悔。伽博对他未予理会，挥了挥手，然后打开了门。

"说英语！我告诉你们这些人多少次了？在这里要说英语！"

米兰让到一旁，手臂碰到了萨拉抱着的一堆笔记本。

"那是什么？"伽博问道，脸色发红。

"家庭作业。"萨拉说完，把它们往米兰的怀里一推。

当他们目光相遇的时候，她感受到了对方专注的眼神。米兰用克罗地亚语说了些什么，但萨拉并没有听懂。也许他是想逗她开心，因为他在说完后自己露出了微笑。血色重新回到了脸上，他的眼睛也变得越发明亮，在门外透进来的光线里泛着淡蓝色。他把笔记本收进臂弯里，然后进入了走廊。

看到他的身影消失在拐角处，伽博对萨拉说："我付你钱，不是为了让你给谁单独授课。"

"当然了，不过是米兰在教我。"

伽博凝视着她，试图理解这句话的意思。

"教什么？你的本职工作并不是救他。"

"听力。"萨拉没好气地说。

伽博用鞋子敲着地板，因为没能弄清楚他们怎么会碰面，心情难免有些失落。他从没见到萨拉跟哪个难民单独相处过，她一直以来都听从他的警告而远离他们，可她现在的话像刀片似的扎向了他。

"他是个好人。"萨拉说。

伽博的眼睛眯至最小："是他弄伤你的吗？你没事吧？"

"我很好。"

萨拉站远了一点儿。她闻到了伽博呼吸中的咖啡和奶酪曲奇的味道，有些作呕。

伽博指了指她的嘴唇，神情扭曲地问道："那你的嘴唇呢？"

她点点头，观察着伽博的神情——他想要一个答案。"我在冰上摔倒了。"说完，萨拉准备从他身边走过去，伽博却在这时抓住了她的手肘。

"要是他伤害了你——"

萨拉挣脱了他的钳制。"他没有，"她说，"我告诉过你。"

"我会杀了他。"

"你说什么？为什么？"萨拉气得反问道，突然有些发冷。

暖气发出的声响越来越大，就好像在它的内部爆发了一场战斗。伽博拉开了运动服前面的拉链，用手指抚摩着悬挂在脖子上的金色十字架，粉色的皮肤有些湿润，上面有一道剃刀的划痕。

在走廊里的荧光灯下，伽博周围似乎突然暗了下来。"他是塞尔维亚人。"伽博脱口而出。

"那有什么关系？红十字会的人说他是从杜布罗夫尼克来的。"

"他只是在那里住过，可他是在贝尔格莱德出生的。一日是塞尔维亚人，终身是塞尔维亚人。"

萨拉听到这话，就像是食道里误入了一粒药丸。她眯起眼睛，摇了摇头。她仿佛知道米兰的情况，实际上并不了解。她不确定，米兰是克罗地亚人还是塞尔维亚人这件事是否真的要紧。

"他只是一个难民，"她有些困惑地说，"跟其他人一样。"

一阵冷风将前门吹得"嘎吱"作响。伽博拉上外套拉链，将手塞进了口袋里，"听说他杀过人，一个克罗地亚人。"

萨拉躲开了暖气片。被雪浸湿的牛仔裤受热后皱了起来，她的小腿在发烫。伽博在空中晃了晃手指，继续说："别这么惊讶，塞尔维亚人骨子里就是这样的。"

萨拉嗓子发紧，她想起米兰纤长的手指——那是音乐家的双手，是艺术家的双手，是一双用于创造而非破坏的双手。

伽博转身穿过走廊，去往他自己的办公室。"谁都会从这里的某个人身上拿走些什么，"他说，"但愿不是你的命。"

他关上了门，把萨拉一个人留在走廊里。萨拉走到洗衣房门口，宽慰地发现里面空无一人，于是关门走了进去，陷入了成堆的床单和毛巾之中。她太累了，累到没精力去在意这些脏乱的东西。洗衣机在转动，萨拉的内心也被各种事情所搅扰，她终于放任自己哭了出来。

当天晚上，萨拉看见瑞典女人在床上分拣着邮件。九点的时候，那瓶已经打开了的普通瓶装酒被喝完了。录像机里是一盘匈牙利语版的《末路狂花》，在电视机上播放着。莉森会在空闲时看一些电影。"难民们可以用它消遣。"她向萨拉解释道，床边还放了一罐小鱼形状的咸味甘草糖。莉森看了一眼萨拉水肿的眼睛和嘴唇，将邮件搁在一边，然后掀开了罐子，将甘草糖和一片纸巾递给她。

"这是不要钱的，伽博只碰过一次。"

萨拉强作欢颜，静静地笑了，声音有些沙哑。她正在习惯强摆出一张笑脸。她用纸巾轻拍眼睛，抹掉脸颊上的睫毛膏，接过甘草糖扔进了嘴里。

"太难吃了！"她说着将它吐在了地上。

"味道像氨水，对吗？"

萨拉用舌头蹭着门牙，想要把苦味去除掉："这能叫糖吗？用来清理厕所还差不多！"

莉森听后笑了，她的牙齿上泛着电视机的蓝光。她为自己感到骄傲——同样的玩笑在萨拉身上也发挥了作用，让她忘却了眼泪。莉森将棉球浸在萨拉身后架子上的过氧化氢瓶子里，架子上还有一小面瑞典国旗从蓝色的花瓶里探了出来，旁边的圆形徽章上写着："你可以认出一个瑞典人，但你不能深入了解他们。"萨拉深吸了一口气。

"他还是影响到你了。"莉森说。

萨拉点了点头。伽博所说的传闻令她感到不安，她还没有从中缓过神儿来。除了伽博告诉她的那些，萨拉不愿意再向莉森打听什么，害怕等待自己的又是一番说教。她无法相信米兰·布雷纳会杀人，更别说杀的是克罗地亚人了。她从来没遇见过杀人犯。难民营里的人们默认了这个荒谬的传闻。

"他的音乐使我无法入睡。"萨拉说道，没有透露更多。

莉森点了点头："我觉得这正是问题的关键。要是根本就没人睡觉的话，至少谁都不会在噩梦中醒过来了。不过，我刚才指的是伽博，不要让他影响到你。"

萨拉遇上了她的目光，开口说道："已经来不及了。"

莉森把湿棉球递给了萨拉。她感到好奇，萨拉来这儿已经四个星期了，却不曾掉过一滴眼泪。她没有被难民营击垮，没有像其他老师那样来了又走，她的内心变得坚强了。这个女孩儿比瑞典女人想象的要坚强，似乎决意要做到冷静克制。看到萨拉在吸烟，瑞典女人不免有些好奇。

"我还以为你不吸烟。"

萨拉看着她，耸了耸肩："我本来是不吸，但那是来这里之前。我觉得吸烟比哭强多了，不是吗？尽管这两个都挺难的。"

莉森点了点头，将过氧化氢涂在萨拉的嘴唇上，擦去了棉球上沾到的干血渍。她开口问道："今天过得不太好吗？"

"都习惯了。"萨拉坐到了莉森为她在夜晚搭起的简易床上，那段时间她还没过桥去听米兰的音乐。穿着海军水手短外套的小女孩儿会把苏斯博士的旧故事书带过来，萨拉就经常将这些书读给她听。《老雷斯的故事》躺在床下，撕破的封皮刚刚贴了胶布。萨拉喜欢这种阅读方式，但看到小女孩儿今晚没有来找她，她舒了一口气，因为她现在需要独处。

"伽博在吃醋。"莉森说。

"吃谁的醋？"

"他想让你留意的是他，而不是米兰。"

萨拉伸手摸了下脖子，上面泛起了一层鸡皮疙瘩。她想要把伽博说的话讲给护士听，却害怕她会因此拒绝给予米兰适当的照顾。

"我觉得，米兰今天在船屋时大概是癫痫发作了，他需要帮助。"

莉森耸耸肩："我只能帮那些亲自来找我的人。"

"伽博跟你说起过他吗？"

"没有，怎么了？"

瑞典女人低下了头，看到萨拉的脸上写满了失望，似乎正为她在难民营里见到的种种不堪言行而苦恼。

"我不希望他走。"萨拉说。

"他干吗要走？"

萨拉凝视着她："因为他是一个……塞尔维亚人。"

莉森握紧了拳头："是伽博告诉你的吗？"

萨拉点点头，回答说："我甚至都不知道他这是什么意思。如果要进行这种令人作呕的种族定性，而且还要由别人来告诉我们可以帮助谁，那么难民营存在的意义是什么？我们到底又在干什么呢？没有什么理由再留在这儿了啊！"

莉森深吸一口气，咬紧了牙关。她用遥控器把音量调低，又取出了一支烟，坐到了萨拉对面的床上，用手拨弄着烟草："事实上，我们之所以选择留下来，是因为在这里感觉很好。"

萨拉盯着她看："很好？可大多数时候我都感觉很不好。"

莉森点着了烟："那你怎么还留下来？"

"我想帮这些人……我可能是想赢得他们的尊重。"

莉森忍住笑说："别妄想从难民那儿得到尊重。"

"为什么？"萨拉问，她绷紧了身体，"我是真的很想帮助他们。"

"你说的或许是真的，可要是去问他们，你就会知道大多数人宁可死也不愿意在这里或任何地方当志愿者。他们理解不了，为什么像你和我这样的人会抛弃安全的祖国、美好的生活、自己的爱人和工作，只身来到这个鬼地方。"

萨拉有些恼火："你为什么会来这里？"

莉森叼着烟的双唇顿了顿，她把目光投向萨拉。

"跟你一样，我是为了拯救自己。"

萨拉咳嗽出了声："你认为我是怀着某种动机来这儿的？"

"没错，我的确是这么认为的。大多数人甚至不知道我们在哪儿，也不知道难民们究竟是来自克罗地亚、波斯尼亚还是塞尔维亚。由于媒体的宣传，在大多数人的头脑中，这儿就是一个巨大的黑洞。而像你我这样的人又怎么样呢？我们来这里是为了自己，不是为了他们。"

萨拉挺直了身体，说道："不，我是真心实意想要帮忙的，在这里是真的可以帮到别人的。"

"那要看你怎么看了。我从来都不信什么大爱无疆的屁话，我的这份工作谁都可以做，打理难民营并不需要大慈大悲的特蕾莎修女。"

萨拉摘掉了嘴唇上的碎棉球，躺倒在简易床上，抬头看向电视机里的影片："我不知道自己在教谁，在教什么。"

"在这儿，你唯一应该教的人，也许是你自己。"莉森说着又递给她一个棉球。萨拉挥手将它打落在了一旁，又把手伸进莉森的口袋里找烟和打火机。瑞典女人什么也没说，她跟萨拉已经形成了这种姐妹之间才有的习惯：不必开口就可以使用对方的发梳、头绳或是润唇膏，可以互穿彼此的衣服、享有护照的特权，她们都因为自己拥有太多而感到愧疚。

在她们所谈论的话题里，没有家庭生活，有的只是冷酷的现实，但她们会将细节隐去，试图更好地营造出一个虚构的难民营生活，而这种生活似乎要比他们以往的生活更加真实。

萨拉将棉球扔进了莉森桌下的垃圾桶。

"要多久才能习惯黑夜？"

"至少我还没习惯，"她说着给玻璃罐盖回了盖子，上面的灰尘飞扬起来，"不过，这也许就是米兰为什么会在这里的原因，他给了我们应对黑夜的方法。"

第五章

　　萨拉打开自己壁橱的锁找到运动鞋，往口袋里塞满钱，离开了难民营，跑向她曾经听吉卜赛人演奏过音乐的那个火车站。她没有沿着河走，而是抄了一条穿过卓各希德的蜿蜒小道。远处是搁浅的贡多拉船和小舟、关门的餐馆和咖啡店，还有缀满了冰锥的遮篷，似乎整个城镇都冰封在了冬眠中。萨拉加快了速度，踩断了脚下冻结的干草。

　　到了铁轨边，萨拉想停下来歇一口气。已经三个月没有锻炼过了，此刻她的肺部仿佛就要炸开一般，大腿也很酸痛，重重地垂落在地上。她只穿了一条牛仔裤和一件薄棉毛衫，希望内心的混乱也可以借此机会冻结。

　　铁轨旁停着一辆白色玻璃纤维质的特拉贝特车，红色的尾灯闪烁着，情人的呼吸使窗子蒙上了雾气。收音机里播放着 U2 乐队的作品，那是《约书亚树》专辑里一首爱恨交织的歌曲。萨拉攥紧双手，想让血液循环起来，可手指和脚趾只感受到了重音的轰鸣。这首歌让萨拉的心跳加快了。收到哈佛大学法学院的回绝函时，她也有过相似的体验，但没有这一次强烈。那时候，她站在雨中的路灯下，亲眼看着自己的梦想溶解在纸张里。那时和现在一样，她有些迷茫和心神不定。

　　站在轨道上，萨拉不知道除了匈牙利的黑夜，她的心还可以躲藏到哪里。煤烟模糊了地平线，月亮也被完全遮住，萨拉的视线因而受到了影响。她走近了吉卜赛人睡觉的货车车厢，看到他们呼出的气像雾一样升腾着。她听过这些人在车站的演奏，于是这次便停下脚步，看到他们深色的皮肤包裹在羊毛织物里。萨拉无法从这些人的手上看出来他们究竟是占卜者、乞丐、铜匠还是水果采收工。当然了，音乐家的身份还是能够看出来的。一台手风琴被收拢在胳膊下，铃鼓抵着臀部，吉卜赛人的鞋跟儿堆叠着，底部相触，互相倚靠着彼此。她惊异地看到他们在睡梦中仍然握紧的双手，这些幸存者强烈的求生欲由此可见一斑。

　　萨拉迅速靠了过去，如果他们醒了，只怕她会措手不及，无法为自己辩解。她的心脏"咚咚"直跳。萨拉靠近了那个最小的男孩儿，他的小指头正缠绕在小提琴的琴颈上，身旁的地上躺着一张琴弓。

　　萨拉将手伸进前面的衣袋里掏出了钱，厚厚的一卷钞票大约是五百美元，这是她带到难民营钱数的一半。

　　她在男孩儿面前蹲下来，轻轻地将他的手指从小提琴上拨开，接着用那卷钞票替换了小提琴。男孩儿突然睁开了眼，有那么一刻，萨拉以为他要叫出声来，可他又渐渐睡了过去。萨拉将男孩儿的手放在他的胸膛上，把小提琴和琴弓拿起来放进了自己的外套里。这是她生平第一次偷东西，她希望吉卜赛人能够理解。

　　米兰爬过窗子来到了防火梯旁，他望着河对岸，在想着萨拉什么时候会回来。他从窗子那儿看到萨拉跑出了难民营，只希望她并非因为他才逃跑的。暴风云聚集在月亮周围，小雪使得暮色更加柔和。在空气中，"一锅炖"（由洋葱、胡椒和鱼肉炖制而成）的味道从厨房的通风口飘散出来。

他的胃"咕噜"了一声，可他没什么食欲。那次病发仍然让他有些不舒服。他骂自己不仅毁坏了小提琴，还断送了进一步了解萨拉的机会。他们将再次隐匿姓名，一言不发地从走廊上擦肩而过，将船屋里发生的事情弃于静默的幻想深处。

到目前为止，米兰始终相信只有音乐才能让人真正地亲近，然而他无法将萨拉的脸从脑海里抹去。在他将手帕按在她嘴唇上的时候，她睁大了双眼，一副受惊的可怜模样，眼中还噙满泪水。在黑暗中，他看见她身上的光芒逐渐消失，仿佛她心里的某种负荷坍塌了。

他又爬回到房间里面将窗户关上了，随后穿过走廊去往红十字会的工作站，期盼着瑞典女人知道萨拉去了哪里，然而他只看到这个女人和厨子睡在地板上，裹在一张毛毯里。房间里不见萨拉的踪影，她下雪天经常放置靴子的地板如今是干燥的。米兰走到她的简易床边，把他用破琴弓做的马鬃手链放在了枕头上。身穿海军水手短外套的小女孩儿在床上蜷缩起身体睡着了，她的手里还抓着一本书，似乎每晚都会过来听故事。米兰贴心地给小女孩儿盖上了一条毛毯。把小女孩儿弃置不顾，这可不像是萨拉的为人。

米兰从护士站走出来，他希望萨拉能够在黑暗中找到回难民营的路。如果到了午夜她还没回来，他就会出去找她。米兰在窗户边停下了脚步，外面正飘扬着大雪。他转过身，听到了走廊里传来的争吵声。

两个女人正在拉扯一个纸箱，一个玻璃相框从里面掉出来砸在了地上。一个全身只穿着破烂内裤的小男孩儿走到了玻璃碎片旁。两个女人互相咒骂着彼此，她们没有把孩子抱起来，只管滔滔不绝地说着脏话，还要跟对方找碴儿。

这两个女人都没有注意到，在她们身后，米兰从走廊的另一头走了过来。当他把男孩儿从玻璃碎片旁抱起来的时候，她们转过身尖叫起来，箱子里剩下的东西全都掉了出来，花瓶和灯具摔碎在地。小男孩儿哭了，用拳头捶着米兰的肩膀。米兰很快把男孩儿放在了没有碎片的地板上，却没能迅速地躲开那两个女人的攻击。她们猛打他的后背，嘴里还叫着他"切特尼克"。小男孩儿捧起一块花瓶碎片，朝米兰的脑袋扔了过去。米兰的脖子被擦出血，他将手按在那处小伤口上，试着避开女人们挥舞的胳膊。

"别抢走我的儿子！"较年轻的女人央求道。

米兰伸出了手："我只是想要帮忙。"

"我们不需要你帮忙。"男孩儿低声说，忽然意识到自己刚刚说了克罗地亚语，打破了伽博立下的规矩。他紧紧抱住妈妈的腿，在她的裙摆上擦了擦脸。女人摸了摸儿子的金发和贯穿后背的伤疤。这处伤是最近留下的，伤口处还露着肉，米兰无法确定伤到男孩儿的是子弹还是刀具。

另一个女人跪了下来，在一堆破碎的物件里摸索着，流露出一种近乎哀痛的情绪。她拿起那张相片，像旗子似的在空中挥动着，深色的双眸里闪着耀眼的光芒。

"你们塞尔维亚人根本不知道什么叫适可而止。"

她的语调非常利落，短促地一闪而过。男孩儿小心翼翼地站到了一边，抓住了他阿姨的手。米兰感受到女人责难的目光，低下了头。

米兰深知克罗地亚人对塞尔维亚人心怀憎恶是某些事情使然，这个女人正试图让他为这些事情心怀愧疚。米兰当下便知道，任何一方都无法赢得这场战争。

"出什么事了？"

米兰闻声转过身，看见伽博拿着扫帚走了过来。两个女人突然激动起来，指指点点着。米兰一动没动，默默承受着她们的指责，没有其他事情可做。女人们讲着英语，立刻就赢得了伽博的同情。

伽博把扫帚塞给了米兰："等收拾完，来我的办公室！"他指了指一扇门，那里挂有一面美国国旗，紧挨着得克萨斯州的州旗。其实他不必指出来，因为米兰认得他办公室的门——那扇总是关着的门。

伽博心平气和地来跟女人们对话。"索克洛姆。"他问候道，这个词在匈牙利语中表示亲昵，意思是"让我吻你的手"。他把女人从地上扶起来，一把将小男孩儿抱在怀里。男孩儿伸手抓着伽博项链上的金色十字架，一脸愠怒地盯着它，然后又低声啜泣起来。伽博不想跟这些烦心的东西扯上一点儿关系，他把手伸进运动裤的口袋里掏出一块巧克力，仿佛这是他随时为不守规矩的动物们准备的一块骨头。

"巧——克——力。"他慢吞吞地用英语说道，用手指捅了捅小男孩儿，让他跟着自己读。

"巧——克——力。"男孩儿说完张开了嘴，伽博把巧克力放在了他的舌头上。男孩儿的母亲伸出手来，握住伽博的手亲了一下，几不可察地施了一个屈膝礼。伽博示意这对姐妹随他一起进入楼梯井，把米兰跟地上的杂物留了下来。

米兰开始清扫地面，玻璃碎片的刮擦声打破了宁静。他不能责怪伽博冷漠，因为这个男人对于真理并没有什么兴趣。真正重要的是真理归属于谁，而为了它的归属，双方将不惜付出流血的代价。

待一切完成后，米兰把扫帚倚靠在了伽博办公室的墙边，准备关上房门。正在这时，他看见了一个比他大不了多少的年轻女人。她从伽博的桌子上抬起了头，迅速地将自己刚刚弯着身子在看的相簿合上了。

她戴着眼镜，蓝色的眼眸里充了血，似乎已经在那里有一阵子了。米兰认得她：这是一个沉着镇静、外表出色的女人，有着高挑的身材、高高的颧骨和优雅高挺的鼻梁。这使得米兰将她认作模特，而不是跟两名律师、一位化学家、一名教授和一位工程师挤在一个房间里的来自武科瓦尔的护士。当然了，这样的住宿安排在难民营里较为普遍。许多难民都曾有各种职业，如今却在学习怎么成为一个职业难民。这名戴着眼镜的女人总是将拍纸簿带在身边，从来都按照计划行事，她在手肘下的纸簿上也已经做了大量的笔记。米兰进入办公室的时候，她虽然放慢了手速，但并没有停下来，仿佛无法承受将已经收集好的证据丢失的后果。

"伽博让我来见他。"米兰说道。

"我知道，他马上就回来了。"伊莱娜说，示意米兰坐到角落里一张剖层革材质的俱乐部椅子上。听见她说克罗地亚语，米兰笑了，欣慰地意识到他们可以在这一刻放任自己讲母语。米兰穿过房间坐进了椅子里，皮革被压得吱吱作响。香烟烟雾缭绕在天花板上的一只灯泡周围，白兰地酒瓶和斯泰森毡帽被投射出了阴影——这些物件要比伽博桌上的奖杯更加瞩目。

"你在这儿工作吗？"

伊莱娜仍未停笔。"他需要我来翻译。"她答道。

"他付你薪水了吗？"

"他没法儿付，这是不合法的。"

米兰用手触摸着椅子侧方的铜扣，摸到了一处被烟烫过的痕迹，这使他想起了自己书房里的那架钢琴。他扫视着墙上的各种证书，想要为自己找到一个理由来敬佩在这里工作的那个男人。

"在我的印象里，伽博可不是那种会遵纪守法的人。"

伊莱娜抬头笑了。在她转瞬即逝的微笑中，米兰看到了挥之不去的忧伤。她从厚重的发髻里扯出了一支铅笔，轻轻敲击着桌子边缘。

"他会用别的方式补偿我。"

"能想象出来。"

"不是你想的那样，"她说着指了指相簿，"他不在的时候，我可以看这个。"

米兰看到她脸上的笑意褪去，开口问道："你是在找什么人吗？"

伊莱娜笑了笑，摆弄着自己的双手。她的手擦掉了皮，裂着口子，仿佛用了太久的洗涤剂和漂白剂，就好像要试图借此让自己的世界明亮起来。

伽博打开房门时，他们止住了笑。他看上去有些不安，两人之间愉悦的气氛令他脸色一僵。在伽博注意到之前，伊莱娜偷偷地把相簿塞进了笔记本里，把它们一起从桌子上拿了起来。她把椅子推回原位，站起身来以示尊敬。

他犹疑地走向她，在酒杯里抓到了一只小蜘蛛。他用手掌将蜘蛛压扁，然后用手指将小虫的尸体弹进了垃圾箱。他解开运动服外套，利落地披挂在椅背上，坐下来之前又把椅子上的猫毛掸了掸。

　　"女士们没事吧？"米兰第一个开了口。他无法忍受伽博用这种方式盯着自己，盼望着能够跟他建立起某种关系，而这是伽博没有预料到的。

　　伊莱娜将这句话翻译给伽博，他难以置信地看着她。"说的是谁？女士吗？"他问道。

　　听伊莱娜传达的意思后，米兰点点头："没错，当然了。"

　　伽博往椅背里一靠，胸膛随之向上抬高。他从书桌抽屉里取出了吃剩半根的莎乐美腊肠，用一把拆信刀将它切开后叉起来，将其中一片递给了伊莱娜。她摇头拒绝了，两只脚交替站立着。她没有其他地方可坐，就站在他们两个人中间。米兰把椅子让了出来，伽博却不以为然。

　　"她是护士，习惯站着，"伽博说，"而且也站不了多久。"

　　伊莱娜为米兰进行了翻译，她下巴略微低垂，对米兰的体贴表示感谢。她握紧双手按压住腹部，跟反向出拳的动作一样。她纤长的手指让米兰有一种似曾相识的感觉，怀疑她是否曾上过自己的钢琴课，可能是在他去杜布罗夫尼克度假或者参加暑期音乐营期间发生的。相较于脸和名字，他对学生们的手记得更牢。此刻看到伊莱娜的脸，他便更相信自己以前见过她了。米兰将目光移向伽博，看见他将一把钥匙滑过桌面。"我给你找了一份工作。"伽博宣布说。

　　米兰听了很高兴。他端坐在椅子上，不知道该如何反应，这消息跟他预想的截然不同。之前他已经申请在难民营里用钢琴辅助教学，希望最终能进入当地学校执教。他在音乐教学中不需要再使用别的语言，只用音乐本身就可以。伽博似乎真心地想要为他提供帮忙，但也是三个月以前了。

"你找到钢琴了？"米兰问道。

伊莱娜翻译了这句话，等着伽博做出答复。他摇摇头，用手折弯了一个纸夹："这份工作跟音乐没一点儿关系。"

伊莱娜翻译的时候，米兰专注地听着。伽博语速很快地对她说，米兰的工作仅仅涉及安全，他不能让一个塞尔维亚人待在难民营里，还说很多克罗地亚人都在抱怨米兰。但伊莱娜比他知道得更清楚，因为她把大多数抱怨的话都亲手记在了笔记本上。

伊莱娜在弥漫的烟雾中搜寻着米兰的眼睛，只为他翻译了一个问题："你喜欢面包吗？"

米兰点点头："当然了，我当然喜欢，人人都喜欢啊！我喜不喜欢面包——他想知道的就是这个吗？"

他盯着她，等待着答案。她的神色突然变得慌乱，仿佛对翻译内容有所保留。

她点头说道："你会做面包吗？"

米兰轻声地笑着，被这个主意逗乐了："我是音乐家，不是面包师。"

在伊莱娜翻译的时候，米兰抬头看向了伽博，只见他用匈牙利语咕哝了几句后用英语说道："他会学的，今晚就开工。"

伽博伸出了钥匙，等待着。

"这钥匙是干吗的？"

米兰与伊莱娜的视线相遇，看到她漫不经心地笑了笑。

"你很幸运，"她说，"至少这份工作可以让你离开这里。"

米兰将视线转移到伽博身上，他正回头整理着从传真机里吐出的纸卷。伊莱娜走到米兰面前的门旁，拾起了倒在门槛上的扫帚。她将它竖直靠在墙边，随后打开了门。外面一片寂静，湿冷的空气从走廊里吹了进来。

米兰从椅子上站起身走到伽博身旁，拿起了生锈的钥匙。这把黄铜钥匙很长，又旧又破，米兰怀疑它是否真的能打开一扇门。他把它装进口袋，走向伊莱娜，目光锁定在了她手里的笔记本上。他大声地讲着克罗地亚语，希望伽博能够理解他的全部意思。

"这个浑蛋不值得你帮忙，"他说着瞥了一眼笔记本，"希望那个相簿对你来说真的很有用。"

伊莱娜转动了门把手。

"当然，"她说完便踏入了走廊，"我是在找我的儿子。"

面包店的人提起米兰的箱子，轻拍着他的身体——他们在搜查枪支和刀具，结果只发现了一瓶巴比妥类药物。他们给了他一条围裙和一块肥皂，叫他在盆里洗手，因为水管被冻住了。

米兰从锁孔里拔出钥匙，随手关上了门。他看着眼前的人们都弯着腰，用握紧的拳头捶压面团儿，并没有注意到他。各个位置上都挤满了人，他们彼此挤压着，流出了汗，仿佛置身于一个健身房而不是面包房。窗口上放着一台卡式放音机，他们一边听着滚石乐队的歌，一边跟唱着《为你文身》，当中有半数人都五音不全，发出的声音就像旧磁带一样。他们穿着褪色的牛仔裤和无袖T恤，胳膊上印着切特尼克的标志，肌肉上隆起的疤痕在闪着光，这一切使得他们看起来更像是罪犯，而不是应征士兵。

他们在讲着塞尔维亚－克罗地亚语。

"什么？你从来没见过切特尼克？"

帮米兰提箱子的年轻男人在他的下巴下方打了个响指。米兰摘掉了帽子，拂去帽边上的雪。他注意到，这名年轻人既没有文身也没有任何伤疤，但是目光中流露着愤怒，而这种愤怒是那些未予应允便被损害了纯真的人所独有的。他的愤怒似乎并非情绪使然，而是因为不知道除此之外还能做何反应。

"你可以叫我伊凡，"说完，他耸了耸肩，"我的化名。"

在香烟烟雾和酒精的双重刺激下，他的声音有些沙哑，这种烈酒甚至会使最温柔的性情也变得强硬起来。他依次轻拍了米兰的左右脸颊，仿佛已经忘记了如何用巴尔干人惯常的亲吻方式去问候同胞。现在一次简单的击掌就可以表示亲切。

"欢迎来到原始丛林。"伊凡说着望向了窗外，他看见伽博正在驶离面包店，梅赛德斯汽车的尾灯照射着反向飘来的雪。

"那个家伙一定很爱你。"

"谁？伽博吗？"

伊凡用手肘戳了一下米兰身侧："没错，而且是严厉的爱。"

"这个爱可跟我想的不太一样。"

"你肯定是哪里做得不对了，"伊凡说完，用手指了指手提箱，"他让你留下行李了？"

"难道他把你们的都收走了？"

伊凡看了看房间里的其他年轻人。

"是把我们所有的东西都卖了，估计是怕我们花钱嗑药吧，"这想法让他发笑，接着他又看向了那个大箱子，"里面装的是什么？尸体吗？"

人们爆发出一阵笑声。米兰把帽子放在了把手上："差不多吧！"

伊凡张开没牙的嘴笑了，可听到米兰一本正经的回答，他又抿紧了双唇："得啦！兄弟。我就是开个玩笑，你至于嘛！"受到惊吓后肾上腺素陡然分泌过多，伊凡瞪大了眼睛说道："我们见过的尸体已经够多了！别他妈再开这种玩笑。"

地板上沾有面粉，米兰跟随足迹向前走着，躲让着那些注视着他的人。这些人年纪不大，比他还要年轻，米兰不知道男孩子们是否还保留着童贞。他们身材单薄，神色谨慎，就像受伤的小鸟一样在房间里走来走去，手里拄着拐杖，胳膊或腿上还裹着绷带。一个截了肢的男孩儿用右手臂的残肢不管不顾地用力捶打着面团儿，米兰猜想，他可能是想通过这种方式恢复自己失去的知觉。面团儿被旁边的人不小心推到了地上，男孩儿的残肢仍然使劲儿地打在了桌子上。有一个折断了腿的男人跛着脚路过这里，用巨钳似的拐杖拾起了那个面团儿。他把面团儿砸在男孩儿的残肢上，然后将一支烟塞到男孩儿嘴里，接着又为他点燃了烟。男孩儿明显是一个右撇子，还没掌握怎么用左手去打开打火机。这两人话不多，其他人也一样。在昏暗的面包房里，他们围绕彼此舞动着身体，跳着奇特的芭蕾舞，晃动着脑袋。放音机里高声扬起了米克·贾格尔的歌声，他们的嘴唇也跟着歌词翕动起来。人们调大了音乐的音量，在高昂的情绪中工作着，仿佛要通过揉捏面团儿来重塑一部分自我。

他们边工作边聊着天儿，米兰在揉着面团儿听他们的故事。这些人曾像军队似的沿着"兄弟友谊与团结"公路跋涉六英里，从贝尔格莱德来到了武科瓦尔，这样做并非为了一睹途中的荣光，而是因为别无选择。还有些人是自愿加入的，他们面露嘲笑和劝诱之色，驾驶着坦克在各地抢劫和掠夺民众，然而就在这场战争之前，他们是本来毫无理由去仇恨这些人和地方的。一路上，大街小巷里走出了许多前来应征入伍的年轻人，他们都正处于易受影响的年纪。对于宣传塞尔维亚总统米洛舍维奇发起的种族清洗运动来说，这支部队堪称完美。

想当初离开各自的村庄去接受教育的时候，他们并没有打算成为刽子手。他们的教授——至少在贝尔格莱德的教授们本可能会应允，然而没等表态便惨遭迫害的不在少数。小伙子们站在弹雾里，目睹着自己的朋友因为拒绝响应人民军的号召而在街头中弹而亡。

这些人虽然保住了性命，可心里有愧疚。在面包房里工作的小伙子们获得了安全和温暖，然而不少伤亡者还留在武科瓦尔。跟征兵的人相比，这些年轻人也好不到哪里去。他们告诉米兰，最糟糕的是他们无法摆脱这场梦魇。

还在武科瓦尔的防空洞时，这些应征兵就将幸存者中的妇女儿童与男人和男孩儿隔离开，强迫他们从"塞尔维亚"和"克罗地亚"二者之中选一个作为自己的祖国，接着又残忍地杀害了所有幸存的男子，并将尸体埋在了市外的集体坟场。他们告诉米兰，这一切都是南斯拉夫人民军下达的命令。

他们说，一名应征兵，也是他们的同窗好友，正在学习成为一名兽医，就在推土机把两吨土推入装满尸体的坑里之前，他纵身一跃跳了进去。据说在另一名应征兵的枪口胁迫下，此人曾撕裂了一只大麦町幼犬的喉咙，并把它悬挂在了篮球筐的边沿，而在整个过程中，幼犬的主人——身穿海军水手短外套的女孩儿就站在操场上，目睹了这一切的发生。

夜幕降临，小伙子们比其他时段都要悲伤许多。他们把头埋在枕头下，为死去的伙伴以及跟他埋葬在一起的其他人而强忍啜泣。面包房里的二十几名应征士兵决定以后不再谈论这位朋友，以示对他的尊敬。

"去他妈的。"他们一边怀念故友，一边咒骂着米洛舍维奇的种族清洗运动和"大塞尔维亚"计划。

"去他妈的塞尔维亚，去他妈的克罗地亚，去他妈的南斯拉夫。"

他们离弃了坦克，在雪地里穿越雷区，奔袭十六个小时来到了匈牙利。艾格尔北部小镇的一名货车司机中途搭载了他们，车上的女乘客是一个来自索菲亚的妓女。在那扇朝向驾驶室的窗子里，她在用保加利亚语演唱着佩西·克莱恩的歌曲。

他们坐在后面，爬上成桶的牛血酒，分享着一大锅自家做的炖菜牛肉，这是司机的妻子为旅途准备的食物，就好像知道丈夫在期待着旅伴似的。卡车司机按照承诺把妓女送到了伽博那里，又应负责人的请求把应征士兵们运送至面包房，因为伽博拒绝在营地为他们提供住宿。士兵们得到应许，即可以通过为伽博制作面包来换取食宿。这些人欣喜于获得第二次机会，但没有质疑这一事实：他们所烤制的大部分面包从不曾被卓各希德的民众食用，而是没等天亮就神秘消失了。

米兰在黑暗中摸索着来到储藏室，窗户上蒙了一层水蒸气。在月光下，架子上数百块温热的面包散发着微光。米兰站在窗子旁，望着河的对岸。磨坊的巨大木轮被冻住了，掩藏在柳树光裸的枝干后面。他把一架小折梯放在窗下，然后爬了上去，将身体抵在梯架上，接着又掏出一块肥皂，在玻璃上仔细地用正体大写字母倒着写下了自己的名字。他不太在乎这些小伙子是否能认出它，他只想着如果萨拉碰巧从面包房路过并且抬头向上看的时候，能够知道他就在这里。在他和伽博离开的那天晚上，萨拉仍然没有回到营地，所以他没办法知道伽博是否会告诉萨拉他去了哪里以及为什么要离开。

他从梯子上爬下来，从窗子的映像中看到有什么东西在面包房里飞过。收音机被关掉了。人们在喋喋不休地做着猜测、打着赌，哄笑声和喊叫声混作一团。米兰穿过储藏室走回去，看到自己的一个笔记本在粉尘中被抛掷着。他认出了封皮，于是赶紧跑向了士兵。他没料到自己毕生的心血会被这样当众羞辱，可他们把笔记本抛过他的头顶，觉得这种"耍猴子"游戏很好笑。

"这是在干什么？"米兰愤怒地质问伊凡。

伊凡面带歉意地看了他一眼。

"对不起了，兄弟。他们感觉无聊，有些喝醉了。我觉得，他们只是有点儿好奇才这么做的。"

米兰一直都有意不让自己太久地脱离音乐，但也不跟任何人谈论音乐。他无助地站在那里，笔记本从他的头顶上方飞过，在人们中间传来传去。有的人还停下来拿在手里翻了翻，时不时地看一眼，似乎并不相信这些曲子是米兰自己创作的。米兰抬起手，打落了正从头上飞过的一个笔记本，使它掉落在膝盖处，他一页一页地把纸撕扯下来，接着又继续将它撕扯成两片、四片……直到每个人都停了下来。

伊凡在工作台之间跑来跑去，把笔记本收起来并且码放好，一起交给了米兰。"好啦，兄弟。说正经的，你应该冷静下来，他们没有一丁点儿恶意。"伊凡说道。他目睹过每个工人情绪失控的样子，却从没见过有谁像作曲家这样将情感宣泄得如此悲恸。

"他们只是想要让你了解。"

米兰冷酷地盯着他。

"了解什么？他们那些下作的事情，我早就已经了解，除了这些还要告诉我什么？"

伊凡绷紧了嘴唇："兄弟，他们是想让你了解，这里很欢迎你，你并不是孤身一人……我们都杀过人。"

米兰翻看着碎纸片，黑色的音符像是节日里抛撒的五彩纸屑。他几乎认不出人们的轮廓，难以区分拐杖和四肢。

"你错了，我没杀人。"他说着把笔记本堆放在了一起，并没有按照什么特定的顺序进行排列。他将目光从伊凡身上移开，从一张张失望的脸上看了过去。他把笔记本按压在胸膛上，从士兵们羞愧的情绪中抽身离开。与他们不同，米兰期待着自己能够得到原谅。他并不算杀过人，但确实让一个男人死了。米兰认为这是一个很不错的理由，允许自己在回忆里寻求庇护。

伊凡主动去买了一瓶酒。"请你原谅我们。"他说着拍了拍米兰的肩膀。士兵们把其他的酒都买了下来，直到酒精淡化了苦涩的氛围。他们坐在城镇边缘一处小山坡上的酒窖里，当地人聚集在一起听酒窖的主人弹钢琴。这里挤满了人。潮湿的墙壁布满了苔藓和硬币的痕迹，在那挂歪了的日历上，圣母马利亚正低垂目光注视着众人。

一位高个子盲人一边走动一边拉着手风琴，他的肺如同手风琴一样扩张着，在呼吸的时候仿佛肋骨都要戳破他的衬衫。酒窖主人从钢琴旁站起身，在房间里走动起来，他的手上拿着一个长颈分酒器，几乎跟他的腿一样长。他察觉到了紧张的气氛，于是挥舞起了分酒器，仿佛它是一根魔杖，而他此刻需要给顾客们施加魔法。民间音乐似乎并未起到安抚作用。这些人面色阴沉，他们来自不同的国家，讲着带有卷舌音的俄语和支离破碎的马扎尔语。他们皱着眉头，并不是为了消遣才聚在这里，而是出于公事需要。大多数人喝醉了酒，脸色发红，用怀疑的目光打量着彼此。

看到伽博坐在人群中央的桌子上主持着俄国人和匈牙利人实属难得的会晤，米兰并没有感到吃惊。他轻松地用俄语流利地跟另一个人交谈，他们是老同学，周末这两天一直在见面，身边都没带着妻子。伽博正在讲着他自己喜欢的一个笑话，说的是匈牙利人共有的一种形象："一辆马车从街道那边驶过来，只有匈牙利人会傻站在那儿，溅了一身泥。"看到米兰，伽博吓了一跳，以至于没把最好笑的那句话说完。他停了下来，用手托着下巴，凝视着这位作曲家。手风琴乐手也不再演奏，他从伽博看向年轻人的目光中察觉到了麻烦。伽博设法从桌子间挤了过去，来到了米兰和钢琴中间。

他用英语对伊凡说："我说过，别把他们带到这儿来。"

"面包房里没什么可喝的。"

"我不是花钱来请你们喝酒的。"

"可你根本没付我们钱啊！伽博，难道你忘了吗？"伊凡答道。

伽博绷紧了脸颊，感觉到俄国人的目光落在了自己身上，此时不得不给他们留下一个好印象。他用英语跟塞尔维亚人说："你们知道他是作曲家吗？"

伊凡点点头，歉疚地看向米兰："嗯，刚刚知道。"

"听他演奏过吗？"

"没有。"

"太遗憾了，他可是好手，好到连英语老师都爱上了他。问问看，他愿不愿意为我们演奏，说不定我们也会爱上他。”

“他喝得太多了，伽博。”

“那正好，我们还可以跳个小舞。”

伊凡看向米兰，用塞尔维亚－克罗地亚语转达伽博的话，说：“他想让你表演。”

“我想让他滚。”

“你敢，我可不敢，”伊凡说完放低了声音，“听着，我知道发生了那件事之后，你现在很累，还在生我们的气。不过我敢发誓，只要你按照他说的去做，你下一分钟就不必在面包房里受苦了。”

米兰凝视着钢琴，感觉不太舒服，身上还有些发热，而这不仅仅是酒精的作用，还因为他对公开表演心怀恐惧：“这又是为了什么呢？我可没这样表演过，从来没有。”

“为了那些人。”

米兰抬起头，顺着伊凡的目光看过去：“为了他们？”

“我们是在为他们效劳，而不是伽博。面包店是那些人的。”

米兰盯着他，试图把两件事联系起来。

伊凡继续说：“谁在他们这里避难，谁就是他们的人。”

“天哪！”米兰说，“这地方要是称得上避难所，恐怕地狱里都有毛毯了。”

伊凡把目光紧锁在他的身上，流露出乞求的神情，暗示说自己稍后会将一切解释清楚，但现在不行。

“一首就行，米兰，求求你了，你想弹哪首都行。”

米兰从桌子上撑起身体，然后走向钢琴，把凳子拉了出来。他并没有立刻坐下，而是紧盯着琴键，眼神中的轻蔑和无助就跟许多年前的那次一样。在宾馆里，妈妈的老板扎科也曾提出过同样的请求，要他弹一首曲子。"你想弹哪首都行。"——那个人也这么说过。

米兰坐在凳子上，感觉到伽博有些不耐烦。他看见折叠的琴盖上映出了伽博的面孔，二十年前是那位老板的面孔——他们的脸上都写着暴躁的情绪。

此时俄国人聚集在酒窖里，那个时候游客和商人则挤满了扎科经营的宾馆大厅。他想让米兰为大家表演，以此感谢他们赠给母亲的花束和香水。这些礼物博得了妈妈一笑，却没有给她带来真正的快乐。儿子的演奏才是她的快乐所在，米兰于是便用自己在脑海中听到的音乐逗妈妈开心。

米兰凭记忆弹奏出曲调，事实上他并不识乐谱，六岁的时候他也只能看懂连环画。然而，扎科坚持要他演奏肖邦的《C小调练习曲》，当着宾客们的面把乐谱扔给了他，这可把米兰惊呆了。音符似乎从纸张上融化开来，溜进了琴键之间的缝隙里。他甚至不知道该怎么摆放谱子。扎科轻松地做了演示，把米兰水平放置在乐谱架上的谱子正面翻卷了上去。看到米兰犯的这个错误，扎科给了他一巴掌，觉得这个男孩儿本应该懂得更多。

扎科得出结论，认为米兰并不是真正的音乐家。米兰因为头部挨了击打而突然发病，扎科因此断定他能胜任的事情少之又少。

"把这孩子称为神童，是顺嘴编出来的吧！"说完，扎科猛地合上琴盖，还夹到了手指，他打发米兰离开了大厅。后来在米兰七岁生日当天，扎科也没有让米兰的妈妈休假，算是对小家伙犯错的惩罚吧。看到琴盖上伽博的影像，米兰不愿意在酒窖里再度蒙受同样的羞辱，于是将琴盖扣在了琴键上方。

他对伊凡说："告诉他，我不干了。"

"别呀。你要去哪儿？"

"回家。"

米兰从钢琴前站起身，走到了门口，应征士兵们都喝得酩酊大醉。伊凡慌了，跟着米兰走出酒窖，在路边的一辆面包车旁拦住了他，车子是塞尔维亚的牌照。

"等等，有东西给你看。"

"不了，谢谢，该看的我都看过了。"

"但这个还没有，你有必要知道。"

伊凡打开后门，里面装着一盘盘面包，窗户上蒙了一层水汽。他从摆架上取下长条面包递给米兰，又将它的顶部提起一半。外皮已经撕开，里层的面包大部分都不见了，取而代之的是半自动步枪的枪管。

第六章

　　米兰的枕头把床单压得微微凹陷，萨拉希望从他的枕套上找出一根头发，随便有什么痕迹都行，可没有证据表明那里曾经躺过人。床垫上空空如也，塑料的遮盖物像一个新伤疤似的发着亮，在等待一个新难民的到来。

　　萨拉看到其他床铺都已整理好，床上没人。除了遗留下来的线索，她对睡在这里的人几乎一无所知。床上方的墙壁上挂着念珠，小毛毯紧紧地收紧在床垫末端，鞋子码放在墙边。她不知道这里的人是否注意到米兰不见了，营地里的人们来了又走，毕竟这里不是他们的家。总有一天，所有人都会离开。

　　"他走了。"

　　萨拉转过身，看见伽博正费力地将一辆轮椅推进门。轮椅上的中年男人长相英俊，有丰满的嘴唇、坚毅的下巴、巴尔干人的宽阔肩膀。他没有双腿，黑色的羊毛袜子被拉伸遮住了残肢。伽博将男人勉强从门口挤进来，不小心把自己的大拇指夹在了轮子和门框之间。

"因为它们，想要帮助这些人不太容易。"

萨拉盯着伽博，不清楚他指的是轮椅，还是男人的受伤状况。伽博把那人从侧柱之间一推而过。男人转着轮椅走向床边，自己从轮椅里抬起身，一下子扑在了米兰的床垫上，开口呻吟着。

"萨拉，这是米什科。米什科，这是萨拉。"

萨拉点点头，伸出了手："欢迎你来卓各希德，很高兴认识你。"

"滚远点儿。"

萨拉震惊地转过了身。

"他用了药。"

"用药？"

"他是战地摄影师，在波斯尼亚执行任务时丢了双腿，失了心智。他连一句完整的话都说不出来，一开口却有不小的词汇量，很多脏话我都没听过。说不定他能帮到你。"

"谢谢你的好意，不过我知道怎么用英语骂人。"

伽博从她面前经过，把一瓶药放在了睡着的摄影师身边："我指的是教学，你可以在课堂上找个帮手。"

"我一个人没问题。"

"难道你不需要一个说本族语的人跟他们谈谈吗？"

萨拉大笑："谈什么呢？批改试卷？表演才艺？你不是规定了所有人都说英语吗？怎么现在又改变主意了？"

"不，不，当然不，"伽博说道，用手搔了搔发红的脖子，"只是觉得我们应该找些乐子来打发无聊的时间，对吗？我还是第一次见到孩子们这么心不在焉。"

萨拉紧盯着他，说道："我们又不是没有过消遣，只是他现在离开了。"

伽博转过身去，给摄影师盖上了一条毛毯。

"米兰去哪儿了？都已经一个星期了。"

"他没告诉你吗？"伽博把轮椅停在床尾，"啪"的一声刹住了闸。他回过身来，露出一脸难以置信的表情。

萨拉迎上了他的目光。"要知道米兰的英语说得不好，身上还带着病，"她说完擦了擦脸颊上的泪水，因为在他面前哭而有些尴尬，"我很担心他。"

"该担心的事情有一箩筐。"说完，伽博看了一眼战地摄影师——他已经睡着了，在打着呼噜。

"他有癫痫，"萨拉说着揉了揉眼睛，"你可别忘了。"

伽博后退了几步，耸了耸肩："我把他送到火车站的时候，他看起来倒是很健康，我觉得他可能是要去德国。"

萨拉眨了眨眼睛。她知道火车站里并没有火车，预定到达的火车都被暴风雪耽搁了——这场暴风雪是近十年来袭击欧洲东南部的暴风雪中最严重的一次。然而，伽博说谎时并没有考虑到恶劣的天气、历史因素或者任何逻辑。塞尔维亚人永远不会去德国避难，因为德国人已经承认了克罗地亚的独立，一个来自克罗地亚的塞尔维亚青年要想在那里引起任何人的同情，需要做太多的解释。

"怎么了？"伽博问道，从萨拉的眼神中看出了指责。他低头看着她手中的塑料袋："这里面是什么？"

他把袋子从萨拉的前臂上取下来，打开了它，又剥开几层报纸，里面露出了小提琴。他把纸揉成一团扔在地板上，一开始什么也没说，只是吹着口哨，把小提琴举到光亮处，慢慢地转动着观察它："可惜他把这个忘了，我会寄给他的。"

"不可以，它是我的。"萨拉伸出手，摸到了小提琴的琴颈。

"米兰·布雷纳把他的小提琴送给你了？"

伽博有些震惊，沮丧地松开手，插进了口袋里。萨拉把小提琴夹在腋下，飞快地转过身去，没有说出让伽博满意的回答——米兰没有给她小提琴，小提琴并不是重点。

萨拉一边想着米兰，一边在河边踱步。就算没办法亲耳听到音乐，她也会尽力去回忆乐曲里的声音，但又苦于在雪地里听得没那么精确。米兰不在的日子里，每过一个星期，营地里都在变得更加寂静，寂静的时间也越来越长。

复活节到了。伽博穿着兔子装，送难民们去船屋寻找复活节彩蛋。那天早晨冰面上巧克力硬币的金箔闪闪发光，那是伽博早上撒在雪地里的，它给河水注入了一种缥缈的光芒。

河面上显示一切安全，自从难民们越境进入难民营以来，萨拉第一次在他们的身上感到了一种欣喜若狂的喜悦，仿佛有了这个假期就不必再回头。他们尽情地滑行着，没有留意到冰块爆裂的"嘶嘶"声。太阳越升越高，炙烤得越来越久。他们向萨拉保证，她不必知道怎么跟他们一起滑冰，如果愿意的话，她也可以选择走路。

她站在岸边一堆结着冰的芦苇里，轻轻挥了挥手，礼貌地婉拒了邀请。他们在冰上跺脚以证明冰的厚度，还开玩笑说，她迟早会加入他们的行列。"轮到你了！"他们喊道。

萨拉感觉肩膀上落下了一只毛茸茸的大爪子，她转过身来，看到伽博正在脱掉他的兔子面具。他的鼻子发红，往下淌着水，他用袖子上的皮毛擦了擦，然后递给萨拉一双溜冰鞋。她感到很奇怪，溜冰鞋已经到了，但她从奥斯汀的朋友那里请求捐赠的服装还没到。这是她唯一能够帮到难民的事情，因为教他们英语似乎并没有改善他们的处境。这双溜冰鞋不太像样，鞋带破破烂烂的，冰刀也不锋利，萨拉怀疑它们只能用来挖泥巴。

"萨拉，这可是复活节呀，开心点儿。"

萨拉盯着兔子面具，看着眼前这位摇身一变的慈善家，她强忍住笑意。她不相信伽博摆出的姿态，就像她不相信河水已经冻得结实。

"我正开心呢！"

"可你就像是棍子上的泥巴。"

"你是想说，我像泥巴里的棍子一样，连动都没动吧？"

伽博把溜冰鞋塞给萨拉，往嘴里塞了一块巧克力。眼前的难民大多是青少年，他们在玩"开火车"游戏，从伽博和萨拉身旁滑过去时，碎冰碴儿溅到了两人的身上。

"瞧，他们这才叫开心。"

伽博微笑着挥了挥手，露出了粘在牙齿间的巧克力。他把兔子面具拉下来戴在脸上，穿着溜冰鞋成功地穿越了滑溜溜的河岸，到了冰面上开始追赶他们。他在桥下溜着冰，兴奋地大喊大叫着。

等到难民们到了河的下游，萨拉才穿上溜冰鞋。她把磨损了的鞋带塞进鞋舌下面，慢慢地穿过芦苇走向岸边。她突然意识到自己还从来没有见过难民们究竟是怎么来到这条河上的，尤其河边的警示牌上还提醒着冰层正在融化。她不知道该在哪里下脚，想要找一个冰层最厚的地方。在一个小码头附近，她发现了一小块不到一米宽的空地，她抓着码头的柱子，双手交替地向河岸方向挪动着。

她把指甲抠进木头里，不敢松开手。她是知道如何滑冰的，很惊讶自己现在对它竟然这么恐惧。她抬起头来，突然感到有些难为情，觉得有人正在桥上看着她。四周没有声音，一切都静悄悄的。难民们要是感觉冷了，很快就会回来。

　　萨拉深吸一口气，将身体推离了码头，脚踝处一阵剧痛，膝盖直打哆嗦。她努力不让自己摔倒，从冰面上滑了过去。她举起双臂，手指上沾着雪，放松了一下膝盖。她慢慢地站直，下巴缩成一团，缓缓转动着身体。找到了重心后，她把身体更靠近冰面，动作也变得更快。她感到有些头晕目眩，不知所措。萨拉觉得光线发生了变化，仿佛有一朵云彩掠过了太阳。她睁开眼睛，在桥的阴影里看见一个男人正俯视着她。

　　那人举起帽子，朝这边点了点头。萨拉抬起手臂，但没有挥手，身体突然变得僵硬，她在阴影中认出了那张脸。

　　"萨拉？"

　　她抬头看向那座桥，以为米兰会在桥上，但他已经走下河岸，正步行穿过冰面，朝着她的方向走来。他的影子在冰面上延伸得很长，率先触到了萨拉，头部的影子落在她的脚边，然后逐渐靠近，直到他如雕像般地站在了她的面前，低下头看着她脸上的表情。萨拉没有抬起眼睛去看他，她不敢相信自己的眼睛。

　　萨拉只是盯着他的靴子，还有裤子和外套上的面粉手印。他慢慢地靠过来，下巴落在她的头顶，把她拥进了怀里。他现在对她来说是那么高大，她知道他所拥抱的不仅仅是她的身体，还有她封锁在心里的一切无言的痛苦。两个人都没有开口，不需要用俗套的语言交流。他们彼此双唇相触，她接纳了他，感觉到他的呼吸温热地喷洒在自己的唇上，带着凉意的雪花飘落在了他们的脸颊上。他的身上有新鲜面包和雪的味道，脖子上带点儿咸味，身体的热度从外套里升腾起来。她的身体颤抖着，把他紧紧地抱着，又向后退了一步，感觉到他用手指描摹着她的下唇。

萨拉抓住了他的手，把它从脸上移开，在放手之前紧握着他温暖的手指。她后退了几步，自从他离开营地后，这还是她第一次看他。她的眼睛注视着他的瘀伤，目光中流露出迫切的心情，想要知道他脸上的伤从哪里来。跟第一次见面时相比，他如今更瘦了一些，下巴和颧骨也更突出了，而萨拉内心深处所关切的并不只这些。

她想知道他去了哪里，有没有吃东西？吃过什么东西？他有没有睡过觉？能睡得着吗？没有音乐也可以入睡吗？她可从来没睡好过，恐怕以后也一样，除非音乐再次响起来。她有些哽咽，有一股想要尖叫的冲动。她需要他来帮忙回忆起自己所忘记的一切。

萨拉大胆地在米兰周围溜着冰，脸颊上添了一抹色彩。天色已晚，落日的余晖把冰面涂成了粉红色，雪下得又大又急。她又绕着米兰转了一圈，听到伽博和难民们的笑声越来越近，她便停了下来。她不想让伽博看到她和米兰在一起，于是惊慌地滑过了河面，寻找着能让她安全上岸的码头柱子。

雪下得更大了，她分不清天空和河面，也看不见河的对岸。她放慢脚步，擦了擦脸，睫毛上满是雪花。她把冰刀插入冰里停下来，试图稳住身体，当冰开始破裂时，她感觉到自己身形一动。她深吸了一口气，喉咙发紧，肾上腺素在分泌，她的身体有些刺痛。她正从冰面掉落下去，但也只是把双手伸向空中，在黑暗中摸索着梯子，别的什么也做不了。

萨拉的左脚先落入水中，接着是小腿和膝盖，随后她的右脚也跟着掉了下去，脚踝和脚趾相继下沉。牛仔裤紧粘在大腿上，外套鼓胀起来，口袋里装满了冰水。河水将冷意如电流般传送给她，吸收着她身体里的热量。她的背部和脖子上的肌肉有些刺痛，头骨底部也感受到了一丝锐利，就好像寒气钻入她的大脑，开启了记忆的闸门。

萨拉经过了两次刺激才有了反应：第一次是堂兄马克把她的湿发从脖子上撩开，亲吻着她的肩膀，但她丝毫未动；第二次是马克把她的头发编成了一根辫子，挤出来的水都落在了枕套上，她这才向前挪动着身体躲开了，感觉这不像是堂兄会给的拥抱。马克说，即使下雨他也觉得太热了。他总是让她睡在上面的铺位上，她可以在木头墙上的灯光下看书。他告诉她在暴风雨中要勇敢，在雷鸣之间可以读秒。她在急促的心跳中考量着空间，感觉他正用牙齿咬着她泳衣的带子。

他整天都表现得怪怪的，她觉得他很紧张。参议员将和他们一起庆祝马克在西点军校的任命，其实这没什么好紧张的。参议员正在玩儿用马蹄铁套圈儿的游戏，父亲们会招待他，母亲们也已经做好了土豆沙拉。"足够喂饱一整支军队了"，他们笑着说这句嘲弄的话。萨拉负责打扫窗户，整个上午都待在屋顶上，清理着天窗上的蜘蛛网。她不明白为什么要擦窗户，而参议员又为什么要抬头看窗户。她此刻很想去游泳，妈妈责备她太自私了，说今天是马克的好日子，她应该为他感到高兴才对。事实上她当然是高兴的，马克也知道。她给他做了一张照片拼贴，让他带去西点军校，这样他就不会忘记他们在河边度过的夏天了。她突然想到母亲说的没错，也许她的确是自私的。她想让马克记住她，而不是那条河。他确实会记得她，但跟她所想的不太一样。

在黑暗中她看不见他的脸，只有外面的烟火在他眼中闪烁着。银色和蓝色的光交相辉映，如宝石般抛撒在天空中，马克身边环绕的月光黯然失色。她想表现得勇敢些，但他的凝视使她紧张。用这样的方式看着她，却又不说话，马克跟平时不太一样。她也不清楚这是什么意思，也不知道他为什么拒绝抬眼看天窗外的星星。他用手指在她的衣服上描摹着，把星星一颗颗连在了一起。

一阵和煦的微风吹过他们头顶的窗帘，祖父在门廊秋千上抽水烟的气味飘了进来。她听到打火机的轻弹声和拇指往烟斗里塞烟草的拍击声，还有烟草袋缓慢地完全折叠起来的声音、秋千摇摆的"嘎吱"声。

"我饿了。"萨拉说着用胳膊肘撑着坐起来，从马克身边走开了。他的胸膛上还残留着太阳的温暖。

"再等一下。"

"我们要错过烟花了。"

她的胃"咕噜、咕噜"地响了起来，她想吃留在烤架上的奶酪汉堡。她的父亲已经把它忘了，只顾着跟朋友玩儿马蹄铁，争抢着套环，钢圈儿"砰"地扎进沙地里，空啤酒罐发出"叮当"声，烟花棒上的火光就要熄灭了。参议员的声音在他们头顶上响起，坚定而雄辩，像一位站在临时讲台上的布道者似的赞扬着福斯特一家。他说，马克会给家族带来莫大的荣誉，更重要的是他会让这个国家感到骄傲。

"西点军校也有烟火吗？"

"有的。"马克答道。他的声音里流露出悲伤的情绪，似乎有一些遗憾。他没有松开她的头发，仍然把它缠在指间。

这话虽然有点儿奇怪，但感觉还不错，像是一句赞美。一开始先是温柔的吻，马克的嘴唇落在了她的肩膀和脸颊上。他轻轻地移动到她身上，把手伸进了她的衣服里。她觉得这样做是不对的，于是推开了他的手。他们以前很亲密，对彼此的身体并不陌生，小时候还在一起洗过澡。她知道他背上和脖子上有很多痣，他壮硕的肩膀和胸肌是通过摔跤练出来的。多年来，她观察着他胳膊和腿上网状的血管，它们似乎要将他的力量彰显出来。他的身高超过了六英尺，比萨拉的父亲和他自己的父亲都要高一些，还没到十二岁就能一手掌控篮球了。他不用小刀就可以将苹果劈成两半，还说这是他的"拿手绝活儿"。

这就像是一场恶作剧。他的手插在她的衣服里，手指压在她被河水打湿的大腿上。一只瓶子被烟花炸翻在了房子上。萨拉试图挣脱马克的拥抱，但马克咬了她的嘴唇，让她安静下来。她轻轻点着头，眼睛睁得大大的，目光飘浮在自己的身体之上，胳膊和双手像洋娃娃一样无力地瘫在床沿。她张开嘴，却找不到话可说，她不知道该怎么表达这种疼痛。即使她想尖叫，她也不愿意让任何人听到。十三岁的她决定保持沉默：沉默会让她自由，比真理更为明智。萨拉·福斯特想要相信：保持沉默就会忘却一切，但沉默只会记住一切。

第二天早上萨拉醒来时，米兰正拉着她的手。他坐在她身边，几乎没怎么喝咖啡，右手里的杯子颤抖着。是他把萨拉从河里抱起来的，冰水刺激着他的身体。他拒绝让伽博和其他难民帮忙，带着萨拉跌跌撞撞地过了桥，独自进入了营地。有那么一刻他们俩都在下沉，被一块破冰困在了河面下。他把手紧紧地贴在她的脸颊上，试图让她集中注意力，可她已经闭上了眼睛。

米兰在水中呼喊着她的名字，直到他听不见自己的声音，喘不上气来，也看不见冰面上的东西。就在他以为他们俩都可能会被淹死的时候，米兰碰触到了一根下陷的柱子，于是便踩了上去，然后把萨拉拖到了码头上。

萨拉的冰刀撕裂了他的裤子，划破了他的小腿，地板上溅满了血和河水。他拒绝了瑞典女人递过来的一支烟，眼睛盯着萨拉苍白的嘴唇。他把她身上的毛毯裹得更紧了，她已经用了十二条毯子，身体从烘干机里汲取着热量，可她仍然冷得发抖。睁开眼睛时，她茫然地盯着天花板，仿佛自从他把她从河里拉上来以后，她还没有完全回过神儿来。

当米兰伸出手来轻抹她脸颊上的泪水时，她才意识到自己还在哭泣。她抓住米兰的手，把脸转向他的臂弯里。她的思绪徘徊在距离营地五千英里以外的地方。她不想忘记花了八年时间才记起的事情，水烟的气味还留在她的记忆里，耳边是爆裂的烟花声。

她感觉到了难民的存在，他们的体温温暖着房间，呼吸中散发出陈咖啡的味道。这是她第一次听到营地里的声音高过了耳语，她很高兴听到他们说着自己的母语。

伽博还没换下兔子装，他把地板加热器放在了萨拉躺着的床边，想要在墙上找到一个可用的插座，但一无所获。他端着白兰地酒杯在房间里踱来踱去，难民们聚集在英语老师周围和门口，令他没办法避开。

他在米兰身边走动着，就好像他不存在一样，对他的英勇行为无动于衷。伽博用英语咕哝着，看到米兰还没有放开萨拉的手，他有些激动，无法确定他们两个是谁抓得更紧，又是谁先伸出了手。他曾试图从米兰旁边滑过去，率先到萨拉那里，但被兔子装绊倒了。他的脸颊摔肿了，拿不准是不是米兰给他使的绊子。

来自武科瓦尔的护士伊莱娜穿过人群走来，手里端着一盘热茶和新鲜的波波饼干——涂着切丝奶酪的一种饼干。她在米兰面前停下来看了看他，接着放下托盘，对他说了句克罗地亚语。

"你必须离开，"她说，"我听到了传言。"

米兰凝视着她："关于什么的？"

"你在做的面包。"

米兰感觉胃在打结，听她继续说道：

"伽博提到了你的朋友伊凡。我想他不会告诉你关于面包的事。我不明白他是什么意思，也不想知道，不过他很生气。如果你不快点儿离开，我担心你会出什么事。"

米兰将萨拉的头发从枕套上撩了起来，把多余的水挤到了一条毛巾上。他没有看向伊莱娜，不想理会她的担忧。他伸手拿了一块饼干，视线仍然停留在萨拉的脸上，等着她的眼睛和嘴巴再次张开。

来自武科瓦尔的护士靠近米兰说："不要等她了。"

米兰转移了他的目光，感觉伊莱娜的呼吸吹在他的脖子上。她继续说着克罗地亚语，声音低得几乎听不见。

"你拥有一个选择，而这个选择我们其他人都没有。你还有家！回到杜布罗夫尼克去吧！米兰，趁你还活着！"

她迎着他的目光，想要告诉他更多，却被伽博打断了。伽博走到他们中间，穿着兔女郎的衣服扒拉着波波饼干。

他清了清嗓子："我们是在说英语吗？我怎么听不到英语。"

"复活节快乐。"米兰说着，抬起眼睛看向这位负责人。他知道这句话在英语中的意思。

"你现在改说英语了吗？"

伊莱娜清了清嗓子，说道："没有，不过米兰可是救了你的英语老师。"

她轻蔑地看了一眼伽博，随后走回了人群当中。她把托盘高举过头顶，为人们提供着茶和饼干。

身穿海军水手短外套的女孩儿跨过几摊水，来到了萨拉身边。她抬起头看着负责人，酒窝里带着笑意。

"萨拉老师今天上课吗？"

这女孩儿英语说得极好，几乎听不出口音。伽博点了点头，向女孩儿伸出手，摘掉了她衣领上的棉絮。

"萨拉会讲故事吗？"伽博问道。他大声地说着，仿佛她听不见似的："她想让你讲个故事，萨拉。"

女孩儿把一本书塞进萨拉的胳膊下，然后盘腿坐在地板上，眼睛盯着英语老师，等她开口说话。

萨拉一动不动，觉得自己好像是掉入冰里，来到了满是活死人的地方。她感受到一种沉重，仿佛身体里缺失的部分突然都回归了原位。这次死里逃生使她筋疲力尽。她不想讲什么故事，觉得好像她所知道的每个故事都突然变成了她自己的故事。对于难民们的困境，她再也无法置身事外，他们的故事就是她的故事。

难民们不愿意离开萨拉，一整天都在轮流看望她，不停地谈论着发生的事情。萨拉遭遇的意外事件仿佛给他们的喉咙解了禁，打破了营地里的寂静，让大家可以在楼梯井以外的地方交谈。等他们终于筋疲力尽地各自去休息后，萨拉和米兰一起离开了。

他们走上桥，在倒影的上方倚靠着彼此，紧紧拥抱在一起，听着流水的声音。云层下更暖和了，闻起来有泥土和融雪的味道。天空中落下来几滴雨，敲打在船屋的窗户上。午夜时分，萨拉和米兰撬开锁进入了屋子，跌跌撞撞地走在油漆涂料罐子中间。电源被切断，他们陷入了一片黑暗。米兰几乎看不清萨拉在哪里，而她已经爬上了船的顶部，坐在那里等着他，张开的手臂上挂着从房间里拿出来的包。她看着他，眼神里充满了希望。

"这是给你的，"她说，"谢谢你帮了我。"

米兰没有坐下来，而是站在萨拉面前，好像他们是初次见面似的。她那双温暖的眼睛使他放松下来，她的面庞上流露出来的勇敢将他从巨大的恐惧中解脱出来。萨拉是他生命中第一个因他的力量得到了帮助而不是受到伤害的人。她的坦率跟他认识的任何人都不一样，看到她微笑着，仿佛他是唯一重要的人，他的心就会"怦怦"乱跳。

他伸出手，从她的手臂上取下了包。

"谢谢。"他用克罗地亚语对她表示感谢。

这个包比他想象的要轻。米兰刚刚只是瞥了一眼那捆报纸，还以为里面是酒。他们已经喝得够多的了，他把剩下的酒都给了难民。

他把手伸进包里，身体随之僵住了。这触感不同于他此刻握着的酒瓶，而是非常熟悉的某个东西的颈部。琴弦压在他的拇指下，树脂的味道给他带来一种平静的感觉。他扯下那张报纸，小提琴从里面露了出来。他呆呆地站在那里，一时间说不出话来，肺部一阵发紧，猛地吐出了一口气。

米兰很少收到真正的礼物，除了音乐，他也很少有机会给别人任何东西。他上一次收到礼物是在七岁那年，母亲下葬后，把结婚戒指留给了他。

　　萨拉将外套的拉链拉开，把手伸进毛衣掏出了琴弓。空气在下方流动着，黑暗中扬起了霉味和尘土的味道。

　　米兰将琴弓抓在两手之间，各执一端，情绪上受到了触动。萨拉先放开了手，鼓励着他。

　　"你要演奏吗？"

　　米兰领会到了她变化的语调和恳切的声音。他把琴弓放在船顶，心里有些犹豫，毕竟他从来没有为某个人单独表演过。他用手指抚摩小提琴的琴身，在黑暗中摸索着它的曲线，幻想着萨拉的样子。他不确定自己能否为萨拉单独表演，但他觉得要是能用她的身体来表演就好了。

　　导师安东曾经告诉他，世界上最伟大的乐器是女人的身体，因此才会有那么多东西跟女人的身材相似。这位老人相信，上帝对女人进行了精雕细琢，她们具有完美的音感。他认为，一个人若是能使自己与这种声音合拍，便能够一窥宇宙的奥秘。他说，女性与生命之声产生共鸣，而模仿这种声音则是男人所面临的永恒困境。他解释说，正因为如此，男人弹奏起乐器来就好像是在和它做爱。安东告诉他，这种强烈的欲望能让一个男人发疯。米兰相信了他的话，因为他曾想通过音乐来接触母亲。他一生都在创作一种属于他母亲的声音——蓝色的声音，这是他在看到亚得里亚海时所听到的。自从母亲去世，米兰便只能跟她分享音乐，安东称之为"子宫语言"。

　　米兰突然意识到，萨拉对他的过去一无所知，并不了解他的情况以及他避难的原因，而他同样也完全不知道她的事情。要将这些细节探个究竟已经太迟了。他从手腕上取下医用手环，把它塞进了风衣口袋里，仿佛播种了一颗秘密的种子。他随后拿起了弓，把小提琴抵在下巴处，开始了他的演奏。

他通过演奏小提琴向萨拉说着话，确信琴声可以转移痛苦，修复内心。他想要洗净战争的声音、偏见的声音以及一切阻止他爱和被爱的声音。有生以来第一次，蓝色的声音使他能够正视一位陌生人。他先是通过音乐对她表达了感谢，接着又用声音中的亲近感触动了她。他整晚都在演奏这支曲子，想要借此把萨拉掉进冰里的梦魇完全逐散。

第七章

　　萨拉独自在船屋里醒了过来，因为听了米兰的音乐，而她自己又做了梦，所以身体有些刺痛。她不知道自己在这里待了多久，也不知道现在是什么时间。自从离开奥斯汀的房间以来，她还没有睡得这么香过。她迷迷糊糊地坐起来，希望看到米兰蜷缩在什么地方睡着了，但没有迹象表明他曾来过这里。小提琴和塑料袋都不见了，门是开着的。

　　萨拉感觉到了从河上吹来的凉风，站起身准备离开，肚子在这时响了起来。她在门口停下，不知道那天晚上发生的事是不是一场梦。因为喝了酒，她有些头昏脑涨。自从来到这里，她第一次在内心深处有了饥饿感，可是食物并不能满足她。

　　萨拉站在昏暗的楼梯井里，手中紧握着电话。她没有把灯打开，知道它会熄灭。自从在河里发生了那起意外之后，她还没有和家人通过电话，米兰的音乐在一夜之间让她有了勇气，她心中仍然颤动不已。

　　一个女人接起电话，清了清嗓子。这位是马克的未婚妻米歇尔，她的声音盖过了波士顿街上刺耳的警笛声。

"喂？"

萨拉用手拨弄着话筒，它闻起来有须后水的味道。

"米歇尔，是我，萨拉。"

"喂？我听不太清楚。"

萨拉轻声说："我是萨拉，萨拉 · 福斯特。"

"萨拉？是萨拉！上帝！马克，快醒醒，萨拉打电话来了！萨拉，你还好吗？"

米歇尔的声音听起来很真诚，尽管在这个时间接到电话并不是令人愉快的事情，这时候差不多是东海岸时间凌晨四点半吧。萨拉没有看表。她是在冲动之下拨的电话，而不是出于关心。

"请让马克接下电话。"

她听见电话从床单上方传了过去。马克咳嗽了一声，清了清嗓子。

"萨拉？"

"我想起来了。"她说。

"想起了什么？"他问道。

"全部。"萨拉说完便挂断了电话，没有说更多。

她把电话放到听筒上，然后穿过了走廊，看到伽博身披白色雨衣站在外面。他带着一只行李箱，身边聚集了一群小伙子。这些人围着白色的围裙，裤子上沾满了手印，激动地说个不停。他们挥舞着胳膊，用手指了指屋里的萨拉，又向伽博挥挥手。他拿起手提箱，拖着它上了台阶。萨拉在大厅遇见他时，他正在冒汗。

"你都不睡觉的吗？"他一边问，一边从口袋里掏出手帕擦着额头和下巴。他的双手颤抖着，看上去有些心不在焉。

"你应该睡一觉，"他说着把手提箱放在了地板上，用拇指前后拨弄着箱子上的把手，眼睛盯着萨拉，看到她的视线还没有从白色的雨衣上移开，"这是米兰的。"

萨拉的视线越过他看向门外，眼睛里闪烁着光芒。

"他要回来了吗？"

"他走了。"伽博咬着下嘴唇上发干的嘴皮。

"什么叫走了？去了哪里？"

萨拉感觉到了伽博内心的混乱，他的信心正在崩塌。他几乎无法跟萨拉保持目光接触，转而看向棕榈树上闪烁的灯光。小耶稣像被一个木雕的耶稣受难像替换了。

"不知道他这次去了哪儿，我只知道他不会回来了。"

伽博蹲下来，裤子的布料在膝盖处缩成了一团。他把手提箱放在一边，拉开拉链，接着掀起了盖子，笔记本从里面露了出来。

萨拉有些愤怒，对眼前的物品并不感兴趣："这是什么？我们现在需要的是衣物，笔记本是我刚来的时候说要的。"她对时间安排很不满意，学校的补给品用了整整五个星期才送到营地。

"这乐谱不是给难民的。"

"乐谱？"

伽博打开了其中一个笔记本："这曲子叫《蓝色的声音》，伊莱娜跟我说……这是米兰创作的。"听到伊莱娜翻译出来的这个名字，伽博一开始并没有理解，还以为它说的是颜色而非声音，觉得这句话讲不通。伊莱娜告诉他，这本来也只是想让萨拉一个人了解，而并非为了他人。伽博把笔记本递给萨拉。她难以置信地盯着那堆音符，用手指触摸着，不敢相信她听到的曲子就在眼前的这些书页上。她飞速地思考着，想要弄清楚究竟发生了什么事。

"米兰为什么不亲自给我？"

"我不知道。"

"这不会是你偷的吧？"

伽博瞪大眼睛，震惊于她的指责。这乐谱对他来说毫无意义。他想向她证明这种小偷小摸的勾当他是不会干的，于是便从口袋里掏出拳头，先展开了一封信，接着又摊开了手。一副眼镜露了出来，镜框有些歪曲，镜片碎裂了。他握起萨拉的手，将信塞进她的手中，又把眼镜碎片放在了上面。镜框上满是泥巴，她看见弯曲处还卡着草。伽博把雨衣搭在萨拉的胳膊上。她颤抖着，身体有些僵硬，感觉心脏上仿佛插入了一根棒子。她用手指抓着信："他现在在哪里，伽博？"

"我不知道，萨拉，没有人知道。"

"他昨晚还跟我在一起！他会去哪儿呢？"

伽博不清楚她说的是什么意思，满脑子都想着萨拉和那位塞尔维亚作曲家在一起的样子。

"小伙子们今早在河边发现了这副眼镜。"他望着外面说道。

"我差点儿忘了，他们可是应征兵！"萨拉叫道，"而且还杀过人！"

"他们没有杀他，萨拉。"

"那么你告诉我，他在哪儿？"

"他现在很安全，"他说，"离开了这里就是安全的。"

伽博用手搔着下巴处的胡楂儿。他已经好几天没刮过胡子、睡过觉了，睡眠不足导致他的眼睛有些充血和青肿。他的额头上写满了担忧和真正的关切之意，但萨拉并不愿意相信他。

萨拉在营地里寻找着武科瓦尔的护士伊莱娜，希望她能翻译这些笔记本。里面的字并不多，笔迹匆忙，很明显是一个人在奔波途中写下来的。伊莱娜的室友们说她在走廊那边的洗手间里，说完又翻了翻白眼，惊讶于在他们当中竟然有这样不知道伊莱娜日常工作的人。萨拉是营地里唯一跟伊莱娜睡得一样少的人。

萨拉在门口停了下来，看见伊莱娜弯下腰，正把一件白色 T 恤里多余的水拧出去。灯光都熄灭了，水池上方的架子上有支蜡烛的微光在摇曳，那里悬挂着一串念珠，还有一个用溜冰鞋的碎刃做的十字架。伊莱娜喃喃地祈祷着，把这件儿童 T 恤挂在了浴室里的晾衣绳上，上面还挂着其他的小 T 恤和几条男孩儿穿的内裤，都是同样大小的旧衣物。T 恤非常轻薄，萨拉甚至可以透过它看到护士的脸，看上去就像是一个幽灵。伊莱娜转过身来，吓了一跳。她听到萨拉把门关上，接着打开了信。

"抱歉吓到你了，我不是有意的。"

伊莱娜关掉洗水池的龙头，将手上的水甩了甩，擦在了牛仔裤两侧。她开口说着英语，同时注视着那封信。

"但愿是一个好消息。"

"我也不知道，我不认识里面的字。"

"谁写的？"

"米兰。"

伊莱娜的眼睛放出了光芒，她俯身从晾衣绳下面钻出来，朝萨拉走过去。她接过信，伸手到身后去开灯。她把信看了两遍之后，弄明白了其中的意思，但不清楚萨拉需要了解的信息有多少。

"他想要谢谢你。"

"谢我什么？"

"谢谢你帮过他。"

伊莱娜开始读起了信——

亲爱的萨拉：

当你收到这封信的时候我已经离开，但不会忘了你。没有跟你亲口道别，往后余生都将是我的遗憾。这或许是因为我害怕如果再次见到你，我将永远无法离开你，除非是你选择离我而去。而你终将会离开，也必须离开，因为这里并不是你的家。我们迟早都会离开，但无论在哪种语言里，道别的话都并不动听。我更愿意跟你说声"你好"，因为我的生活才刚刚开始。在我们相遇以前，我已经失去了自己的祖国，因此我以为自己可以去往世界上的任何地方，并且无论去了哪里都只会是一个异乡人。然而，是你引领我来到了一处我没能鼓起勇气奢望的地方。为我提供庇护的并不是这里，而是你。

伊莱娜抬起头，把信叠起来递给了萨拉。萨拉抹着脸颊上的泪水，手指闻起来有漂白剂的味道。她没懂这封信里的语气，她有太多疑问，但永远都不会知道答案了。

她勉强从嘴里说出了一句话："这乐谱是怎么回事？"

"他想让你留着它。"

"为什么？"

伊莱娜一时顿住了，低头看了看那封信。她抱着双臂，鼓起勇气和萨拉面对真相："只有这样，你才能跟'他'一起离开。"

萨拉拍打着墙壁，接着关掉了灯，于是她们再次陷入了黑暗，只有烛光在摇曳。她转身背对着镜子，把信紧攥在拳头里，然后把它扔向隔间的门。她的嗓音突然一变："你帮过我。"

她"砰砰"地敲着门，颓然地倒在了地板上，双膝紧贴着胸前："所以我应该谢谢你的。"她说道，感觉自己的声音变得有些沙哑。

伊莱娜慢慢地走近她，拾起那封信并抹着它的皱痕，将它在胳膊上展平。她柔声地说着话，试图让萨拉放松下来。

"他在哪里？"

一股冷风从窗外吹来，在她的脚踝周围徘徊。萨拉抬起头，她的眼睛即使在黑暗中也有些刺痛："那次意外发生后，谁都没再见过他。"

"伽博也不知道吗？"伊莱娜问道。

"他给了我手提箱，还说米兰只要不在这里就是安全的。"

伊莱娜咽了一下口水，在胸前画了个十字。她伸出一只手，把萨拉扶了起来："起来吧，否则你会死在这里的。"

伊莱娜把萨拉领到洗水池旁，将她的手浸入了放有漂白剂的水中，里面还浸泡着男孩儿的内裤和一件神奇女侠的T恤。她从镜子里瞥见萨拉有两个酒窝，其中一个隐藏在脸颊内侧。因为萨拉很少笑，所以她之前并没有注意到。

"神奇女侠是我心目中的英雄。"萨拉说。

"她也是我的英雄，她从来都不会失去自己的力量。这件衣服是我在市场上偶然看到的。"

萨拉看向水池，在水龙头下冲洗着双手。水龙头里喷射出了一片片铁锈，不过她现在已经习惯了，并没有因此退缩，脑子里在想着其他的东西。

"你打算拿这乐谱怎么办？"伊莱娜问道。

萨拉关上水龙头，倚靠在水池边，准备面对那个不可避免的答案。

乐谱不是她的，所以她不能留下它。

"我要把它带回属于它的地方。"

"杜布罗夫尼克？"

萨拉点点头。伊莱娜觉得这种想法愚蠢得可笑，但很快就抿紧了嘴唇。从萨拉的脸上可以看到一种前所未见的坚定，甚至在她试图让难民们记住一首英文原文诗的时候，这种神情也并未出现过。她花了一个月的时间准备公开阅读的活动，却在最后一刻发现伽博禁止人们谈论战争。

"萨拉，你不能去杜布罗夫尼克。"

"为什么？"

"你在那里会不安全。"

"难道这里就安全吗？我想知道究竟发生了什么事。他跟你交谈过吗？"

"是的，我们聊过几次。我让他有机会就回家。"

"你说让他回去？"萨拉恼火地问道。

"是的，他在那儿还有一个家。"伊莱娜的声音里有一丝悔意。

"太荒唐了！他们会杀了他的。"

"你现在要去那里找他，不是更荒唐吗？"

萨拉将双臂交叉抱在胸前，感觉到窗外吹来了一阵风。

"我要走了。"说完，她看向伊莱娜。

这位护士用好奇的眼神盯着萨拉，递了她一条毛巾："你爱他，对吗？"

萨拉什么也没说，只是把手擦干，同时扫了一眼晾衣绳，说："你也爱他，不是吗？"她说着用手指戳了戳一件男孩儿的T恤，开口问道：

"为什么我从来没见过你儿子呢？"

伊莱娜叹息着，呼出了一口气，瘦削的肩膀在衣服下面起伏着。她突然感到精疲力竭，额头上的血管更加明显了。

萨拉咽了一下口水，觉得胃有点儿不舒服。没等问出口，她就已经清楚答案会是什么。她不想知道伊莱娜的儿子叫什么，这样的现实让她无法承受：她们头顶上方的每一件T恤都曾被男孩儿穿在身上，他穿着它们歌唱和玩闹。萨拉没有再问关于男孩儿的事情，甚至没问伊莱娜和他是如何分开的、又是为什么分开的。

她向伊莱娜靠近了一步，就像久别重逢的朋友般拥抱着她。萨拉回忆起初次见到这位护士的那一刻：她带着一只儿童款手提箱，上面贴着"感恩而死"乐队的舞蹈小熊贴纸。萨拉感受到伊莱娜的心在怦怦跳动，她的身体里满载着遗憾。萨拉抬眼看着男孩儿的衣服，心里想，伊莱娜是否在通过这样一种仪式让儿子继续存活于世。

萨拉沿河边走着，经过了几个吸烟的当地渔民。河岸上泥泞不堪，她的脚陷了进去。混浊的河水有些上涨，辽阔的平原全部都浸入了春天里。她站在一棵柳树旁，扫视着河水。渔民给了她一只苹果箱子让她坐，这些戴着皮帽的男人让她想起了她的祖父。他们用微小的动作对她表示着欢迎，这使她得到了安慰，不过她并不想解释她为什么会来这里。

米兰消失三个星期了，当地警方并没有任何消息。萨拉已经见过好几位警察，尽己所能地向他们解释有一个人失踪了。听到她说这个人是克罗地亚的塞尔维亚人，警察们表示只能祝她好运，接着便用英语请她讲解美国棒球的规则。

河面上乌云密布，大雨倾盆而下。渔民们收起钓竿和钓具箱，匆忙跑到路上，从泥里拉出了一辆蓝色的老特拉贝特汽车。他们招呼着萨拉，愿意搭载她去市场。

她理解了他们的手势，却还在兴奋地用手指着鱼。看到她寸步未动，他们按下了喇叭并且疯狂地挥着手。这时，闪电击中了船屋的屋顶。萨拉艰难地穿过泥泞来到路上，然后爬进了车里。她将车门随手一关，拍打到了自己的外套。渔民们发动了车，把收音机调到民歌的频道。

他们将车停在花架和蔬菜摊儿后面，蔬菜摊儿上挂着一环又一环的红辣椒和大蒜。尽管有春季暴风雨，市场上依然热闹非凡。村民们挤在过道之间，挤在遮篷底下以及一些干燥的地方。孩子们在玩耍，挑战对方看他敢不敢迈进雨里。在空气中，还有一丝电流经过的"噼啪"声。

萨拉从车里爬出来，跟着渔民穿过市场。他们给了她一张报纸盖住自己的脸。当她经过那家吉卜赛人时，她用报纸挡住了脸。他们并没有看到她，正忙着把袜子收起来塞入行李袋里。渔民们停在了一家流动咖啡馆前，提议给萨拉买咖啡和羊角面包。但她心烦意乱，没心思吃喝。

她看见了伽博的蓝色梅赛德斯车，还有那个穿着海军水手短外套的女孩儿。在花架后面，女孩儿把伽博的女儿推到了车身上，引得她尖叫起来。

萨拉丢下报纸走进雨里，穿过各个摊位，朝汽车所在的地方走去。她的目光仍然注视着那个穿着水手外套的女孩儿，看到她抢了伽博大女儿脖子上的一条项链，又把她推倒在地上的水坑里。伽博大女儿无助地躺着，用手捏着流血的鼻子。

身穿水手外套的女孩儿抬起头，看到萨拉后吓了一跳。她的脸被抓伤了，她紧咬着拳头，使自己平静下来。萨拉在她旁边蹲下去，把伽博的女儿从沟里拉了起来。伽博大女儿的眼睛是呆滞干涩的，因为太痛苦了，反而流不出泪来。

"怎么回事？"

两个女孩儿都听懂了她的问题，开始朝着对方大喊大叫，吸引了好奇的路人争相观看这场对决。身穿水手外套的女孩儿气喘吁吁地讲着克罗地亚语，语速很快。她滔滔不绝地说着话，就好像一座决了堤的大坝，紧握的手在颤抖着。

"把手给我。"萨拉说。

女孩儿不情愿地举起了手。萨拉展开了女孩儿的手指，露出了她在营地第一天戴的金色盒式吊坠。它的中央刻着女孩儿名字的首字母，萨拉伸手摸了摸。

"里面是你的小狗吗？"

女孩儿点了点头，把鼻涕抹进了臂弯里，期待地看着萨拉打开了吊坠。她倒吸了一口气，看到大麦町幼犬的照片不见了，取而代之的是一张伽博和他家人的照片。萨拉将视线转向了伽博的大女儿，看到她的妹妹正用袖子给她擦鼻血。两个女孩儿紧盯着萨拉，谁也没说话。她们在等待着一个判决，然而并不会有什么判决。

萨拉意识到是伽博偷了女孩儿的吊坠，他对特权的滥用并未让她觉得惊讶。伽博扭曲的逻辑和品德原本并不会对外造成伤害，只不过是他施展权力和控制的勉强尝试。

她站在那里，手中紧握着吊坠，同时看向了那辆梅赛德斯车的后备厢——里面满载着儿童服装，图案和品牌她都认得，因为它们曾经属于她的邻居、朋友和家人。市场上为什么会出现伊莱娜的那件神奇女侠T恤，此刻突然就说得通了。萨拉动手撕破了后备厢里的衣服，查看着上面的标签，辨认着那些品牌。当然，牛仔裤全都不见了，因为它们卖价最高。难民们曾经申请过牛仔裤的物资，但他们将不会有机会穿上牛仔裤或箱子里的任何一件东西。

萨拉摸着毛衣和裙子，觉得自己上当了。在这段时间里，她一直以为海关工作将会花很久的时间，伽博向她保证衣服一定会运到，要她有些耐心。她做了让步，给了海关一些时间，平静地等待着。伽博送来了滑冰鞋，使它们看起来好像是提前一批运送来的。萨拉亲手打开盒子，相信衣服很快就会送到，而它们也确实送到了。

伽博的大女儿仍然在地上，静静地抽泣着。她蜷缩在后轮旁边，仿佛她也明白这些衣服关系重大。萨拉正要关上箱子，却在这时看见了衣服下面掩盖的两条面包。她伸手想拿出来一条，但面包已经纵向裂开，露出了一支黑色的枪管。

萨拉仿佛摸到了拨火棍一般，把手缩了回来，但又同样迅速地检查了另一条面包，发现里面嵌着一打黄铜子弹。萨拉恍然大悟，心想，这就是伽博给米兰提供的工作，谁知道还有多少像这样的年轻人呢。她发现自己在发抖，对于伽博利用难民营和面包房作为掩护走私枪支这件事情，她感到非常愤怒。被背叛的感觉使她的胃翻腾起来，她"砰"的一声关上了后备厢。

她拉起穿着海军水手外套女孩儿的手，低下头看着伽博的两个女儿。萨拉试图找到合适的措辞向这对姐妹解释，那个吊坠不是她们的，而是那个女孩儿的。她想让她们了解，除了这枚小小的金子，这个女孩儿的世界里什么都没有了。她拉着女孩儿的手走向巴士站，在雨中等着车，希望她们能尽可能慢地返回难民营。

　　萨拉没敲门就打开了伽博办公室的门，然后穿过房间，把吊坠扔到了伽博的腿上。他正伏在传真机上，大玻璃烟灰缸里燃着一根雪茄，烟雾弥漫了整个房间。伽博转过身来，用手指夹住了吊坠的链子。传真机里吐出一页页的照片，图像显示有更多难民正在穿越边境。萨拉站在他身边，要求他做出解释，而他似乎不太有兴致。

　　他拿起了烟头抽烟。

　　"不是你想的那样，"他说，"这东西是我发现的。"

　　"应该说是你偷的吧！"

　　萨拉看向了地板，盯着传真机里传出来的难民们的脸。伽博推了推袖扣上的饰针。

　　"就不该让她想起自己的过去！"他喊道。

　　"为什么？你认为只要她不去理会，它就会自动消失吗？"

　　萨拉从伽博的嘴里取出香烟，把它捻灭在了桌子上，薄薄的枫木板被烧了一个小洞。

　　伽博挺直了身体，椅子随之吱嘎作响。他凝视着萨拉，看见她的脸和脖子均沾染了怒意。她从口袋里掏出自己的房间钥匙，把它放在桌子上。

　　"我要离开了。"她说道，好奇还有多少老师也做过同样的事。

　　"离开？"

　　伽博笑着问，心里有些慌乱。听到这么一个荒唐的选择，他非常吃惊，连脖子也有些泛红，他知道萨拉不是那种轻言放弃的女孩儿。

　　"你要离开，是不是因为我私自拿走了一些旧项链？"

萨拉轻蔑地摇了摇头："不是因为这个，而是因为你的食物不能养活任何人。"

伽博咽了一下口水，嘴唇有些发干。他拧开了巴林卡酒的瓶盖，给自己倒了一杯，没有理会那只仍然粘在杯缘的蜘蛛腿，而是把分酒器举到了嘴边。他双手发抖，喉咙发紧，努力控制着自己想要哭泣的冲动。他将白兰地一饮而尽，有几滴掉落到了下巴上。萨拉觉得，在那黑色嘉年华音乐的衬托下，伽博看起来是如此瘦小和孤独，他蜷缩在椅子里，躲避着她灼热的目光。伽博珍视着自认为比真理更宝贵的东西，意识到这一点，萨拉其实有些为他难过。

"我不是老师，伽博，我从来都不是，"她说，"而你呢？难民们大量涌入你的难民营，跟那些始作俑者相比，你也好不到哪儿去。"她走到门口，最后一次将荒谬和欺骗关在了这扇门内，同时瞥见桌子对面的伽博瘫软了下去。

难民们聚集在护士站，为萨拉的安全争论不休，试图说服她不要越过边境，因为克罗地亚不会有她想要的任何东西。她在一旁听着，对他们的警告不予理会，不愿做出妥协。难民们别无选择，只能接受她将要离开的事实。昨晚他们和她安静地坐在一起，唱着她教的歌，就像第一夜那样跳起了舞。他们坚持要萨拉和每个人都照张相，可她的胶卷只够拍一张，于是便只有和武科瓦尔护士的合照。

此刻，伊莱娜和她一起站在火车站的站台上，听吉卜赛人拉着手风琴。萨拉低头看着铁轨上自己的影子，身旁是米兰的行李箱和她自己的背包，她相信大家一定会再次相遇。

萨拉转身看向护士："希望你能找到儿子。"

伊莱娜点点头："希望你能找到真爱。"

在刺耳的响声里，火车停靠在站台，萨拉拿起了她的行李。

"再见。"她说。

伊莱娜笑了："不，我的朋友。我们不说再见，只说稍后见。"

第八章

在夜里行驶的时候，为了躲避狙击手的射击，司机没有打开巴士的前灯，一路上既没有限制车速，也没做中途休息。在这十八个小时里，萨拉被挤成了一团，卡在座位之间动弹不得。在巴士的后部，若干个剪掉盖子的塑料芬达瓶被放置在一个板条箱里，它们是为那些有小便需求的人准备的。一对捷克夫妇利用了这一小小的奢侈，看到地板并没有被溅到时，他们低声欢呼起来。对他们来说，这是一场游戏，对它的掌握并非源自高超的技巧，而是冒险进入克罗地亚的强大意愿。

萨拉在杜布罗夫尼克下了车，肚子有些饿了。年轻的背包客们天真地以为战争已经在达尔马提亚海岸结束，一群寡妇纷纷过来围观他们。萨拉从旁走过，跟这对捷克夫妇一起站在布满弹片的人行道上，她从街头小贩那儿买了一份火腿三明治。

"你们是学生？"小贩问道。

"不是。"萨拉说，意识到这是毕业后第一次有人问她这个问题。她希望自己能给出肯定的回答，希望有一个爬满了常春藤的校园在等待着她回归。

"你们不知道这里在打仗吗？"

萨拉点点头，又给三明治加了些甜椒，却在此刻听到捷克夫妇明确地表态说："我们知道。"

"然后呢？为什么还是要来这里？"

捷克夫妇异口同声地答道："我们以为受到战争影响，来这里会便宜点儿。"

萨拉闻言转过身盯着他们。

街头小贩摇了摇头，递上一张餐巾纸。"还真挺便宜。"他说。

捷克夫妇咧嘴笑了起来，为他们在巴尔干里维埃拉的这次俭省之旅而感到自豪。亚得里亚海的天蓝色梦想就是他们的全部，萨拉从他们的眼睛里看出了这一点。夫妇俩恳求小贩提供一些建议，包括去哪里吃饭、做什么，还问他最喜欢哪些岛屿，科孚岛是否值得二十四小时的船程，如果乘船六个小时去意大利的巴里港，他们是否可以买更多的鞋子。

小贩没有理会他们，而是看向萨拉，相信她的脑子会更聪明一点儿。

"你也跟他们一样？"

萨拉有些局促地抬起头来，摆弄着行李箱上的把手。她在乘车途中排练了很多遍如何解释这个经历，正当她的脑海中浮现出一个念头时，巴士突然转弯停在了路肩，躲避着爆炸后滑落在路上的灰泥或巨石碎片。

小贩看着她，等待着她的回答。

"我还以为这里的战争已经结束了。"萨拉说。

街头小贩挑了挑眉，远眺了一下塞德山。南斯拉夫军队（成员主要是塞尔维亚人和塞尔维亚黑山人）已经占领了拿破仑城堡，把城市上方这处岩礁上的巨石炸得粉碎。

"战争才刚刚开始。"他笑着说。

萨拉摆弄着背包上的背带，感到有些困惑。杜布罗夫尼克的炮火已经停止，但是战争向着北部和东部移动到了波斯尼亚—黑塞哥维那的山区。她曾听说南斯拉夫军队仍然继续占领着度假胜地卡维塔特和诺威勒，还有杜布罗夫尼克南部的达尔马提亚牧区。住在那些地方的克罗地亚人逃到了杜布罗夫尼克旧城，在当地的旅馆里避难，但整座城市看起来既安静又安全。

萨拉吃完三明治，把蜡纸揉成一团儿扔进了小贩旁边的铁丝篮子里。这对捷克夫妇打开萨拉背包的后兜拉链，放进去一张写有他们公寓电话号码的卡片。

街头小贩看到了，哈哈大笑。

"但愿能打得通。"他说。

"电话坏了吗？"

"你不妨试试。"

小贩抬头看了眼街边的电线杆，金属丝破烂不堪，好像是悬挂在一件破旧民族服装上的皮革流苏。这对捷克夫妇翻了个白眼儿，收拾好背包，准备登上停车场里那辆满是弹孔的班车。

"你有朋友在这儿吗？"

萨拉点点头。

"真的？"

捷克夫妇想问出具体地址，希望能得到免费的饭食和住宿，但萨拉并不知道地址。

"你的朋友是克罗地亚人吗？"

萨拉换了个姿势，用鞋跟儿抵着缘石。

"塞尔维亚人。"

"记得打个电话，"他们不慌不忙地说，"我们要去跳舞了。"

看着他们登上了巴士，萨拉向他们挥手作别。

"你朋友是塞尔维亚人？"

萨拉闻言转身看向小贩。他给了萨拉一个眼神儿，就好像她是个背信弃义之人，仿佛一提到"塞尔维亚"这个词，她就已经对亲密关系造成了破坏。塞尔维亚人是克罗地亚达尔马提亚地区的少数族裔，在天主教城市杜布罗夫尼克尤其如此。

"曾经是。"她说，觉得喉咙有些发紧。她使鞋尖朝向人行道。

"那他现在是克罗地亚人？"

他问道，嘲笑着其中的荒唐。萨拉感到绝望，他看得出她在竭力忍住眼泪。

"他是我的学生，也是……我的好朋友。"

"你是老师？"

"英语老师，"萨拉说道，自己也吓了一跳，"在匈牙利教书。"她本不想告诉这里的任何人。

小贩擦了擦嘴角，仿佛沾到了一点儿食物残渣，其实他并没有吃任何东西。他搅拌着装在容器里的腌洋葱，下巴绷得紧紧的。"我们会说英语，"他厉声说道，"我们用不着上什么英语课，我们需要的是自己的祖国。"

萨拉凝视着他，明白了他为什么会感到愤怒和沮丧，知道自己的好意是如何造成了冒犯。

"你那位塞尔维亚朋友住过这里吗？"

"是一直都在这里。"她说道，除此之外一无所知。

"这里并不是塞尔维亚人的家。"小贩说。

"它过去是。我的朋友是一位伟大的音乐家，说不定你也听过他的音乐呢！"

小贩抬头看了看，脑子里闪过了一个念头："你是米兰的朋友？"

萨拉顿住了，犹豫着是否要告诉他手提箱的事，考虑后她说："他把音乐带到了难民营。"

小贩深吸了一口气，似乎放下心来。

"你必须和安东·维多维奇谈谈。"

"他是谁？"

"米兰的老师，"他焦急地说，"记住，要循着萨克斯的声音进入港口，你肯定会找到他的，他几乎每天早晚都在吹奏萨克斯。"

"谢谢。"萨拉说，意识到杜布罗夫尼克一定是个小镇。

她顺着摊贩的目光看过去，巴士司机正站在车外把一桶雨水泼向挡风玻璃。

"在这里，我们学习收集雨水，就像神父收集施舍品。"

她盯着他，试图理解这句话。

"一周可以洗一次澡。看到了吗？明净的窗户可是战争中的奢侈品。"

小贩锐利的目光变得柔和起来，声音平静却痛苦。

"告诉米兰，这里现在乌七八糟的。"

小贩又给了萨拉一个三明治，用纸包了起来，没有要她的钱。

在巴士站，萨拉又遇到了一位公寓户主，也是唯一没有逼迫她做交易的人。老妇人耐心地站在一棵开满花的梨树旁，看着萨拉吃完三明治，等着她和自己眼神交流。米拉达点点头，她认出来的并不是女孩儿，而是手提箱。萨拉也朝她点了点头，就此达成了交易。

萨拉跟随米拉达穿过狭窄的街道，手里拖着行李箱和背包，试图跟上老妇人的步伐。看着这座小石头城，她想起了中世纪的大学校园。街面上坑坑洼洼，脱落的弹片散落在人行道上。虽然远未恢复正常秩序，但生活已经重新开始。杜布罗夫尼克上一次遭遇导弹袭击是在去年12月，但维修工作于今年5月就已经开始。伤痕累累的建筑物墙面上还留有孔洞，有些屋顶已经完成修补。比基尼晾晒在外面，滴下来的盐水使街道变得潮湿。这就是典型的地中海气候，闷热又潮湿。

萨拉想，这可不是打仗的好地方。

太阳已经落在了波卡尔堡后面，这座巨大的石制皇冠坐落于一处山丘之上，杜布罗夫尼克的旧城和新区分隔在山丘两侧。身穿制服的男子们正在打扫城堡里的房间，为即将到来的音乐节做准备。他们挥舞着扫帚向米拉达打着招呼，她挥手回应了他们，继续穿行在古护城河上方的吊桥上，途中经过了一座半圆形的塔，城市的守护神圣布莱斯自16世纪以来就一直守卫在那里。在第二个拱门之外，孩子们聚集在意大利杰作欧诺佛喷泉周围。它的外形是一个巨大的石圈，上面雕刻着一些中世纪的面孔。孩子们正在修女的指导下唱着歌。

"他们都是孤儿。"米拉达说着进入了一条暗巷。萨拉侧转过身体，以便让行李箱和背包也可以通过。她匆忙追赶着米拉达的脚步，在爬上一段狭窄的石级之后来到了普里杰科街，经过了欧洲第二古老的犹太教堂。每当遇到一堵变黑的墙壁或一个破败的屋顶，米拉达都会画个十字。她还把迷迭香和薰衣草的盆栽植物摆放好，将它们沿着左右邻里的台阶排成一行。

"非常抱歉。"米拉达说。她把责任全都揽在了自己身上,仿佛只是在为一个脏乱的厨房以及洗碗池里许久未洗的一堆盘子而道歉:"我们从来没有被袭击过,你能想象到吗?几千年来都没有过。我们自成一国,没有人招惹我们。可你看看现在变成了什么样子!"沙袋和木板被巧妙地放在门口和喷泉上方。路灯在微风中摇曳,急切地渴望着玻璃罩和电流。

萨拉跟在米拉达后面拐了一个弯儿,却不小心被鹅卵石绊倒,一巴掌拍在了石墙上。外面的街道很窄,不足一辆马车宽,学生们正从手推车上卸下一盘盘新鲜的无花果。

"你走得可真快。"

萨拉放下手提箱转过身来,看到了刚刚开口说话的男孩儿。在其他的任何一个国度里,这个男孩儿都将会是一个普通的高中生,脸上长着粉刺和疙瘩,又高又瘦,身上穿着一件足球运动衫。而眼前的他是一个截肢者,在用右腿保持着平衡。

"我们赶时间。"萨拉说,可她也不知道赶时间是为了什么。她抹去脸上的头发,抖了抖手,缓解了手上的刺痛感。那个学生盯着她,肩膀紧缩在耳朵周围,皮肤上还留有划痕。

"看到狙击手了吧?"

他用英语问道,知道她不是当地人。

萨拉转过身来。

"什么?"

"只有在被狙击手观察的时候,我们才会走得很快。"

"他们真的在观察吗?"

她本来并不想知道答案，却发现那个学生正看着他自己的腿咧嘴笑着，仿佛他已经在斗智斗勇的过程中战胜了那些狙击手，因为他活了下来。

"一直都在。"

他抬起头，将一根手指伸向空中，指着东边高起的塞德山。他扔了一把无花果给萨拉，她伸手去接。

"谢谢。"

"要来根烟吗？"他问道，将双手合成了杯状。

"戒掉了。"她说，尽管心里其实是想吸烟的。她本来是为了一支烟可以赴汤蹈火的人，但在离开难民营时发誓要戒烟。

男学生瞪大眼睛，露出一脸难以置信的表情："你从哪儿来？"

"很远的地方。"萨拉轻声地说，仿佛自己站在了月亮的另一边。

他们四目相对，谁都没再开口。萨拉笑了笑，她不想再说话了，不想向这个学生透露任何事情。她本可以说自己是英国人、法国人、爱尔兰人、瑞士人或加拿大人，总之就在那一刻，她觉得自己是哪里人都行，只要不是美国人就好。口音往往会使一切都暴露出来，而萨拉已经学会放慢语速，减少一些口语化的表达，同时去掉了乡音。单音节的词说得她舌头都麻木了。过去的五个月里，她学会了一门不必借助语言就能表达一切的艺术。在任何语言中，跟一句话相比，一个手势的含义要更为丰富。她又笑了笑，这也只是交际手段罢了。

"你的头发很漂亮。"学生说。

"谢谢夸奖。"

"让我瞧瞧？"

他朝她单脚跳了过去，伸手从她的肩膀上取下一根发丝。这样的红头发总能激起巴尔干人民的兴趣。此时，米拉达拿着面包和奶酪走出了商店。看到眼前的景象，她大叫起来，用克罗地亚语咒骂着那个男孩儿，于是男孩儿立刻放下了萨拉的头发。萨拉感觉贴着脖子的头发沉重而温暖，似乎流露出一丝警告的气息。

天色已晚，万籁俱寂。经过一千多年的人来人往，石灰岩的街道已经磨得很光滑，在月光下看起来有些潮湿。从旧城墙内的某个地方传来了鼓声，让人听得昏昏欲睡。空气中飘散着汗味，还有米拉达香烟的味道。在每一层楼梯的顶端，米拉达都要抓住栏杆歇口气，将疲倦感重塑为钢铁般的意志。

"哦，天哪！"她喘着气说，"你听到了吗？"

"什么？"

"鼓声。"

萨拉点点头，再次放下了手提箱。她揉着肩膀，脖子被背包揪得太紧了。

"他能敲一整夜，没人睡得着。"

"您说的是谁？"

米拉达用手指戳了戳空气："一个小男孩儿。我们试图抓住他，带他去见修女，但他总跑掉。"

"为什么要跑？他在干什么呢？"

"在等战争结束，"她说着掏出了香烟，"但战争永远不会终止，即便宣告了结束。"

米拉达跟随节奏敲打着香烟，烟灰撒落在屋外的门廊上。这是一栋可以俯瞰亚得里亚海的普通别墅，临近漂亮的普罗斯社区，坐落在杜布罗夫尼克最南端的小山上。从阳台上望去，树木繁茂的洛克卢姆岛似乎从海上升起，逆光下的棕榈树呈现出黑色。

"那是我的家。"她指着洛克卢姆岛说。

"您住在那里吗？"

"我在那里工作了许多年，那是最美好的年华。"

"做什么工作呢？"

"我和丈夫一起打理花园和修道院，别具一格的那种。走，我带你去看看。"

"乐意之至。"萨拉说。在高温下，那副巨大的眼镜从米拉达的鼻子上滑了下来，此刻又被她推了上去。她在审视着萨拉，思考着自己为什么会允许这个人进入家里，原因就在于她是米兰的朋友。她无意中听到了萨拉与街头小贩的谈话，不肯再辨别真假。她吸完了烟，把烟头扔进了迷迭香花盆里，然后掏出一把钥匙递给萨拉。老妇人露出孩童般的微笑，嘴里缺了颗门牙。

"去吧，"米拉达说，"把门打开。"

萨拉动了动锁孔里的钥匙，使它钻过积存下来的铁锈。门又旧又重，覆盖着剥落的绿漆涂料。她慢慢地打开它，顶到了从投信口多出来的一堆信件。月光洒满了走廊，可以看到沿墙壁摆满了插花。米拉达打开灯，腐烂的玫瑰和康乃馨花瓣暴露在灯光下。空气里闻得到酸味和霉味，那是古老的花水散发出来的气味，是死亡的气息。

米拉达先走了进去，用手指触摸着在光线照射下褪了色的绸缎蝴蝶结和丝带。她在一面墙前停下了脚步，那里挂着一张镶了框的年轻女子的画像。这是一张侧面像，年轻女子坐在一处看起来像是一座旧修道院的废墟上，她的身体有些肿胀，而且有孕在身。她的腿又长又瘦，被太阳晒黑了，在废墟边缘晃来晃去，就仿佛要跳起来似的。

"这是洛克卢姆。"米拉达说，目不转睛地盯着那张照片。

萨拉转过身来，有些吃惊："是那座岛吗？"

米拉达点点头，弯腰从一瓶康乃馨中捡起了枯叶。花瓶上画着一位年长男士的肖像，他也许是谁的丈夫或兄弟，身上穿着一件克罗地亚国民自卫军的制服。红、白、蓝三色的丝带从花瓶的颈部垂下来，米拉达用颤抖的手指把它们一一打成了结。她把念珠塞进上衣里，随后跪在地上，嘴里嘟嘟地祈祷着，示意萨拉也跟着她做。

萨拉一动不动地站在门口，眼睛盯着那张年轻女子的照片。她的眼神里有一种尖锐而痛苦的东西，一点儿也不像一个准妈妈那样喜形于色，看起来并没有神采奕奕，倒是一副死气沉沉的模样。萨拉感到一阵寒意，于是转过身去，听到门"吱嘎、吱嘎"地打开了。显然，米拉达在封锁期间不怎么回家，甚至根本没有回家。萨拉无法确定米拉达是否需要自己在经济上提供帮助，或者是再陪她一会儿。

萨拉弯下腰去捡信件，触摸到了信封上的沙砾，还有一样光滑的金属制品，那是一枚滑进了投信口的空弹壳。她站起身来，把那沓信递给靠墙站着的米拉达。

"把它们放一边吧，"她说，"我不想知道还有谁死了。"

萨拉点点头，顺从地把那沓信整齐地码放在墙边。她有些局促地指了指自己的鞋子，想知道米拉达是否想让她脱下来，但老妇人生气地摇了摇头，像是被她的举动所冒犯。

"不用脱鞋。"

"您确定吗？我怕把您的地板弄脏。"

米拉达用她那骨瘦如柴的大拇指不停地猛戳着空气，开口说："怕什么？连死神都已经走过我的地板了。"

萨拉听闻点了点头，觉得胃部有些僵硬。

"请出示一下护照吧！"

米拉达说完便伸出了手。按照克罗地亚的法律规定，她需要向当地警察局报告所有来客的信息。萨拉掀起 T 恤，掏出了塞在牛仔裤里的腰包。她感受到米拉达的目光落在自己身上的重量，这双眼睛期待着看到她究竟拥有多少西方人的特征。萨拉递出护照，米拉达把它拿在手里，摩挲着上面的金字和鹰的双翼，接着翻到了萨拉的照片并举了起来，跟她现在的面貌进行比较。她过去扎着马尾辫，脸也更圆润，不像现在又瘦又长。米拉达将手指放在萨拉的颧骨下方，摩挲着凹陷处。

米拉达拿开手，翻看着书页。首页的德国邮票上贴着一个匈牙利签证，其他页面都是空白的。米拉达打开一个抽屉，取出一小块写字板，在上面写下了萨拉的名字和电话号码。她做了个奇怪的手势——把护照夹在两只手之间，一只覆盖其上，另一只掌心相托，然后微微鞠躬，把护照递给萨拉。

萨拉要把护照放回腰包里，于是撕扯开了维可牢牌尼龙搭扣，就此把自己美国人的身份和这位克罗地亚人分隔开来。萨拉不喜欢搭扣撕开的声音，她抬起头来，在大厅微弱的灯光中显得有些哀伤。米拉达什么也没说，只是拎起了手提箱。

"我来吧！"萨拉说道。

米拉达轻松地握住了沉重的手提箱，仿佛已经习惯了提携重物。她走进一间卧室，把箱子放在衣橱前，接着打开了门，将西装和套装长裤在内的一架子的男士服装向后推开，为萨拉腾出了使用空间。她用两只手指比画着十字，说着克罗地亚语，仿佛这位年轻的女子是自己的一位老朋友。她指了指手工织成的挂毯，然后给了她一条绣有红色郁金香和十字架的毛巾以供使用。

　　萨拉把背包放在地上。她并不想把衣服挂在衣橱里，她有些好奇架子上挂的是谁的衣服，它们既有可能属于某位丈夫，当然也有可能属于谁的儿子。她关上衣橱的门，目光与米拉达的视线相遇，婉拒了她的殷勤招待。米拉达走到床边的梳妆台边，并打开抽屉，又在床头柜里放入了三支蜡烛和一盒火柴，然后转身走出门外。

　　萨拉踢掉了运动鞋，坐在床上打量着四周。房间里很干净，墙壁新刷的涂料像蓝色蛋壳一般，上面挂着一幅丛林壁画。萨拉在想，米拉达是否早已有所计划，准备随时迎接孙子或侄子的到来。从天花板垂下的渔网上装饰着一片片的海玻璃，使得整个房间呈现出故事书里的感觉，就像《野兽家园》中的小男孩儿麦克斯的梦。

　　一堆贝壳和光滑的鹅卵石堆满了窗前的一张小圆桌，白色的残烛融化在桌布上。橄榄树的树枝被制作成形态不一的耶稣受难像，桌子上放着一圈月桂树叶做成的大花环。

　　萨拉躺在床上，内心充盈着一种奇异的静谧。她的生活如梦似幻，虽然身处其中，在过去五个月里所经历的这种生活却非同寻常。她的日子里再没有过去和未来，只有米兰的音乐在她的记忆中回响，但还能听到外面不停地敲打着的鼓声。萨拉在想，这个男孩儿能坚持多久，是否能持续到战争结束。

　　萨拉做了噩梦。在梦里，她游到一艘渔船下面，抬起头向上望着，开船的年轻女人伸出手来，试图把她拖进船尾。萨拉感觉自己并非在下沉，而是悬浮在两个蓝色的世界之间，就好像船并没有浮于水面，而是浮在云层之上。每次萨拉去抓那个年轻女人的手，它们都会碎裂为数以百计的黑点并落入水中，如同鱼群一样聚集起来。在最后一个梦中，萨拉潜入了深水，追逐着这些黑点，恍然意识到它们其实是尚未完成使命的音符。

萨拉醒过来的时候，床单都湿透了，皱皱巴巴地缠绕在她的身上。即使闭上眼睛，她也无法将梦中女人的脸从自己的脑海中抹去，并且意识到这张脸就是照片中那个女人的脸。她把床单反手一扔，拿起蜡烛和火柴，在黑暗中摸索进了走廊，不想把米拉达吵醒。

萨拉点燃了蜡烛以便看清照片中的那个女人，发现有一个男孩儿的影子从女人的背上掠过。他站在修道院的石柱后面，好像也躲在了摄影镜头之外的阴影里。这两个人的画像有一种怪异的相似之处，都是陌生人在死者去世很久之后再次将其想象出来的样子。

萨拉吹灭了蜡烛，沿着走廊回到了房间，外面不断传来男孩儿的鼓声。鼓乐流露出一丝悲伤和绝望，但她竟然获得了一种释放的感觉。这鼓声似乎暂时把她从悲痛中解救出来，于是她决定相信自己的直觉去追寻它。她在黑暗中穿好衣服，溜到了室外，在泛着深蓝色的黑暗中摸索着来到了港口。

第九章

　　码头边坐着一个身形瘦长而结实的男人，他正晃荡着双腿，一头银发被整齐地扎成了马尾辫。一艘沉没渔船的系泊绳索仿佛着迷于他吹奏的萨克斯乐，如同蛇一样垂落在他的脚踝边，从城墙上方某处还有鼓声传来。看到萨拉在水中的倒影，他稍做停顿，但并没有回头。萨拉未经询问就在他身边坐了下来，在海边听着这场私人音乐会。一艘鱿鱼船发出的"噼啪"声打断了音乐。男人抬起头，在码头这边向渔民们打着手势，希望他们停下来好让自己完成演奏，但他们在船尾边抽烟边唱起了民歌。那些人没有注意到他的举动，于是他只能作罢，将萨克斯管放在大腿上。太阳正缓缓升起，铜管反射着它的光芒。

　　萨拉鼓起掌来，男人朝她转过身，微笑着说："谢谢。"

　　他讲的是英语，在女孩儿开口之前就已经知道她不是本地人。看到那女孩儿火红色的头发，他最初猜测她是爱尔兰人。

　　"大海可不会为我鼓掌。"他说。

　　"您每天都要吹奏萨克斯吗？"

他点了点头，像吹奏乐器似的飞快地说着话，句与句之间的节奏并不连贯："当然了，只要有可能。那家伙抢了我的风头。"

他抬头瞥了一眼墙壁，惊讶地发现鼓声突然停了。

"我要为你们俩鼓掌。"

"很好。"他伸出手说道。

萨拉握住了他的手，惊讶于他指间的握力。他的大手上留有鱼钩划下的累累伤痕。

"幸会，我是安东·维多维奇。"

"萨拉·福斯特。"

"喜欢音乐吗？"

"我就是为它来的。"

安东看向萨拉，对女孩儿的询问感到好奇，她那双慧黠的双眸在打探着自己。去年夏天以来，他再也没在杜布罗夫尼克见过游客，一个都没有。九个月过去了，酒馆里空空如也，酒瓶几乎都是战地记者喝完剩下的，他在广播节目中也采访过几个喝醉的记者。眼前这个女孩儿看上去太天真了，她可不像是什么记者。

"你是来参加音乐节的吗？"

萨拉点点头："算是吧，我来是为了更多地了解音乐。"

安东把视线移向了头顶飞过的一只猎鹰，它的叫声打断了他的话。

"今年来这里旅游可不安全。"

安东拉起了她的手，她丝毫没有躲让。

"你离家这么远，父母一定很担心。"他说。

萨拉点头，与他四目相对，看了看他的眉弓。出于父性的本能，安东的气度既慷慨又热情，同时青春洋溢，甚至还有些反复无常。她的手指在他的紧握中松弛下来。

"我需要来这里。"她说。

"来克罗地亚？"

"杜布罗夫尼克。"

安东笑了，他很佩服萨拉竟然明白二者的区别。杜布罗夫尼克并非大多数游客所知道的克罗地亚，而克罗地亚也不是杜布罗夫尼克，而是巴尔干半岛上的另一个群体，拥有着自己的故事和鬼怪。这是一个徘徊在事物边缘的地方，是一块被群山和大海包围的狭长地带，处于世界政治的外缘。

"为什么偏偏是杜布罗夫尼克呢？"

萨拉停顿片刻，考虑了无数个理由，比如为了体验地中海的快乐生活，探寻文艺复兴时期的精神，为了感受此处温暖的大海和石墙，或是体验这里所谓的夏日魔力。

"我想听《蓝色的声音》。"她说着，把脚后跟儿浸在了水里。

安东目不转睛地盯着萨拉，一时说不出话来，只是收紧了下巴。他没能听出她的口音，察觉到她是有意隐瞒。她话语柔和，而且没有章法，就好像生怕自己说太多似的。

萨拉和安东一言未发地爬上耶稣会台阶，两个人拉长了的身影追逐着正在吃樱桃馅儿饼碎屑的鸽子。庭院里传来香烟和咖啡的味道，市政工人们正在爆炸后的教堂里抢救着砖块。萨拉在圣母马利亚的雕像前停下了脚步，看到她的双眼被狙击手射穿，双手也被炸掉了。这两只手掉落在地，掌心向上，仿佛想要收集什么东西，也许是希望——战争中的施舍。

安东率先开了口，重音落在第一个和第三个词上。他似乎非常激动和紧张，将声音放得很低，同时看向了那些工人。

"你怎么会知道《蓝色的声音》？"

"我遇到了它的曲作者。"

他僵住了，几乎无法相信对话的真实性。

"在哪里遇到的？"

"在匈牙利的难民营，他……他应该算是我的学生。"

安东看着她，心里吃了一惊，毕竟她太年轻了。

"你是老师？教什么的？"

"英语。"

他惊讶地笑了起来："米兰可不怎么会说英语。"

萨拉注意到他在看自己，便报以一笑："我知道。他从来没上过课，他……大部分时间都在拉小提琴。"她有所犹豫地说，无法确定是否能把米兰的病情告诉他。她的目光落在了安东身上："您认识他吗？"

安东点点头，心里在不停地打转儿，发现女孩儿并不知道他是谁。他心想，在杜布罗夫尼克就是这样，命运总是不知不觉地就从鹅卵石的缝隙里溜走了。

"他在哪儿？"安东问道。

萨拉一时顿住了，考虑着如何告诉他她并不知情。她反问道："您认识他多久了？"

安东笑了笑。这个女孩儿还真会讨价还价啊，竟然想从他这里先得到答案。

"如果我告诉你，他的大半生我都了解，你也许不会相信。"

"不妨说来听听，没什么是我无法相信的，"她说，"我原本还以为自己要去法学院读书，结果却来了难民营教英语。我不知道您是谁，其他事情知道得也不多，我只知道自己为什么而来。"

"你在哪个难民营教书？"他问道，心里非常清楚难民营一共只有四个。他曾给每一个都打了电话，试图找到米兰在哪里。没有人说自己见到过这个年轻人，但安东知道，他们其实想说的是难民营并不愿意接纳塞尔维亚人，无论此人是声名赫赫还是默默无闻。

"卓各希德。"她说。

他有些不安地想起了奇科什·伽博。在跟这位负责人谈话时，他并未透露自己的身份，不愿意证实米兰在杜布罗夫尼克失踪的事情。安东也向警方撒了谎，向他们保证米兰还在城里，并为审判做了证词准备。他有些惊慌，认为这个女孩儿也许会向别人打听太多《蓝色的声音》，毕竟杜布罗夫尼克镇太小了。

"我是米兰的朋友。他母亲去世后，是我把他抚养成人的。我能告诉你的也只是一些你需要知道的事情，"他说，"其他的无可奉告。"

萨拉跟着安东走到教堂后面，来到了一条巷子里。这里有两个男孩儿正在打篮球，钻了孔的石墙上挂着篮圈。

"怎么不见米兰的父亲呢？"

安东摇了摇头，说道："他死在了贝尔格莱德附近的南斯拉夫工厂里。"

"什么时候发生的？"

安东眨了眨眼，神情漠然地说："很多年以前，米兰只是个孩子的时候。在南斯拉夫，反共产主义者们原创的讣告最多。我还在等着他们也写一写我。"

　　萨拉垂下眼帘，注意到安东手臂上文有一些数字。他见状，解开自己的袖口，把袖子拉了下来。

　　"别难过，这是我的选择，"他说，"我选择照顾米兰，也尊重他父母的政治观点。他们把这个孩子教育得很好。"

　　"他母亲是怎么离世的？"

　　安东转身接住了球，把它扔回给孩子们。他们向他挥了挥手，但安东转移了视线，打量着那座被熏黑了的修道院的屋顶。"意外死亡。"他说。

　　"什么意外？"

　　安东垂下眼睛看着萨拉："溺水。"

　　"我的天哪！"

　　"这里淹死过不少人。"他说。

　　孩子们"咯咯"地笑着，把球扔向了从安东上方的墙上跳下来的猫。

　　"您是他的监护人吗？"

　　"不是。"

　　"但自从他母亲死后，您就一直在照顾他了啊！"

　　安东伸出手，把猫抱了起来。它又白又瘦，只有一小截尾巴。他揉了揉它的耳朵，猫快乐地哼出了声。

　　"我们既没签文件，也没有法律许可。他当时太小了，还不能自己做决定。站直身体的时候，他也就这么高，"安东一边说着，一边用手在臀部附近比画着，"考虑到他的情况，没有人会愿意照顾他的。"

　　萨拉停顿了一下："他的情况？您是说癫痫吗？他有癫痫病吗？"

　　"不，他是一名联觉者。"

　　她茫然地看着他："我不知道什么是联觉。"

"不知道的人太多了。米兰天赋异禀，当他看到颜色时，他会同时听到声音。大多数联觉者的体验恰恰相反，比如莫扎特虽然也是一位联觉者，但他是在音乐作品中看到色彩。一旦见到了大海，米兰就会听到音乐。"他指着城墙说。城墙那边是碧蓝深邃的亚得里亚海，也就是蓝色之声的灵感来源。

"可他真的患有癫痫。"

"确实，联觉者的反应经常会被误解为你所说的癫痫病。多种感官同时在超负荷工作，这难免会带来一些插曲。你说的癫痫发作，只不过是他的官能系统过度劳累而已。他在难民营里有过类似的反应吗？"

"是的，"她说，"只有一次。"她意识到自己不想让他担心。

"你是想找到他？"

她点了点头："尽我所能。"

安东迎上她的目光："这样啊。你所说的'尽你所能'，指的是在他允许的前提下，我说的没错吧？但在允许我或其他任何人提供帮助之前，米兰就会自尽。"

萨拉察觉到了他的困惑和愤怒，还有眼底涌起的悲伤。她走到安东的前面，爬过一堆沙袋，来到城墙上方的走道上，急切地想要看一看大海。她蹲下身子，从孔里向外张望着。

"您为什么不帮他？"安东赶过来时，她问道。

"老实说，是他不让我帮忙。"

"为什么啊？他本可以留在这里的。"

"这是他告诉你的？"

"他什么也没告诉我，"萨拉说，"事实上，我们没怎么说过话，并没有真正了解过对方。”她把嘴唇贴在了温暖的石头上。

安东伸手去碰了下她的肩膀，对她说：“你要知道，我这一辈子都在帮助米兰，可他竟然离开了我，就那样说走就走了。”

“他不会无缘无故就离开的。”

“没有人命令他走，萨拉。”

“那么又有多少塞尔维亚人留在这里呢？如果您是一名塞尔维亚人的话，会留下来吗？”

安东摇摇头：“米兰在难民营里会更安全。请你告诉我，他在那里很安全。”

“我不知道！”萨拉语无伦次地说着，话语里充满了歉意。她转过身来，紧紧抓住了墙壁，“我还以为他已经到了这里。”

安东放缓了声音说：“首先你必须要了解，米兰这个人总是迟到。作曲家只有在自己作曲的时候才会守时，对吧？”

萨拉的目光越过他，望向了大海，仿佛安东需要的所有答案都在那里。她又将视线转移到了墙边，凝视着沉没的渔船。萨拉从塞在裤子里的腰包中拿出一个小信封，然后站起身，拉住了安东的手。她将安东冰凉的手指展开，把弯曲的镜框和两块镜片塞入了他的掌中。安东盯着那块金属，在脑海里回忆着它完好的样子，仿佛又看到了那双曾经透过镜片玻璃仰望着他的眼睛。他靠在墙上支撑着身体，仔细寻找着刻在镜框上的首字母缩写 M.B.。他的呼吸变得清浅，节奏有些混乱。

安东喃喃地说道：“他怎么会不安全呢？”

看着安东颜色暗淡、轮廓扁平的嘴唇，萨拉读懂了他的喃喃自语，打起精神来准备直面这些疑惑。安东摇了摇头，理不清这其中的逻辑。

萨拉伸手去摸老人的肩膀，想要安慰他，可他避开了。

安东抬头望着天空，用手画了一个十字。他皱了皱额头，试图把手里的碎片弄个明白。他握住眼镜的弯曲处，先是用拇指展开金属线，把镜片安回原位，接着又将镜腿折叠起来，仿佛是把死者的双臂叠放在了一起。

安东跟那位火红色头发的年轻女子已经再无话可说，于是便在晚上礼貌地告辞了。他在街上漫步着，一时间没有辨认出方向，磕磕绊绊地穿过了一大堆破瓦片。刚刚听到的消息使他的脖子隐隐作痛，事情的走向本来不该是这样，那个年轻的作曲家理应比他活得更久。安东走在普里杰科大街上，路过了一位比自己年长的人。此人身穿钓鱼服，正在一边清扫人行道，一边跳着治疗失眠症的舞蹈。对于那些被战争的声音所困扰的人来说，这已经成为一种惯例。在杜布罗夫尼克，睡眠是只有少数人享有的一种奢侈品。

自从上一颗炸弹落下来，已经过去五个月了，但爆炸声仍然在安东的记忆中挥之不去。他想出了打发时间的各种方法，比如吹奏萨克斯乐，擦拭银器，他还会打开广播节目，听里面重播的米兰在离开杜布罗夫尼克之前的表演，这让他非常怀念。尽管正处于战时，但他最珍惜的还是这段时光，看着米兰逐渐变得平和，就好像他的音乐稀释了世间的一切烦恼。

他在电台外面停了下来，动手搬开了堆在门口的沙袋，惊奇地发现其中一个袋子竟然开着，里面的沙子溅到了鹅卵石上。袋子里塞着一件白色的儿童 T 恤和缩水的红色羊毛衫，领口已经脱线，变成了一个走样的汤匙领，两只卷起的袖子里塞满了糖果。毛衫里还塞着一套没有用过的铅笔，橡皮擦的顶端已经被用圆了。

安东又往袋子深处摸了摸，掏出了一张吉百利巧克力棒的薰衣草包装纸和一大堆皱巴巴的报纸，里面还包裹着一个重物。他将报纸向后推了推，动作忽然一滞，惊讶地发现自己握在手里的竟然是一枚手榴弹，它的保险栓还在。"上帝呀，"他惊叹道，"这些人还真是没完没了。"

安东双手颤抖着将手榴弹放在了地上，又把其他东西放回袋子里，最终把所有物品都带到了当地警察局，这是他最不想做的一件事。他希望这一天可以重新来过，希望自己没有从那位难民营来的女子口中听到那条消息。直到把她当作朋友，否则他不会再叫她的名字。那消息使他心烦意乱，自从把她留在城墙上以后，他除了喝酒什么也没干。

安东跌跌撞撞地穿过了警察局的大门，作为一个临时指挥部，这里曾经是学者和艺术家们齐聚一堂的地下咖啡馆。这是一个波希米亚风格的安乐窝，装饰着滚石乐队的照片和女演员蒂·戴维斯的油画。许多知名音乐家都在杜布罗夫尼克的夏季音乐节进行了表演，他们的黑白照片因此被一一悬挂起来。老板达尼洛的幽默感独树一帜，他竟然将落在厨房水槽里的一枚没有爆炸的炸弹进行了展览。警察们正在玩拉米纸牌，天花板下升腾着的香烟烟雾把纸牌染成了黄色。他们停了下来，惊讶地看到老人等在门口。他颤抖地伸出了手，握着一枚手榴弹。

"你可真会挑时间招供，安东。"

安东身体一僵，问道："招什么供？"

安东不知道警察们今晚想搞什么花样，毕竟他是米兰的老师，是塞尔维亚人的朋友。众所周知，为了不让自己太过无聊，警察们会寻找任何借口解闷。

年纪最小的警察才二十出头就截了肢，他推开椅子，拄着拐杖朝安东走过来，将手榴弹拿在手里："坐下吧，老伙计。"

安东进入了离门最近的隔间，他想要透透气。

警察压低声音问道："米兰有没有告诉过你，有人记录了扎科·巴比奇溺水那天的日记？"

"没有，他从没跟我说起过日记的事。"安东说。

"几个月前，这本日记被一个孩子发现了，后来又到了一个渔民手里。"

"谁？"

"鲍里斯·安蒂克。"

"什么时候？"安东难以置信地问道。

"12 月。封皮被子弹炸掉了，不过里面的字迹一清二楚。米兰从来没告诉过你？"

安东抿了抿嘴唇。他最后一次看到米兰是在圣诞节那天，他在电台现场录制《蓝色的声音》。米兰在电台里特别紧张，安东很好奇他是否知道那将是自己的最后一次表演。

那名警察掏出一支烟，接着说道："我告诉过米兰，日记能帮到他的案子，但他必须出庭。你可要记清楚这一点。"

安东握紧了拳头："我记住了。他一定会出庭的。"

"很好，他可有不少东西需要回忆。"

安东凝视着他，尽管心里满怀期待，却努力绷着脸，不想流露出任何情绪，然而喉咙紧了又紧。

"别那么惊讶，老伙计，现在还不是时候。再说，连人间地狱我们都见过了，还有什么好惊讶的。这次审判没什么要紧的，不如说是一出好戏，"年轻的警察说完又举起了手榴弹，"这东西是从哪儿弄来的？"

"是我发现的。"

警察听后大笑："在米兰的冰箱里吗？"

安东把身子紧贴着线条起伏的墙壁，木头紧贴在他的后背上。

"不，是在电台外发现的，"他说，"还有这个。"

安东拿出那个塞满东西的沙袋，把它推给了桌子对面的警察。他确信这个警察在作曲家的公寓里设了圈套，希望米兰不要中招。

年轻的警察盯着安东，手指在沙袋里搜寻着，然后把儿童毛衣和铅笔放在了桌子上。

"见鬼，快来看看这些东西。"年轻的军官说。

另外两名警察起身离开桌子，走进了隔间，因为无法相信对方不会作弊，所以手中仍然握着纸牌。他们站在那位年轻警察的身后，用手翻看桌子上的物品，然后将那件小 T 恤举起来寻找着标签，T 恤上面用洗衣店标记笔写着"卢卡"两个字，最让他们出乎意料的，是那盒铅笔。

"真奇怪，这孩子把日记丢下也就算了，竟然还能忘记他的鼓槌儿。"

安东难以置信地盯着那捆铅笔，心里在琢磨这个事情。其中一名警察在离开后又回来了，他用双手拎着一个帆布包，瘦骨嶙峋的胳膊在重压下鼓胀了起来。他从包里拿出了一堆衣服、一条牛仔裤、几件 T 恤、男孩儿的内裤，还有一件防弹衣，这衣服对一个孩子来说太大了。

"小家伙热坏了，衣服脱得到处都是，可能正光屁股跑着呢！"

安东把厚重的防弹衣从桌子上提起来，很好奇一个小男孩儿怎么能背动几乎有他一半体重的东西。

"你见过他吗？"

年长的警察点了点头。

"上星期，有几名修女在欧诺佛喷泉发现了他。这小家伙胆子不小，竟然在喷口接水。他一看见她们从后面偷偷跟过来就跑了，把牙刷落在那里了。"那位年纪稍长的警察拨弄着桌子上的手榴弹。

"这里有一张合成的照片。"另一名警察说着掏出了钱包，展开了一张男孩儿的卡通画像。依据神父们所言，这幅画像上只有男孩儿的黑色鬈发与实际相符。

"你能认出他吗？"

安东摇摇头，揉了揉太阳穴："我只认得他的鼓声。"

"据说那本日记是他在洛克卢姆找到的。"

安东挺直了身子，听到这个消息后立刻变得清醒了。他从年轻的警察身边走到门口，警察一直跟在他后面，为他打开了门，同时凑过去小声问道："米兰有什么消息吗？"

安东转过身，他感觉警察锐利的黑眸仿佛要刺穿自己，想要一探究竟。"没有。"安东说，不愿意向警方透露萨拉所说的消息。

安东喝光了最后一瓶奥西耶克啤酒，将年轻警察的话湮没在了其中。他昏倒在工作室的书桌前，正打着呼噜，两膝间夹着萨克斯管，双腿被渔网缠住了。这本来是他拖进屋里来准备修补的，最近的记忆交织在他的梦中。

"安东，醒一醒。"

前窗"咯咯"作响。安东用手拍打着空气，猫从他的脖子移动到膝盖上，这让他感到很满意。

"我需要你的帮助，安东。"

他睁开一只眼睛，盯着天花板。门的另一边有人在叫他，他立刻就认出了这个声音。他的身体为之一僵，随后慢慢地站起来，血液里因为进入酒精而变得黏稠。他伸出手指，不小心将空瓶子撞倒在地，但瓶子并没有打破，而是滚到了门口。

"快把门打开！"

安东揉了揉眼睛，回头看了看身后的挂钟，时间显示现在是凌晨三点二十三分。然而当他转过头去看电台的正面时，阳光已经铺满地板，从电台窗子旁边的一排藤椅间穿过，投射出一道光影交织的网。天已经亮了，昔日的阴影从鹅卵石上爬过去，秋天的空气非常清爽。

"你醒了吗，安东？"

安东低吼了一声，用食指弹开了飘浮的猫毛，并没有意识到自己已经清醒。

"你觉得我醒了吗？"

说罢，安东将自己从座椅中推离出来。他穿过地板，跌跌撞撞地经过一架大钢琴和旁边的麦克风，最后转动了门上的保险栓。

"你来看看这块指示牌，"安东低声说，"上面写的是'正在广播中'。"

"我只是想喝一杯。"

安东用一根手指轻轻敲着杯子："酒瓶子里可没有你的缪斯女神！回家睡觉去吧！"米兰没精打采地靠在电台门口，紧张地咬着一个笔帽，淡蓝色的眼睛瞪得大大的，眼神有些狂乱。他用手指拨弄着外套上的纽扣。

米兰恼怒地瞪着眼睛："问题就在这儿，安东，我睡不着。"

"那就回家写曲子吧，去干你该干的事。你知道有多少电话打给我，说想再听一次你的演奏吗？"

安东知道这位年轻的作曲家需要的并不是酒，而是似乎会引起他癫痫发作的创作过程。米兰无法入睡，发病的概率便提高了至少一半。他体内的营养含量远远未能达到预防疾病的目的，尤其是在疾病多发的当下。他靠火腿三明治和蜜饯无花果为生，特别渴望吃到盐和糖，认为它们能够抑制自己的创作冲动。

米兰消瘦得厉害，脖子和前额的血管更加明显，他的忧虑在随着蓝色的河流而涌动。他那一头蓬乱的黑发让他看起来更像一个年轻的疯子，就像人人都愿意相信的那样，成为一个为声音痴狂的科学家。夏季音乐节的最后期限即将到来，米兰因此变得更加焦虑和苛求自己。为了把谱子搞定，他可以一连几天不吃东西。然而谱子并没能定下来，至少暂时还没有，米兰认为这是战争之过。

安东曾建议米兰要放松，让他别再限制自我。然而，他现在从这位音乐家的脸上看出，他不仅沾染了小恶习，而且还吸烟，同时也发现他的激情受到了束缚。

"这样太辛苦了。"安东担心地说。

"我只能听到爆炸声。"

"那只是你记忆里的声音。给自己一个机会，去适应沉默吧。"

安东把目光转向作曲家，看到他正在摸索着衬衫扣子。

"米兰，你听到我说的话了吗？"

米兰点点头："是的。那么你呢？听到我说的话了吗？我只需要一杯。"

他看向门，期待着安东能够把门闩旋回去。安东倒吸了口气，用两根手指比画了一个十字。

"想都别想。你的血已经被药丸填满了，"安东生气地低声说道，"你这个疯子，我可不是在说笑，酒精是万万碰不得的，否则你从楼梯上摔下来怎么办？还是说你准备从城墙上摔死？我年纪大了，没法从街上给你收尸。我这个老家伙死了以后会留下什么呢？桶子和管子，仅此而已。"

"别说了，你知道我不太会夸人。"

安东愤怒地用手指弹了弹杯子。他的脸绷得紧紧的，脖子上血管爆起，就像他用萨克斯演奏本尼·古德曼的曲子时那样。

"我又发作了一次，安东。"

听到这个词，安东用小指慢慢地滑过窗户，把玻璃弄脏了："你说什么？什么时候发作的？那你还想喝酒！"

"昨天，还有前天。不止一次。"

"频率呢？"

"就像上了发条那样吧！"米兰说着打了个响指。他面向窗口，露出了脸上的瘀青，那是在无意识的状态下撞到床栏杆留下的。他容易罹患强直阵挛性发作。小时候，他曾经把舌头咬成了两半，是母亲把它重新缝合在一起，其他护士都害怕极了，不敢上前帮忙。

"我没办法在音乐节上表演了。"

"还有六个月呢！"

安东把脸贴在窗户上，望着外面空荡荡的街道，他的瞳孔就像小葡萄干一样收缩着。国民自卫军队员正在人行道上持枪巡逻，他们护送着一群联合国代表，从电台走向停靠在对面的一辆装甲车上。

"来不及了。"米兰说。

"来不及干什么？"

米兰从他的外套里掏出一封信，把传票抵在了安东面前的窗户上。

"我必须出庭做证，"他说，"他们正在重新调查扎科之死。既然要当庭宣誓，就得说出事实。"

米兰咬着下唇，等着安东做出让步，并给他打开门。但老人一言未发，只是突然流露出担忧的神情。他举起手指似乎要说些什么，最终只是放下了窗帘。

第十章

　　萨拉在城墙顶上观看了大海的演奏，猜想着米兰究竟来过了多少次。她后悔把他的事告诉了安东，这位老人不该再承受任何坏消息了，他离开的时候看起来是那么憔悴。萨拉无法确定，是不是将真相告知老人，自己就能更进一步地理解《蓝色的声音》里的内在之音。

　　克罗地亚国民自卫军的人走了过来，他们的靴子在石头上"咔嗒"作响，肩膀上挎的枪垂到了臀部，胸前绑着弹药带。此时的风很大，海浪声音强劲，萨拉没有听见他们的声音。他们惊慌失措地讲着克罗地亚语，坚持要她离开。他们把萨拉带到楼梯口，迫不及待地想让她到楼下安全的地方去。

　　萨拉离开卫兵身边，走进了一座没有被沙袋堵住门口的小教堂。她不喜欢那些人紧紧跟着她，把她从城墙上驱赶下来的样子。她不能完全肯定，他们之所以愿意护送她是否是出于安全考虑。他们似乎觉得她很有趣，甚至有可能为她着迷或者神魂颠倒，然而让她一个人走进了教堂。

萨拉并非信教之人，也不像大多数游客那样对教堂非常欣赏，然而这座小石头建筑莫名地让她感到亲切。室内非常凉爽，既为她驱散了炎热，也使她摆脱了街上的那些卫兵。

她在走廊里穿行着，内心有些局促，看到修女们一个个都低着头。她既不想打扰她们，也不想引起更多的注意，独自悄悄地溜进了黑暗的告解室。她坐在长凳上，面对着告解室门上的裂缝。从裂缝里，她看到修女们聚集在前面的长椅上，你争我吵地讨论着，互相传看着一个男孩儿的画像。其中一位修女站起身，拼命地打着手势，然后突然跑到了告解室的门口。

她们一边喘着粗气，一边"砰砰"地敲门，嘴里说着克罗地亚语。

"看你还往哪儿跑！马上出来！我们知道你就在里面。"

萨拉只听出来她们语气中的愤怒情绪，她将身体倚靠在墙上。

"上帝会惩罚你的，年轻人。你在镇上惹的麻烦可不少了，等着吃苦头吧！"

萨拉不知道自己做了什么值得她们这样兴师动众。她在教堂外并没有看到任何标识，倒不是说她能读懂上面的字，但至少能理解什么样的标识看起来不寻常或不合适。也许，这座教堂是禁止非天主教游客进入的。

萨拉掀起了围屏上的帘子，耳边随之传来一声喘息。她吃惊地看到一个小男孩儿睁大了眼睛在看她，目光狂野而坚定。他们都被对方吓了一跳，萨拉先看向了别处，眼眉低垂着，把男孩儿的样子收进了眼底。他的眼眸里仿佛有星辰大海，实际上年幼很多。他穿着破旧的牛仔裤，将膝盖抵着胸口坐在那里。这孩子身体很单薄，赤裸着的上身被晒成了古铜色。换作在其他任何国家和背景下，他都有可能成为一名年轻的潜水员或渔民。自然天成的灵魂散发着光芒，令他看起来并不属于教堂。男孩儿的体内仿佛关了一只魔鬼，他的情绪眼看就要爆发了。

他说话时下巴微颤，低声地用克罗地亚语恳求着，萨拉只听出来声音里的绝望。修女们又敲了敲门，声音变得更响、更有力，连告解室都跟着颤动起来。

"你是个孤儿，应该归属于我们。"

男孩儿在胸前画了十字，眼睛仍然好奇地盯着萨拉，看出来她并不是这里的人。他深吸一口气，悄悄地拨开了告解室门上的闩钩，然后溜了出去，看起来并没有被人发现。他正准备拎起长凳上的鼓，一个修女从圣保罗的雕像后面猛地走上前。她比男孩儿高不了多少，把他逼退到墙角。男孩儿延展着手臂，手指摩擦着鼓的底部，仍然受困在告解室中。

修女语速很快，因为发现了男孩儿，她又震惊又生畏，眉毛随之向高处一挑。她走近了些，试图去抓他的手。

卢卡的心怦怦直跳，他知道自己只有两个选择：要么为了把鼓带走，被她们抓住；要么暂时把鼓放下，找机会逃跑。他踩了修女的脚，力度不大，但也不小，足以让她尖叫出来。随后，卢卡匆匆逃离了她的身边，从教堂的后门跑了。

那位受了伤的修女一瘸一拐地走到告解室的前面，其他人打开了萨拉这一侧的门，接着便呆愣在了当场。她们失望地发现眼前并不是那个黑头发的男孩儿，而是一个红发女子。萨拉站起身，从告解室走了出来，修女们低声祝福着她。萨拉从她们中间穿了过去，迈向走廊。

萨拉在长椅上逗留了几个小时，直到路灯的光亮穿透彩色玻璃。

教堂里一片黑暗，空空荡荡。她确信自己又成了独自一人，于是走回告解室，把鼓带走了。

卢卡气喘吁吁地蹲在欧诺佛喷泉的水井之中，数落着自己竟然把鼓留在了教堂里。他心想，这是他离开武科瓦尔防空洞以来最愚蠢的一个举动。很奇怪，现在还有别人在敲打那面鼓，可怕的是打鼓的人没什么节奏感，听起来就像是在用拳头敲桌子。尽管鼓声打破了寂静，但听到它被这样对待，卢卡仍然痛苦不已。

他又饿又热，在告解室里便开始流汗。到目前为止，它一直都是一个藏身的好地方，因为神父们午饭后会在教区地下室里打瞌睡。只不过，卢卡没料到修女们会来。到了晚上，她们常常会在孤儿院唱歌，把寻找他的工作抛在一边。大约两个小时后，她们两人一组聚在一起，循着鼓声在巷子里搜寻他，一直持续到第二天早上。她们的动作不够快，脑子也不够聪明，总是抓不到他。

通过石头的震动，卢卡能够感觉到有人来了。他已经学会了在杂物间和无人的食品室里站着打盹儿，也知道杜布罗夫尼克每一处废弃的住所。落着灰烬的石头地面变得没那么坚硬，倒是为他提供了便利。他还发现，有一家面包店的后门总是为一位警察敞开着，那位警察对店里的面包师有爱慕之情。当他们走进洗手间接吻的时候，卢卡把手伸进了垃圾桶，从里面拎出一条变形的面包。想到自己拿的不过是已经被扔掉的东西，他也就不那么内疚了。有一次他发现了一袋巧克力，但只是拿了其中一半，剩下的都留在了柜台上。就这样，警察采集了他的指纹作为逮捕他的证据。人人都想找个理由抓住他，但他们并非为了他本人，而是为了拿到他的鼓，好让小镇回归宁静。

现在，神父们正慢慢地走近卢卡，黑人士兵的身上披挂着大蒜和枪支。卢卡躲在沙袋后面，假装自己已经睡着，双手紧贴着肚子，好让那咆哮的声音安静下来。要是能偷到蒜头，他恐怕会把它们连皮一起吃掉。他闻出了许多味道，比如焚香的气味、橘子味和葬礼上的麝香香味。那些穿着凉鞋的神父来到了他的头顶上方。

他们一边摸着喷口，一边喃喃地祈祷着，仿佛这样就能把水摸出来似的。他们在天空中搜寻着曳光弹，不知道迫击炮何时会再次轰炸。16 世纪的时候，圣布莱斯有一次曾经发出警告，提醒神父，敌人即将来犯。于是，现在的神父们便请求这位守护神给予他们保护。历史经验告诉他们，人应该相信自己的预感。这座城市已经遭受了巨大破坏，再也不能失去更多生命。人们心力交瘁，不愿意再把青年送去战场。再说，墓地里已经尸满为患了。

卢卡屏住呼吸，伸长了脖子，试图把身体缩得更小，从而不被人发现。神父们在围着喷泉转圈，听到鼓声，一个个都陆续停下了脚步。卢卡觉得惊讶，他们竟然听不出来那些节奏并非出自他手。在出发去寻找鼓之前，他们跑向了修道院围墙上的滴水嘴兽，将双手摊开放在石头上，努力保持着身体的平衡，然而没人能坚持很久。

有一位神父丝毫没有留意到滴水嘴兽的前额，他径直撞向墙壁，磕到了牙齿。其他人都各自执行任务去了，只有他走进了一条小巷，疼得龇牙咧嘴。卢卡屏住呼吸，试图忍住笑意。修女们正从教堂里跑出来，温暖的海风吹动着她们的衣服。一个小时过去了，所有人都空手而归，谁也没有找到那只鼓。

让卢卡感到诧异的是鼓声还在继续，仿佛要把月亮抛向午夜的天空。他透过沙袋之间的空隙窥视着外面，看到公寓里的灯全都熄灭了，

等待着整座城市入睡。鼾声渐起，卢卡直到自己觉得安全了，才离开
喷泉去找他的鼓。

他等了很久，起初还以为是修女和神父们在捉弄他，可当他看到
他们溜进了当地唯一还在营业的小酒馆时，他知道他们今晚不会再有
行动了。卢卡弯下身子，跑进了最近的一条巷子里。他始终背对着墙，
在阴影里侧身移动着。

在犹太教堂外，卢卡停下了脚步，等待着那个手拿扫帚的人从他
身边扫过。他认定这位老人是一个盲人，没有考虑到老人也可能是在
梦游。无论真相如何，他似乎并不怎么在意。卢卡谨慎地从他身边走
过去，一路循着鼓声穿过了城市的南门——派勒门。

卢卡站在吊桥上俯视着一群弃置的渔船，发现那个红发女子正在
敲击着他的鼓。卢卡的影子投射在女子身上，于是她转过身，抬头望
向他，仿佛已经恭候多时。他爬上楼梯，又穿过桥下，逐渐走近她，
最后坐到了船上欣赏鼓声。待演奏结束后，女子便放下鼓离开了，只
剩下男孩儿孤零零地面对自己的生存问题。

空气中弥漫着潮湿和异样的气息，萨拉回到米拉达的住处，慢慢
地爬上了石级。天色已经很晚，厨房的窗户却还开着，米拉达在拍打
面团儿，这声音加剧了萨拉的头痛。受到鼓声的影响，她的脑袋阵阵
作痛，身体发沉，甚至感觉不再完全属于自己了。

萨拉站在房间外面的露天平台上，打开了门。她本来是打算睡觉
的，但总忍不住去想刚才的经历。刚开始敲那个男孩儿的鼓，她突然
就有了一种刺痛感，简直就像是触电一样。她从来没有见过这样的鼓，
古色古香的格调和良好的状况都给她留下了深刻的印象，它的底部还

装饰着锦缎和玻璃珠。这面鼓来自远东，而非巴尔干半岛，更为奇特的是它的主材料——骨头。这面鼓似乎由人的头骨制成，萨拉发现它还可以像拨浪鼓一样摇晃，偏头痛就是这样引发的。

萨拉想听听海滩上的波浪声，希望能借此缓解脑袋的抽痛。米拉达仍按照惯例忙活着，萨拉关上了公寓的门，希望能在港口再一次找到安东。太阳正从塞德山上升起，她听见了建筑工人在高温到来之前敲打屋顶瓦片的声音。出海的渔民只有几个，深蓝色的海水一片平静。

萨拉走向码头，找到安东吹奏音乐时坐过的地方。她卷起裤边，把两只脚伸入了水中，突然看到有一名女子漂浮在水面下。她很年轻，二十多岁，身穿一件彩裙，头戴花冠，留着金色的长发。萨拉以为这名女子在游泳，于是把水溅到了她的脚上，想引起她的反应，但那具身体并没有动。见状，萨拉又溅起水花，在水里寻找着对方呼出的气泡，然而只看到了暗淡的涟漪。她不敢相信那个女子已经淹死了，毕竟她的身体没有水肿，四肢的肌肉也像舞者或运动员一样清晰可见。她保持着这样的姿势，看起来倒有一丝怪异的优雅。

萨拉大喊着，向渔民们招着手，因为尸体需要从水里打捞出来。她不愿意俯身去碰它，这时一个海浪打过来掀翻了尸体，把女子的脸露了出来。萨拉不再需要叫渔民过来，因为这名女子突然便消失了，就在她刚才所处的位置上，只剩下自己的倒影。

米拉达原本无意窥探，她想成为一位正派得体的达尔马提亚主人。她一整晚都在做饭，但并不赞同在夜里用电。她一边擦洗着地板，一边给萨拉的房间通风，无意中碰到了手提箱。行李很重，她以为里面装满了书。米拉达将湿拖把靠在墙上，又留出了一块足以放下手提箱的干燥地板。她拉开箱子的拉链，缓慢地将盖子掀了起来，心里充满着期待。

米拉达一下子跪倒在地，用手在胸前画着十字，然后从口袋里掏出念珠。她不必翻开眼前的这些笔记本去看里面写了什么，因为她已经在头脑中听到了这首曲子，回想起了那些未能安然埋葬的过往。

在广场上，萨拉找到了正在喝酒的安东。她流露出一副惊慌失措的样子，气喘吁吁，就像一只惊弓之鸟，无法忘记那个女人的脸。

"你怎么了？"他问道。从萨拉凝视他的眼神中，安东感受到了一种奇怪而黑暗的东西。她朝港口的方向回望过去。

"我在水里看到了一个女人的尸体，"她说，不确定自己是否真的有看到过什么人，"可是她……她不见了。"

安东放下了那瓶威士忌。"天太热了，"他嘟囔着，听见从远处的某个地方传来了男孩儿的击鼓声，"天气一热，人们就容易产生幻觉，就会看到一些不寻常的东西。"

萨拉摇了摇头，想要相信他的话。

"不是的，我以前见过她的脸。"

"什么？在哪里？"

"在寄宿公寓，一幅女人的画像里。"

安东歪着头问道："谁的公寓？"

"米拉达。是那位开船去意大利巴里的女人。"

听到这话，安东身体一僵。很多寡妇都会接待游客，但最近游客太少，让人很难相信米拉达在公交车站就跟这个女孩儿达成了交易。听到鼓声越来越响、越来越快，安东举起双手表示投降，接着又大喊了一声。

"这孩子迟早把我们逼疯！"

"他没有恶意。"萨拉说。

安东瞪了她一眼，"他可是在用达玛如叫醒死人。"

"达玛如是什么？"

"一种东方的祈祷鼓，是用人的头盖骨做的。只要奏响，它就能唤醒死人。"

萨拉一时愣住了，脸上写满了恐惧："原来是这样。"

安东靠在膝盖上，用双手托着头。他呻吟了一声，然后抬起眼睛看着萨拉："你还记得那个女人长什么样子吗？"

"她很漂亮，头上戴着一顶花冠。"

"是伊娃。"安东小声说。

"您说谁？"

"你看到的是米兰的妈妈。"

"我还以为她淹死了呢！"萨拉脱口而出。

"她时不时就会出现在这里，"安东说，"不过非常少见，她已经至少十几年没出现过了。显然，她知道你在这儿……我想，她这是在欢迎你。"

萨拉颤抖着，不愿意承认她刚刚看见了鬼。

"为什么？"

"你知道的。"他说，小心地打量着她。她拥有着某种信念，这种信念会把她带往黑暗之地。任何一个头脑正常的人都不会选择越过边境，进入饱受战争摧残的国家去听音乐。"你不信？"

"我信。"她说，感觉自己还没有完全从那片海水里反应过来。

"那么你跟我来。"说完,安东领着她穿过条条小巷来到了一个酒窖。在他匆忙地撬开钉在门口的木板时,木料在他的指间碎裂了,钉子刺穿了手掌。

他打开一个小手电筒,来到了酒柜旁,惊讶地发现这里已经被洗劫一空。所有的酒都被偷走了,地板上还留下了一个孩子的脚印。面对大海的一扇门窗似乎是被撬棍砸碎的,窗台石破裂后剥落下来。地板上有一把断了的挂锁,仿佛遗失的鱼饵,在窗户射进来的光线下呈现出蓝色。安东穿过地下室,来到那把坏掉的锁前,把它踢到了萨拉那里。

"这群浑蛋,"他说,"他们把所有东西都拿走了。"

安东在离他最近的酒桶下面蹲下身子,然后仰面滑到了钢架下,用手摸了摸桶肚,又打开一扇小活板门,从中拉出一盘遗留下来的磁带。他把乱作一团的磁带拢在手里,从酒桶下面钻出来,然后站起身。他用袖子后面擦了一下脸,将那团皱巴巴的东西扔给萨拉。

"只剩下这个了。"

"什么?"

"米兰最后的录音带。"

安东气冲冲地穿过地板,来到圆形的窗户前,抬头望着塞德山,山上的灌木和鼠尾草被炮火熏黑了。他先是深吸一口气,又大声呼了出去,把屋顶上的鸽子吓得一哄而散。

"你们太无耻了!没一个好东西!"

他在怒斥那些喝醉了酒的士兵,是他们烧毁了修道院的图书馆,将三万本图书和一万首音乐作品付之一炬。现在只有十二盒磁带遗留下来,里面录制的是《蓝色的声音》,这部音乐杰作具有扭转历史进程和统一南斯拉夫的力量。他在怒斥政府，是它将无意卷入战争的所有民众弃置不顾。他在怒斥斯洛博丹·米洛舍维奇和他的民族主义，包括因为政治站队而生发仇恨情绪的每一个人。他也在怒斥男孩儿，希望他不要再打鼓，能够让自己平静下来。他怒斥着这一切，怒斥着战争中他最遗憾的事情，更多的还是对于自己的斥责。

他用手敲打着窗台，对这种不公正的行为感到义愤填膺，心里纳闷儿谁还会知道这酒桶的事情。他咒骂自己竟然以为把录音带藏在这里要比在广播电台更安全。他曾希望，近期活动的破坏分子们会相信已经没有什么东西可以摧毁了。

安东转过头，问萨拉："没有音乐，我们该怎么办？"

他热泪盈眶，紧紧抓住女孩儿的肩膀，仿佛她有能力证明他错了。

她细察着他的目光："就没别的了？"

"只有录音，只有这些磁带，米兰把跟他有关的其他东西都带走了。"他答道，声音里透露着绝望。他从酒桶旁转过身来，在一片黑暗中向前走着，感觉到萨拉紧跟在自己身后。他在门口停下脚步，向这位陌生人吐露了他所知道的唯一真相："音乐是米兰唯一的武器。"

萨拉回来时，米拉达不见了。屋子里很黑，窗户上满是微光。柜台上摆着一套餐具、一碗意大利面和鱿鱼，还有一张她看不懂的字条。桌子上堆满了照片和脏抹布，玻璃和相框都清洗干净了。萨拉瞥了一眼大厅，看到还有大块的墙面尚未褪色，惊讶地发现那个女人的照片还挂在那里，除此之外墙上再没有别的东西。看起来，米拉达似乎对这里进行了一次大扫除。原来那些不新鲜的花都不见了，地板用氨水擦洗过，这气味更加剧了她的头痛。

　　她端起碗走进了走廊，心里充满了感激。食物温暖而新鲜，比她在难民营吃过的任何东西都要美味。她的饮食系统因为香肠而变得复杂，她再也无法忍受卷心菜的味道，也无法忍受任何用辣椒烹制的佳肴。吃了几口之后，萨拉感觉好多了，可看到伊娃的照片时突然一顿，不明白米拉达为什么要把它挂在家里。

　　站在大厅的蓝色光芒中，望着那个女人的双眸，萨拉呆立在当场。她以前在烛光中没有注意到伊娃的眼睛里闪烁着一种信念的光芒，这种信念会使人产生歉疚感和悔意。一阵寒意袭上了她的脊背。

　　萨拉把碗放在地板上，从墙上取下照片并翻了过来，希望能找到名字和日期，却一无所获。于是她拧开了相框，在照片上寻找着某种身份证明。她将硬卡纸片向后一拉，身体瞬间僵住了，仿佛胳膊和脖子上的头发都竖起来了。

　　硬纸板和照片之间夹着一张泛黄的笔记本纸，上面画着音符。她很快把照片拼好，把相框拧好，然后把照片拿起来挂在墙上的红框里。她把这首曲谱拿到自己的房间，然后拉开手提箱的拉链，从中随意挑选了一个笔记本跟它进行比对，结果发现字迹是一样的。她深吸了一口气，终于相信了瑞典女人的忠告：一旦向难民敞开心扉，你就会经历一遍他们的喜怒哀乐，甚至更多。

第十一章

卢卡在作曲家的药柜里找到一把用过的剃刀，站在椅子上照了照镜子，然后剃光了头，第一次将黑色的鬈发剪掉。这头发已经暴露他太多次，他不能再被认出来了。修女们吓得他不得不改变自己的外貌，但他拒绝让她们告诉他他是谁，他并不是孤儿。

他回忆起那个老妇人在防空洞里说过的话，第一次理解了她的忠告。重要的并非卢卡知道了克罗地亚人和塞尔维亚人的区别，而是他知道了自己有别于其他没有父母的孩子。卢卡是有妈妈的，或早或晚，总有那么一天，她会回到自己身边。

卢卡觉得，如果看上去像个孤儿能够让修女们远离他，那么他会很乐意牺牲自己头上的鬈发。他觉得自己好像正在为一场战斗做准备。他看到过防空洞里的男人们常常在昏暗的灯光下刮胡子，还看到过他的母亲和其他护士在为伤员取出子弹前剃掉他们的头发，医生则负责操作截肢手术。他竟然学会了像外科医生那样精确地下刀，留下的疤痕比他母亲在南斯拉夫士兵身上留下的还要少。他不相信她的失误是偶然发生的。

水槽里落满了长长的黑色鬈发，但卢卡懒得把它们从下水道口里取出来。他瞥了一眼窗外，恰好看到了日落。他这次又迟到了，而战地记者们对他的迟到向来都不买账，尤其是有的时候，他的迟到就意味着他们不得不在大多数人都避之不及的一些地方等他。卢卡每次都会更换地点，他相信记者们会跟随自己来到作曲家的工作室。他快步走到窗前，从修道院的骨架上往外看，试图看到一个他认识的人。然而那里空无一人，只有流浪猫从锈迹斑斑的弹簧床垫上跳下来。

记者已经离开了，但卢卡知道在哪儿能找到他们。

他从巷子里进了酒吧。为了让室内的烟味消散，酒吧后门被撑开了，于是他趁机溜了进去。一只年老的大麦町犬蜷缩在门口打着瞌睡，它警惕地看向男孩儿。卢卡已经学会随身携带糕点，以应对所有他觉得可能会招致麻烦的狗。大多数狗只是处于震惊的状态，除了食物，对很多东西都没什么反应。卢卡从把手伸进口袋，从里面撕下来一小块出炉了一个星期的馅儿饼，饼皮已经不再新鲜，嚼劲儿十足。他把这一小块扔给了狗，只见狗猛地向前一冲，用牙床把它咬断了。它仰起头来让卢卡抓了抓，然后便让他安然无恙地走了过去。

酒吧里面又黑又挤。卢卡认出了记者的后背和肩膀，尽管炮击已经结束数月，可他们仍然拒绝脱掉防弹衣。卢卡觉得他们在大热天穿着防弹衣简直是疯了，并且把这个想法如实告诉了他们。可记者们对卢卡说，他从武科瓦尔骑自行车到杜布罗夫尼克才是疯了。卢卡断定这些人都是疯子，因为他们竟然想把关于这里的一切都写下来，尤其是他。记者们对卢卡的故事非常感兴趣，于是卢卡便以一定的价格将故事分批卖给了他们。

卢卡知道战地记者有手机，其他电话线路无法接通的时候，手机却可以。他打定主意要利用这个通信手段，全然不知什么时候它会被再次中断，或者更糟的是完全切断。他卖了一个骑自行车的故事，换取了两次使用手机通话的机会。因为卢卡还讲了关于武科瓦尔防空洞的事情，于是记者们又欠了他一次通话机会，可以让他向萨格勒布的大使馆打听他母亲的情况。使馆人员听出了他的声音和提问的轻快节奏："有人见过一位武科瓦尔的护士吗？她带了几瓶薰衣草油。从收容所离开的时候，她登上的是一辆校车。她的个子不是特别高，但也不矮，人长得很漂亮。"使馆人员每次都会用同样的话答复他：他们认识很多护士，但没有见过武科瓦尔的护士。如果她真像描述里的那样，他们又怎么可能会忘记呢？他应该下星期再打来。

下个星期到了，卢卡需要再通一次电话。因为他提供了证词，记者们又欠下了一次通话机会，于是他便去找他们兑现。酒吧里，那些记者正在剥花生和开心果，剥完后扔到了地上，脏兮兮的猫在舔着外壳上的盐。一群当地的音乐家，包括酒保在内，正在一边演奏吉他，一边哼唱着什么"把心脏留在了旧金山"的奇怪歌曲。酒吧里的大多数人听过这首歌，所以也在跟着一起唱。卢卡认为这是一首愚蠢的歌，说到人们丢了心脏的地方，他想起来的还真不少。

酒保是个高个子男人，名叫伊沃。他放下吉他，一边扎着马尾辫，一边还在和一个背对着卢卡的女人调情。卢卡认出了她的红头发，很惊讶会在这里看到她。吧台上已经空了三杯，从她这喝酒的样子看，她的心情似乎非常低落。卢卡觉得这就是她出现在告解室的原因：也许是因为喝得太多了，所以需要上帝原谅她。他认为上帝很忙，因为喝多的人实在太多了；自从战争开始以来，好像每个人喝得都更多了。

那个女人的话音含混不清，她靠在一个衬衫上插着加拿大国旗的男人身上。看起来人人都佩戴着国旗饰物，各国的都有，唯独没有他们所在的这一国家的国旗。除了国民自卫军外，卢卡没有看到任何一个衣服上佩戴着克罗地亚国旗的人。国旗并没有成为一种时尚宣言，可是当南斯拉夫军队撕碎它时，它就成了一种宣言。酒吧对面的墙上挂着一面磨损的旗帜，卢卡是从镜子里看到它的。

到目前为止，还没有人注意到卢卡，因为大家都专注于最新消息而没有低头。他们正通过酒吧上方的电视观看现场直播，接收的画面模糊不清。酒保用铝箔儿固定了天线，调大了音量。记者播报称，南斯拉夫军队已从他们自 10 月以来占领的市镇西部撤出。斯拉诺地区获得了自由，但占领者从圣哲罗姆修道院偷走了多幅画作。此外，南斯拉夫军队也离开了米利特岛。听到这些消息，酒吧里的人群欢呼起来，每个人都在举杯庆祝，认为距离占领终结已经不远了。杜布罗夫尼克将迎来它的夏天，完成它的年度音乐节盛事。

卢卡爬上了酒吧尽头的一张凳子，等着那个佩戴加拿大国旗的人讲完故事。但在偷听了对话以后，他意识到那个人根本不是在讲什么故事。卢卡听懂了这个男人所说的大部分英语，因为他说起话来就跟电影里的人似的。

"这可真折磨人啊，对吧？"

红头发的女人点点头，轻轻擦了几下眼睛，卢卡看不出来她是在哭还是在笑。她露出了笑脸，可看起来并不真实，宛如白蜡一般，毫无生机。

"别太为难自己，你该做的工作都已经做了。"

萨拉点了点头，将杯子从柜台上滑过去，酒保在里面加了冰。他低声地说着克罗地亚语，随后又眨了眨眼，把杯子推还给她。

"你已经喝得够多了，女士。"

萨拉拿了一块冰在嘴唇上滑动着，转头看了看加拿大人。

"关于现在时态的知识，我教给他们的实在不多。"

"可你毕竟帮助了他们。"

萨拉抬起头，眼睛里布满了血丝："不，是他们帮助了我。"

加拿大人掏出香烟，一边抽烟，一边好奇地打量着萨拉。自从他们见面以来，她发生了很大变化。他从没想到会在这里碰到她，但碰到了也并不惊讶，毕竟译员的世界总会相互碰撞，可频率未免太快，所以他不太喜欢。有些人他见过之后本来是想忘掉的，奈何后来又见了许多次面。起初，萨拉也是这些人中的一个。他不喜欢在停机坪上遇到的那个年轻女人，因为她太过软弱和天真，在他眼里只是一个典型的美国人。但在过去的五个月里，她已经培养出了自我意识和锐气，这让他觉得她复杂难懂，却又性感撩人。

"你已经有了需要翻译的故事吗？"

萨拉用手指摩挲着玻璃杯的边缘，吹了吹落在眼睛里的几缕头发，说："还没有。"

"你说的这个塞尔维亚人，他是你的朋友，对吧？"

萨拉掉转了目光，答道："没错，是朋友。"

加拿大人靠得更近了，对她耳语说："你没问过他发生了什么事？"

"我正在问。"她说着环顾了一下房间。战地记者们有一股激动狂躁的劲头，她注意到他们中没有一个人戴着结婚戒指。因为热衷于寻找那些对世界有极大影响的故事，他们不惜将自己的生命置于危险之中。萨拉想，在所有人里，只有他们能理解她对真理的执着。加拿大人注意到她正在看自己。

"没弄清楚以前,我是不会回家的。"她说道。

加拿大人笑了,从她的眼中看到了火焰。

"弄清楚你是否坠入了爱河?"

"不。"萨拉说。她觉得米兰有可能已经因为贩卖武器被杀害了,但并没有把这个想法说出来。

"不?你的意思是不想告诉我,还是说你没有坠入爱河?"

萨拉看向盛着冰的杯子,感觉自己的脸在发烫。加拿大人把玻璃杯从萨拉的视线里推开,在他自己的杯子里倒了一些冰。

"别指望了,这里没人会说出真相。"

"怎么会呢?所以你们干脆就自作主张了?是这样吗?"

加拿大人举起杯子,"啪"的一声碰到了盛着冰片的大玻璃杯。他有些担心,不管对难民的故事了解得是多是少,这个女人都过于沉浸其中了。杜布罗夫尼克可不是研究情人生活的好地方,对萨拉来说,最坏的情况就是在这里香消玉殒。他想要再说点儿什么,好规劝萨拉离开,但他又很喜欢有萨拉做伴,想要再见到她。这时,他感觉到夹克口袋里伸进了一只手,于是转过身来,撞见卢卡正握着手机。

"小贼!"

卢卡被加拿大人抓住了手,但他并没有松开手机。他把耳朵紧贴在电话上,听着电话线里传来的声音。他已经跟萨格勒布取得了联系,电话号码也已烂熟于心。他本来打算跟大使通话以后再挂掉手机,但酒吧里很安静,大家都盯着他,使得他无法集中注意力。

加拿大人按下了结束通话按钮,男孩儿只好松开了手。

"你迟到了。"加拿大人说。

卢卡抬高了下巴，但没有抬起眼睛。他揉了揉脑袋上几处没被剃刀刮掉的短发，在脑海中寻找着合适的字句，不想让自己在其他记者面前出丑。他突然有些害羞，不太敢讲英语。

"你欠我一个通话的机会。"卢卡说得磕磕绊绊，听起来既单调又呆板，完全不像他讲克罗地亚语时候的样子，不过并没有语误。他伸出手，等着接过手机。

加拿大人把手机放在吧台上，让男孩儿自己取。

"你用不着偷啊！"

"我才没偷，"卢卡没好气地说，"这可是我交换来的。"

他拿起手机走向大厅，在那只狗旁边坐了下来。加拿大人转过头看向萨拉，而她的目光还没有从那个男孩儿身上移开。

"他是谁？"她问道。

"谁知道呢，他不愿意把名字告诉我们。"

"他在这儿干什么？"

"等他妈妈。"

"他的妈妈？"

"没错，他至少有六个月没见过她了。"加拿大人说。

萨拉看向了他："那么她在哪里？"

加拿大人用右手食指在喉咙上比画了一道线，回复说："但愿她还活着。这个孩子应该去孤儿院，可是现在露宿街头。"

"我知道。"萨拉说。

"你见过他？"

"我发现了他的鼓，把它还给了他。"

"做得好，"他颇有感触地说，"那么，他肯定会相信你，说不定你能抓住他。抓住了他就可以得到一笔奖励，但我们谁都没有参与其中。要是他被限制自由，我们就听不到他的故事了。"

"为什么酒保没告发他？"

"因为酒保跟我们一样。"萨拉闻言转过身来，观察着加拿大人的神色。他正在打量着那些正在窃窃私语的记者，气氛突然变得凝重起来，仿佛要给那个男孩儿留下深刻的印象。

"问问这些人究竟为什么会在这里。"

"为了听他的故事？"萨拉犹疑地问道。

"如果他们是因为我获得了普利策奖，奖金就应该大家一起分。"卢卡说了这么一句。他拿着电话走回来，脸向下耷拉着，写满失望。

"你没打通吗？"加拿大人问。

"通了。"

"他们怎么说的？"

"什么也没说。"

"没答复你？"

"他们说找不到她。"他声音沙哑地说。

"你问警察了吗？"萨拉问道。

卢卡慢慢地抬起眼睛看着萨拉。

"警察？"

有那么一会儿，从她的声调判断，卢卡还以为她问了一个好问题，但当他注意到她所说的内容时，他才听得更明白。在他看来，警察是最丑陋的字眼儿。

"我不能报警。"

"为什么不能？"

"他们会把我带走的。"他说。

"带去哪儿？"

"孤儿院。"

"孤儿院怎么了？那里的人会照顾你的。"

"我知道。"他说着看了一眼萨拉，好像她是个怪物一样。难道她不知道吗？他是有人照顾的，这个人不过是迟到了，但就快要来了。

"我要尿尿。"他说。

卢卡费力地穿过人群来到卫生间。他推开门，把锁拉到门闩上，深吸了几口气。他擦了几下眼睛，一方面是生自己的气，另一方面对于记者们把他推到当前的境地感到愤怒。他用手拍打着墙壁。没错，将故事分享出来是他的主意，可他现在觉得保持沉默会更安全。

人们总是想告诉卢卡他的母亲在哪里，而不是听他讲述发生在她身上的事或他认为她在什么地方。卢卡分享了自己的所见所闻，可他们指责他在撒谎，说他这是不肯接受现实的表现，可他在事情发生了一段时间后也总能回忆起一切。卢卡不确定，那位碰巧开车进入武科瓦尔的联合国官员是否准确地听懂了他的话。那时，卢卡放慢了语速，用他自己所知道的最准确的英语字句，用手指着燃烧的建筑物，向那位官员提问道：如果那些带着蓝盔的人是在该地区维护和平，怎么会发生围攻的事情？他们维护的和平又是什么呢？

维护和平只是谎言罢了。卢卡不信任那些维和者，他们听不进去别人的话。联合国官员从卡车上扔了一包口香糖给卢卡，还建议他留在路上，不要踏入田野。他还说要提防地雷，但卢卡没听懂，心里想：除非疯了，否则谁会去踩地雷呢？无论如何，卢卡告诉他田野里有很多地雷。骨头也不少，他说，里面有集体坟场。联合国怎么不派人去调查呢？闻言，那位官员调整头盔，把卡车挂上倒挡开走了。他表示过他很抱歉，除了提醒男孩儿，其他什么也做不了。卢卡望着车胎留下的痕迹，希望自己可以变成警示牌，骤然泛起红色，就像将他的城市烧毁的大火一样。

加拿大人敲了敲隔间："你没事吧，小鬼？"

"我很好，你走吧！"

"你不能一晚上都待在卫生间里。"

卢卡打开门闩，推开了门。他揉了揉眼睛，跟着加拿大人返回了酒吧。那个红头发的女人正喝着一杯从落满灰尘的厚瓶子里倒出来的可乐，瓶子看起来和这个酒吧一样古老。

"你想来块三明治吗？"

"为什么？"

卢卡用怀疑的眼神盯着加拿大人，毕竟他从没给过他食物，给的只有手机。食物并不包含在他们的协议之中，况且卢卡自己也能找到食物。

"再待一会儿，把你的故事讲完再走。"

"为什么要讲完？"

"为什么不呢？"

卢卡朝着电话打了个手势。

"我已经打完电话了，没必要再打了。他们每次说的话都一样。"

"可你的故事还不错。"

卢卡盯着他，双眸眯了起来："你为什么会在乎这个？"

"应该让人们知道。"

"知道是你写的？"

卢卡看了眼那些战地记者。此时的酒吧里鸦雀无声，酒保也已经关闭了电视，喝酒的只剩下几个人，猛烈的吞咽声让卢卡充分意识到自己把他们给得罪了。

"你关心的就是这个吗？看来，你比戴着蓝盔的人也好不到哪儿去。"

加拿大人伸出手臂，想要碰一下男孩儿，却被他用肩膀抖落了。

"我们想帮助你。"

"那就要相信我。"卢卡说。

"我们当然相信。"

"相信什么？"

战地记者们无助地瞪着眼睛，转动着自己麻木的脑筋。

"看见了吧？就知道没有人会相信我。"

"我信。"萨拉说。

卢卡感到很诧异，转过身来对她说："你是信我撒了谎吧！"

萨拉摇了摇头，双眼盯着那个男孩儿。"我相信你妈妈还活着。"她说道。

卢卡紧抿着嘴唇，抑制住想哭的冲动。他转过身，穿过酒吧跑到了后门。萨拉还没来得及改变主意，他就离开了。

米拉达敲了敲安东的房门，然后走了进去。百叶窗关上了，减弱了海浪冲击悬崖的声音。她一直很喜欢海边的这所房子，看到房子乱糟糟的，心里有些难过。

厨房的桌子上堆满了空酒瓶，她被地板上的一团渔网绊了一下。

这地方阴冷潮湿，散发着老鱼和海水的味道。要不是看到倚靠在窗边椅子上的萨克斯风，米拉达会以为安东已经离开了杜布罗夫尼克。刚刚拉起水槽上方的百叶窗，她便听到了一声巨响。看见老人在坟墓上弯着腰，正用冲到海滩上的石头搭建一个火坑，她松了一口气。

米拉达从窗口挥了挥手："你饿了吗？"

安东又扔了一块石头到火坑里，没有搭理她。

"我可以过去吗？"

他抬起头，看见米拉达走下长长的台阶，来到了小海湾。

"我想和你谈谈，已经好几个月没见到你了。"

"这可怪不得我。我哪儿也没去，不像你。"

安东捡起另一块石头，朝着涌来的潮水扔了过去。

"我不是来听你训话的，老朋友。我是以朋友的身份过来的，可你这样做，很容易把我变成敌人。"她说着把提包放在门口，然后转身又上了楼。

"等等，先别走。"

安东穿着黑色的胶靴，穿过浮木向大门走去。他不想让游客找到伊娃的坟墓，因此多年来一直都将大门紧锁着。尽管米拉达曾多次表示她也想要一把钥匙，但他独独给了米兰一把，并不确定自己是否想让米拉达进去。

安东没什么谈天说地或登门拜访的心情。他的这位邻居不仅自己抛弃了杜布罗夫尼克，甚至还协助别人也弃它而去，跟这样的人做朋友有什么用呢？米拉达的丈夫和安东因在铁托统治下从事反共活动而被判入狱，他实在无法理解这个男人为什么会娶米拉达为妻。知道她爱戴铁托，安东有些反感。然而不管政治立场如何，他吃得下老妇人烘焙的食物。他把手伸进钓鱼服，从围兜的口袋里掏出钥匙。

米拉达走下楼梯返回大门，观察着他的神色。

"我只待一分钟。"她说。

安东转动钥匙，随后拉开大门，有几片绿漆沾在了他的手上。就在这时，米拉达提起了袋子。

安东在空气中闻到了一丝异样，于是起了疑心。

"有烦心事时，你才会烤面包。看样子，你现在是遇到麻烦了。"

"麻烦就没断过啊！"米拉达说着走进大门。

她是个身材娇小的女人，只到安东的胸部那么高。她把袋子按在安东的肚子上，从他身边走了过去，经由小海湾一路来到了坟墓前。她摘下了手腕上戴着的塑料玫瑰花环，把它放在墓碑上，又将散开的蝴蝶系了起来，希望伊娃能够谅解这种节俭的做法。自从炮击开始以来，米拉达还没有来过坟墓，因为这座山丘距离南斯拉夫军队以及停泊在海上的炮艇最近，她怕极了自己会被炮弹击中。安东的房子依然屹立未倒，这是上帝的恩赐，但米拉达更愿意相信守护着这座房子的是伊娃，而不是上帝。她在海滩上捡了几个弹壳，把它们扔进了水里。

安东走到她身后。

"它会吹进海里的。"

他伸手去够花圈，想把它从坟墓上拿开，却被米拉达抓住了手肘。

"算了吧，"她说，"谁知道水里还有没有更糟心的东西呢！"

"没错，就像摸黑离港的小船似的。"

听到他的话音，米拉达转身面向安东，随后跟着他离开了坟墓。他站在水边，看到一个波浪翻卷到了他的靴子上，他并没挪动地方。

"当时你为什么不告诉我米兰要走了，而且还是坐你的船走？"

他问道。

"我答应过的。"

"答应把我的生活变成地狱？"

"米兰不想让你知道。"她说。

"他完全可以跟我告个别啊！"

"关键是他并不想告别。他会回来的，安东，他是想回家的。"

安东抿起了嘴唇，品尝着盐和大海的味道。还没到中午时分，他的脖子已经被晒得火辣辣的。太阳拱照在小海湾上方，被海水反射着光芒。他摸了摸口袋里的眼镜，触碰到了镜框弯曲的金属线。

他不能告诉米拉达为时已晚，他认为米兰根本就不会回来了。

"你觉得，他是出于正当理由离开的吗？"

米拉达从水里走了出去："他已经是成年人了，决定也是他自己做的，我们去评判是没有用的。"

安东提高了嗓门儿说："评判的人又不是我，裁定是由陪审团做出的。就因为他离开了，所以他们会认为他有罪。"

"对我们中的任何一个人来说，这个审判不会有半点儿影响。现在木已成舟，这一点你我都清楚，除非你想要拿伊娃的名誉冒险。"

安东的目光越过了她和那些闲置的炮艇，望向了从蓝色的海水中升起的岛屿，岛上的蝉在树林里追逐着幽灵。

"我总在想很多关于审判的事。"安东坦白道。

"一刻都没有停过？"

安东卷起袖子，胳膊上还在冒着汗："你呢？多久会想起一次？"

米拉达把海水扑到了脸上，开口说道："当我每天看向窗外，每次望见那座岛和这片海水的时候，我都会想起。蓝色，足以触发人们对细节的记忆。"

安东转过头看着她:"你跟警察说了多少关于日记的事?"

"一句都没说,那时候我已经走了。"

"倒是很方便。"

"当时我还以为你也走了呢!"

"那你为什么又回来了,米拉达?"

"这里是我们的家,哪怕它变得一言难尽,它仍然是我们的家。"
她答道。

安东注视着一群在水中闪闪发光的鱼。

"米兰付了你多少船费?"

"不关你的事。"

"米兰的事就是我的事。"

米拉达说:"也许问题就出在这里。"安东惊讶地发现她的眼睛
变得又红又肿。"如果你偏要知道的话,那我就告诉你,他一分钱都
没付。"

"你让他免费搭了船?"

"没错。我想让他获得自由,让他离开这个地方和这种折磨,从
此一劳永逸。这都是他理应得到的,而你也应该放他走。"说完,米
拉达又转身走向坟墓,用手指摩挲着那块粗糙的石头。

"伊娃会喜欢的。"

她在石头上亲了一口:"你不可能永远保护他。"

"我愿意试试。"安东说道,他的声音里带着怒气,希望米拉达
能够离开。她把自己从坟墓上推开,用捡起来的两小片浮木做成了一
个十字架,将它倚在底座上。

"知道吗？米兰并没有做错。"

"你是说他离开我吗？"

"不，我是说他任由扎科死。"她低声反驳道。

"他没那么做，米拉达。"

米拉达打量着老人拉长的影子，盯着它看了好一会儿："他的确这样做了，安东。我亲眼看见了一切，在你还没到那里的时候，我看到扎科已经溺水了。我知道到底发生了什么，米兰并没有杀人。陪审团会知道这一切的。"

"日记里记录了这个？你确定吗？"

"我确定。当时，米兰的癫痫正在发作！他并不知道究竟发生了什么。那个人比他高大一倍，他怎么可能伤得到对方呢？"

"可米兰也没有理由去帮他啊！"安东望着小岛，感觉到米拉达的视线落在了自己身上。

"你记得的是什么呢？"她问道，并不确定自己是否真的想要知道答案。

"我记得把米兰拉上船的时候，当时他的那双眼睛，瞳孔并不是扩散的，所以当时的他并没有发病。"

安东转过头来，看到了米拉达垂头丧气的样子。"找到扎科时，他还在呼吸，不过我先把米兰拉上了船。"他说道，双眼凝视着她。

"我没太明白。"米拉达说道。老人的坦率仿佛打了麻药一般，让她突然感到有一些麻木。

"扎科试图拉住我的手，"安东说，"他想让我帮他，可是我没有帮他，我也永远不可能会帮他。在他对伊娃做了那种事之后，我是不可能帮他的。他抓住了船桨。"

"你没抓住他的手吗？"

"是的。我把桨从米兰手里拿走了，"安东用颤抖的声音坦白道，"当我转过身来的时候，发现米兰的手正握着船桨。你能想象得到吗？他竟然想帮助扎科！我不得不把他的手指从木头上扒开，那只桨上现在还留着他的指甲印呢！"

米拉达难以置信地瞪着眼睛，看到老人这副毫无悔意的样子，内心有些刺痛。她勉强挤出一句话："所以说，米兰一直都知道是你干的吗？"

安东点了点头，将手指上的热气揉散了："米兰之所以离开杜布罗夫尼克，既不是因为他是塞尔维亚人，也不是因为他需要自由，"他说着望向海水，"他在这里得到了想要的一切自由。他离开是因为不想说实话，不想让陪审团对我进行裁定。他想救的是我，而不是他自己。"

米拉达蹲下身体，用手抓住了墓碑，心脏在剧烈地跳动着。如果知道真相是这样的话，她是绝对不会同意带米兰上船的。无论是扎科的死，还是伊娃的死，错都不在米兰。不管怎样，米兰的母亲都有可能会因为过度悲伤而亡。她这样想着，又面向坟墓，将掉落的十字架碎片固定上去。

萨拉还没从宿醉中清醒过来，闻到了吸附在手指和头发里的香烟味，还有汗水里的波旁威士忌味。无论加拿大人有多么好心，她都不肯向他的同情就范。萨拉在独自走回家的路上看到了米拉达的几位邻居，他们围聚在一辆大众高尔夫牌汽车旁，车的左后轮上方破了个洞。他们从轮胎上拔出了子弹，猜测着油箱才是原定的射击目标，然后把其中一颗子弹作为幸运物送给萨拉，说这是上帝在注视着大家的一个信号。萨拉接过子弹，拿回来放在枕头下，确信有射手在枪管的另一头注视着大家。她失眠了，不知道有多少面包把枪支运送到此处。

她洗完澡穿好衣服，找到了一盘煮熟的鸡蛋和一盘刺菜。米拉达已经走了，于是萨拉独自坐下来吃着饭，研究着一张城市地图，想要找到米兰的家。

安东曾警告她不要靠近那座建筑，但她忍不住想知道作曲家生活和工作过的地方。如果那位加拿大翻译说的没错，她需要的就不再是提什么问题，而是去寻找答案，确信是伽博杀害了米兰。

根据地图的指示，萨拉在狭窄的小巷里穿梭着，一伸手就能摸到两边的墙壁。天气酷热难耐，从一早开始，天空中就飘浮着乌云。她走进院子里，一边爬着木槿花的棚架，一边望向公寓的二楼，惊讶地发现百叶窗竟然是开着的。

墙壁遭遇了炮火的袭击，上面胡乱喷涂着一些脏话，还有黑色、蓝色和红色的"切特尼克"字样。

房子看上去软塌塌的，屋顶不见了踪影，窗户和门框不仅歪了，而且还有些凹陷，似乎是在承载着米兰悲伤的情绪。大楼里所有的一切都暗示着萨拉应该转身离开这里。她拉开背包，从里面掏出相机准备拍照，突然意识到胶卷已经用光了。这个地方笼罩在诡异的寂静中，萨拉没能把它拍下来，也不见得是什么坏事。

隔壁的一位老妇人把衣服挂在绳子上，冲萨拉大吼了一句什么，然后快步走进房子，"砰"的一声关上百叶窗，天空突然下起雨来。萨拉打开大门，在穿过花园的时候，看到地上躺着连根拔起的花朵。

她来到房门前，停下脚步。雨水"哗哗"地拍打着油漆，蓝色的漆片滑落在她脚边的石头上。萨拉注意到，杜布罗夫尼克的门和百叶窗都被漆成了绿色，但米兰的门和百叶窗是天蓝色的，与大海的颜色相配。她摸到门把手，听见房间里的地板上有碟子掉落的声音，心想是不是有动物发现了这里。

萨拉慢慢地打开门，走了进去。她小心翼翼地顺着楼板托梁迈开脚步，怀疑烧焦的木头并不能支撑多少重量。她低下头，躲过从天花板上悬挂着的海玻璃和碎镜子。公寓很窄小，两个房间呈直角连接，从窗户可以俯瞰亚得里亚海。房间里空空荡荡的，墙上写着神秘的文字和音符，使这里充满了一种神秘的诗意。家具所剩无几，只有一架黑色的大钢琴，一张像笼子似的用钢轨围住的床，还有一张梨木雕刻的桌子。在桌子下面的地板上，散落着一些从咖啡罐里掉出来的小笔记本。

萨拉盯着桌子，试图辨认出作曲家笔下描绘的故事，猜测他把大部分时间消耗在了这张桌子上。她抽出椅子坐下来，在满是尘土的木头上用手指描摹着那些音符，被强迫着在额头上画了个十字。她不是天主教徒，也没有宗教信仰，但她心里感到很沉重，意识到自己也许是最后一个坐在这张桌子前，并且理解这张桌子对于米兰本人和听过米兰音乐的人有何意义的人。

萨拉将嘴唇贴在了桌面的音符上，很想亲吻写下了音符的那只手。木质的材料因高温而有些湿热，她用嘴唇在上面摩擦着，突然悲痛得哽咽起来。她感到胸口发紧，因为想念米兰而哭起来。她转过脸，凝视着自己在海玻璃和碎镜子中的模样，意识到加拿大人并没有说错，她确实坠入了爱河。

她的身体渴望着米兰的碰触，渴望着被他的音乐打动时所产生的感觉。她以为自己到这里就会觉得离他更近了，可现在感觉不到更多他的气息。每一处楼梯井和街角都留有米兰的身影，提醒着她，他们对彼此的了解实在是少之又少。她用潮湿的手指滑过桌子上的灰，试图接受米兰可能已经不在了的事实。

雨水从敞开的窗户吹了进来。萨拉从桌前站起身准备关上窗，却在卫生间门口停了下来，惊讶地看到男孩儿的鼓卡在门框中。她弯下腰正要去拾它，突然发现马桶旁瘫倒着那个剃了光头的男孩儿，也不知道他在那儿待了多久。男孩儿闭着眼睛，萨拉伸手摸了摸，发现他的身体因发烧而发着热。她把男孩儿抱在怀里，带着他穿过作曲家的工作室，接着又走出门外，想要为他找一个更好的庇护所。

在梦里，卢卡看见了火。他梦到自己站在教堂的中殿，手里提着一个装满汽油的罐子。罐子很重，仿佛全世界在经过蒸馏处理后都被倒入其中。浸礼池上方的一根链条下悬挂着一束火焰，他的眼睛随着里层闪烁的火光而跳动。教堂里的一切都和他记忆中的一模一样：绸缎裙摆围着圣坛，圣餐饼上镶着花边。卢卡沉默不语地站在那里，回忆起管乐器发出的"嗡嗡"声，感觉就在他的胃里。他听见了新娘们的笑声、受洗婴儿们的哭声和他们额头上淌过的涓涓细流声。他慢慢地走在过道里，听着人们发出的低声忏悔，自己也在向上帝寻求宽恕。他从未见过上帝，但相信上帝跟阁楼里的松鼠们住在一起。

作为卢卡家附近最后一幢幸存下来的建筑，这座教堂拥有灿烂辉煌的历史，可它的建筑意义微乎其微。在民间传说中，这座教堂里的圣坛和盛装着圣约翰手臂的圣盒均取材于同一棵橡树。此外，管风琴上的涂料也熔自中世纪的黄金。铁托总统弹奏过一次这架管风琴，那时候卢卡的妈妈还怀着孕。后来，妈妈告诉卢卡，那是她第一次感觉到卢卡在肚子里踢她，认为是音乐触动了卢卡。

卢卡抬眼望着拱形的天花板，扶壁、拱顶石和横拱，无一不是木质的。预备兵没有撒谎，教堂的燃烧速度会很快。

"我不想这么干，"卢卡说着走了出去，"别逼我干这个。"

"看在上帝的分儿上，小家伙。听我说，这是一个工作、一个烂工作。"预备兵说，香烟在他的手指间颤抖着。他又把卢卡推进教堂里，等着男孩儿完成他自己没有勇气去做的事情，但男孩儿停在了门口。

"我的鼓！"卢卡说着眨了眨眼睛，不敢相信自己竟然看到了它。他在迷蒙的雾霭中没有发现它，然而它就在前面的台阶上。他想，在他从家里逃往防空洞的那天，一定是有人找到了这面鼓，并把它带到了教堂。预备兵伸手抓住了鼓，恍然意识到它此刻的价值。

"烧了教堂，我就让你留下它。"

卢卡盯着这位预备兵，看到他的脸因为仇恨而扭曲起来。预备兵擦着了第一根火柴，随后点燃了鼓槌儿，等待着卢卡表明态度。

男孩儿喊叫了一声，接着就被预备兵推回教堂中。他从讲坛开始，将汽油沿着长凳一路泼到了教堂的后面，眼睛里闪烁着泪花。与其说他想要保护的是长椅、祭坛和遗迹，不如说是那些他从彩色玻璃窗里编出来的故事。在他的故事中，圣人和救世主都生活在美好和正义的世界里。

卢卡再次走到前门时，他几乎什么都看不到了，呼吸变得很微弱，肺部被汽油味灼烧着。双手在颤抖，但他设法点燃了一根火柴，并把它丢在自己脚边。他希望燃烧的是自己，而不是教堂。

他被烟呛住了，眼睛灼烧得厉害，目光追随着炙热的火焰。圣约翰的手臂最先掉了下来，这只燃烧的肢体落进了讲坛，点着了在讲台上摊开的《圣经》。火舌蔓延到教堂的北侧，将屋梁和椽子吞噬入腹。卢卡想向钟楼里的上帝大喊，让上帝赶快飞走，可他连呼吸都很费力。他闻到了烧焦的头发味，却没有意识到是他自己的头发烧着了。待反应过来后，他把双手窝成杯状闷熄了火，随后跑出了门。他瘫倒在台阶上，盯着一块彩色玻璃。这时，在因为承受高温而发生爆裂之前，一尊缺失了面部的天使塑像从窗户里飞出来。

萨拉轻抚着男孩儿的脸，注意到他右手腕内侧有一条毛毛虫状的奇特疤痕。修女们站在她身后，静静地观望着，在烛光中互相传看着男孩儿的鼓。暴风雨造成了停电，雷声震动了整座大楼，她们瑟缩着身体，不太相信这雷声来自天空。

修女们围在男孩儿身边，话说得很少，还没有从男孩儿获救这件事中缓过神儿来。她们想不出红发女子究竟是如何使卢卡变得乖顺，而且最终还带到了他应该归属的孤儿院。修女们只会说一点儿英语，萨拉因此无法向她们解释清楚这其中并没有什么魔法，只不过是她在拿鼓的时候偶然发现了男孩儿，这完全是出于偶然。

孤儿院的一群男孩儿蹑手蹑脚地走到了门口，受午夜的这一意外事件所影响，小脸因担心而皱作了一团。宵禁时间已过，包括修女在内的所有人却还在活动。她们转过身来，打了几下响指，嘘声警告着孩子们。孩子们四散开来，然后又围聚在多明我会修士和方济会修士们面前。因为听说了这次抓捕，修士们从第一个晚上就开始辗转反侧，想要见一见对他们睡眠打扰良久的男孩儿。

　　修士们散成了两队，仿佛是不经意中聚在了这么一个商量休战事宜的地方。他们还没有准备好祝贺那个红头发的女人找到了击鼓的男孩儿，不愿意承认是她获得了胜利。

　　安东拖着脚步，跟在神父身后走进了房间，手里拿着一个细长的矩形盒子，相当于他的前臂那么长。他觉得昏昏沉沉，脾气暴躁，有些心烦意乱，如今听不到鼓声他就睡不着觉，希望男孩儿能够下定击鼓的决心。哪怕只有一天没有鼓声，就已经足以在全城引起人们的关注，导致流言四起。有的说男孩儿发现了最后一颗手榴弹，也有说男孩儿遭遇绑架的，还有说他溺水而亡的。无论如何，看到这个男孩儿只是生病了，安东也就放心了。

　　安东穿过医务室，经过一排又一排床位。这些床位原来一直都处于闲置状态，直到六个月之前才发生了变化。安东没跟萨拉说话，只是把盒子放在了男孩儿的胸口上，希望他醒来时第一眼就能看到这个盒子，也希望里面的东西能够带给他慰藉。安东往后退了几步，双眼盯着萨拉，他的影子在她身上若隐若现。

　　"我听说你是在米兰家找到的他。"

　　萨拉抬起头，看到了安东脸上失望的神情。她咬着下唇，突然觉得自己太傻、太幼稚，甚至还不如躺在床上的那个男孩儿。她捏着一块布，把它浸入了修女们送来的一盆水里。水质很柔软，因为含油而显得顺滑，散发着海盐和薰衣草的味道。

　　"对不起，安东，我应该和你一起去的。"

　　"不，我并不是要你跟我去。在这里，你千万不要独自一个人去任何地方，"他说着抬起了男孩儿的右臂，指了指手腕处，"你知道这是什么东西留下的吗？"

萨拉咽了一下口水："我对疤痕组织不太了解。"

安东压低了声音说："迫击炮、手榴弹、子弹。你要是一不留神，被命中的地方就会是……"他说着指了指萨拉心脏的位置，又凝视了一眼她额头上的十字架疤痕。

"你可以试着祈祷——"

"有时候会啊！"她说着突然想起了米兰桌上的灰尘，下意识地将它搓掉了。

"不对，你祈祷的方式像个克罗地亚人。"

安东冷淡地转身走向窗户，在孤儿院回廊环绕的墙边坐了下来，远远地望着萨拉。他在想，这该是多么残酷啊！他的生活中居然被塞入了这么多陌生人，而他自己将会被这些人永远改变。安东坐在那里凝视着萨拉和男孩儿，清楚地知道自己要经历的就是一场又一场短暂的相逢。他从来都不喜欢别人挑战他的思想，或者强迫他审视自己并请求得到宽恕。

他抓住了椅子的扶手。

"他要醒了！"安东大声说道，暗自想着这个男孩儿是准备要叫醒大家了。

卢卡感觉到有一块布盖在了他的脸上，突然就醒了过来，抬头凝视着修女和神父。他们的嘴巴在缓慢地动着，说话声音逐渐变得嘈杂刺耳。卢卡把床单蒙在脸上，为的是抵挡接二连三的问题。比如，他从哪里来？途中花了多久？他现在累吗？疼吗？吃过什么？现在饿了吗？真的从面包店里偷过面包吗？

卢卡用手抓着床单，感到一阵惊慌失措。

萨拉从一个修女手中接过鼓，将它递给卢卡。他倚靠着床头板，把鼓紧紧地攥在自己胸前，连指关节都变白了。安东从椅子里站起身，然后走到床边，把盒子递给卢卡。卢卡用怀疑的神情凝视着他，然后慢慢地掀开盒盖，里面露出安东用核桃树雕刻出来的两根鼓槌儿。

卢卡用手指抚摩着鼓槌儿光滑的曲线，然后又拿到鼻子下闻了闻木头的味道。他把鼓槌儿按在嘴唇上，吻了一下顶端，然后轻轻地放在鼓上，将它紧紧地夹在两膝之间。

修女们试图跟卢卡讲道理，向他保证他选择来孤儿院是对的。她们答应给他提供一张床，还有热腾腾的饭菜和朋友们，那些男孩儿和女孩儿懂得一些连修女也不知道的事情。他将不再是孤身一人。他们答应给他新的生活。

卢卡抬头望向萨拉，用克罗地亚语恳求她，安东充当了他们的翻译。卢卡上气不接下气地说了一连串的话。他说自己错过了妈妈坐的那辆校车，因为相信妈妈一定是在去往杜布罗夫尼克的途中，于是他骑自行车沿路追赶了四十天。他说自己不需要任何人的帮助，因为校车只不过是迟到了而已，并且他的妈妈也还活着，正在来找他的路上。这就是为什么他说自己绝不可能留在这里，因为他并不是孤儿。尽管鼓声让大家晚上难以入眠，可他还是请他大家不要禁止他击鼓，因为他需要把鼓击得响亮而又长久，好让妈妈能够听到这个声音并循声找到他。

说完，男孩儿深吸了一口气。萨拉转头看向安东，发现他正耷拉着脸。

"他错过了载他母亲的校车？"她开口问道，从每个人的脸上扫视而过，想要找到迹象证明自己误解了卢卡的话。然而，所有人都一动未动。

　　房间里一下子陷入了沉默。修女们压低了声音，在跟神父们商量之后想出了一个办法。她们对卢卡说，他现在经历的只是一个思考阶段，一个康复阶段。他们遇到过太多相信自己会再次见到父母的孩子，也见过一些整天都等在操场边、用目光扫视着各路行人，只为在人群中找到熟悉面孔的孩子们。

　　"他们在说什么呢？"萨拉问道。

　　卢卡期待地看着众人。

　　"他们希望他留下来，但他说自己并不是孤儿。"

　　安东的眼睛滴溜溜地转了转，萨拉歪着头，从这句话中察觉出了真相。卢卡用恳求的眼神望着萨拉，就像他在告解室里做的那样。

　　"也许他说的没错。"她说。

　　修女们发现卢卡在看着萨拉，便停止了争论，跟安东说情况已经明朗，看来萨拉似乎是男孩儿唯一回应的成年人。

　　"他们想让你和他待在一起。"安东说。

　　"待在这里吗？我做不到。"

　　"他们会为你提供食宿。"

　　"要多久？"

　　"直到他妈妈来。无论是坐着校车，还是躺在棺材里，只要她来了就行。"

　　萨拉低头看着卢卡。他把头埋在手臂里，用肘弯处擦着鼻子。修女和神父都在等待她的回答，他们的手交叠紧攥在一起，紧张地拨弄着拇指。萨拉想知道，他们会对一个孩子放任不管吗？上帝会原谅他们或她吗？她转向安东说："他只是个孩子，我不知道该怎么帮他。"

　　卢卡在仰头看着她。

"让他告诉你吧！"

"告诉我什么？"

"他的故事。也许他只是需要有人倾听。"

卢卡的目光还在盯着萨拉的眼睛，他想看到鸟的影像，而不是天空中橙绿色的曳光弹。雷声再次震动了大楼，窗户应声炸裂，玻璃散落在房间里。修女和神父们尖叫着跑到床下，朝萨拉和安东大喊着让他们把孩子也遮挡起来。然而卢卡带着鼓跑到了窗口，愤怒而狠厉地敲击起来，这副模样他们任何人都未曾见到过。看男孩儿的样子，仿佛他觉得鼓声能够让子弹停下来。

第十二章

卢卡想错了。炮弹击中了孤儿院，还在墙上留下了一个大洞，从中能看到丹麦来的流动医院。有三名男孩儿因触电身亡，一名女孩儿的致死凶器是一根从房间屋顶掉落的带电电线。一位试图帮忙的神父受了惊吓，双目圆睁地躺倒在地，用手捂着胸口，想要延缓心脏病的发作。看到灰泥从天花板上掉落下来，卢卡从萨拉的手里挣脱开，冲过去合上了教父的嘴。卢卡不想让教父窒息，可他已经死了。

港口的一艘炮艇爆炸了，冲击波晃动了整座建筑，春日的天空中升起了烟雾。警笛声响彻了整座城市，加剧了前夜发生的骚乱。这次袭击令所有人始料未及，无论是守护神还是克罗地亚总统，谁都没有事先发出警告。卢卡跑到了墙上的洞口前，看到记者们正在广场上拍摄着遭遇破坏的大公府和圣布莱斯教堂。

卢卡既不想留在孤儿院里，也不想忍受火焰的炙烤。跟着萨拉等人来到一处阴冷潮湿的地下防空洞里后，他感觉得到了宽慰。室内堆满了为夏日剧场准备的人体模型和服装，充分利用了业已窘迫的境况。

卢卡最初便是从一个防空洞离开的，如今又来到了另一个防空洞，可他无法确定这家拥有石头壁画和拱形天花板的服装店究竟能保护他们多久。修女们不怎么会处理伤口，人群中也没有护士。在清点人数的时候，数目总是出现短缺。一切都变得没有多大意义。卢卡和其他孩子躺在一张摊开在地板上的皱巴巴的剧场幕布上。他时而清醒，时而迷糊，头部的血流处裹着纱布。

卢卡只认得站在他旁边的加拿大人和萨拉，他们两人正在争吵。加拿大人的手臂上吊着绷带，他正在撕着一条条纱布，然后把它们交给萨拉。萨拉蹲下身体，把卢卡的脖子靠在她的膝盖上，用一块破布擦拭着他头部的伤口。她的长发披散在他头顶上方，工作时便遮住了她的脸，使他想起了梦中那个缺失了面部的天使。有那么一会儿，卢卡不相信自己已经从床上爬起来了。他把剧场幕布拢在手里，费力地对抗着头部伤口的刺痛。他不知道今天是什么日子，现在又是什么时候。鲜血溅到了加拿大人的鞋子上，卢卡没有意识到这血是从他的头上滴下来的。

加拿大人咒骂着，无法在地下防空洞里连接到移动电话的信号。他正在想办法跟联合国难民事务高级专员取得联系，在此之前对方已经运送了 27 吨粮食给杜布罗夫尼克的许多难民及流离失所者——确切地说是二万三千名民众。这一天是 6 月 1 日，专员将于下午带着居民一道离开。据电台报道，这仅仅是一轮夏季袭击狂潮的开始，旨在阻止游客访问杜布罗夫尼克，并且争取国际同情。

"也许专员已经走了。"萨拉说。

"他在等我们两个。"

"他等的是你。"

"你没有钱吗？"

"足够了，不是钱的问题。"

"当然不是。见鬼，萨拉！"

加拿大人压低了声音，察觉到修女们听见他在孩子们面前说了脏话。"你不能待在这里。"他说道。

"我还有事情没做完。"

"你疯了吗？哪个难民都不值得你付出生命。"

萨拉用干净的纱布裹住卢卡的额头，开口说道："我不能离开这孩子。"

"他又不是你的儿子。"

"没错，他有自己的亲人。"

"天哪！你真的相信他妈妈还活着？"

"是的，那天晚上我说的是真心话。"

加拿大人擦去头上的血，把它甩到了石头地面上。他摸了摸自己的脖子，感觉体内的一切都绷紧了。他简直无法相信这个女人竟然如此固执，竟然对英雄主义还抱有天真的信念。难道她不知道吗？在这场战争中并没有什么英雄。他低头盯着男孩儿，多希望自己从来都没答应翻译他的故事，可那时候男孩儿使他相信用几次通话机会换取他的故事是值得的。加拿大人相信，这个男孩儿能够说服任何人帮他得到他所需要的东西。他所讲的关于母亲的故事确实很好，拨动了听众的几丝心弦，但也无非是一个吉卜赛小孩儿凭借高超技艺成功完成的恶作剧罢了。这孩子是个行家。

"他很能讲故事，萨拉。还没等一切尘埃落定，他就会把你完完全全控制住。他年纪不大，但很聪明。他会先操控你，然后把你留在原地等死。难道这就是你想要的吗？"

"我是想帮他。"萨拉说。

"而我想帮的是你。"

"那就在你离开前把手提箱给我拿过来吧！"她说道，心里很后悔这些天只在小腰包里放了护照、一次性相机和米拉达的公寓钥匙。她拉开小包的拉链，把钥匙掏出来。

"萨拉，不要！"

萨拉用手腕抹掉眼泪，然后把钥匙递给加拿大人。

他上前抓住她的手迅速地握了一下，钥匙掉落在地，沉闷地响了一声。他说道："心扉敞开得太大，是会裂开的。"

加拿大人从地上拾起沾了血的纱布，起身抚了抚额头然后走开了，心里还抱着一丝极其渺茫的希望：萨拉能意识到自己的错误，并跟他一起离开。

萨拉陪卢卡待了一个星期。他们谁都没有说话，由于太过震惊而无法流露出任何真实的情感，也因为太过麻木而不愿讨论这些袭击事件，甚至根本不想承认袭击的存在。他们只能耐心等待，谋求生存，别的什么都做不了。每一个逃跑计划都被证明只是徒劳，萨拉想给家人打电话的一闪念也更像是一个不合时宜的笑话，毕竟这里已经断线了。

萨拉能说什么呢？她并不想证实在自己周围爆发了一场战争。她抑制住了流泪的冲动，在知道卢卡遭遇了更多痛苦后，她不希望卢卡看到自己这副模样。此刻笼罩着萨拉的这种恐惧跟五个月前她在停机坪上所经历的不同。她现在非常害怕，知道自己面临着非生即死的结果。

她所要经受的考验并不是在难民营里度过一个寒冬，而是设法让自己和卢卡都存活下来。

对于第一颗炸弹落下来以后发生的一切，萨拉都记不太清了。她仿佛经历了一场车祸，思绪总是在无限徘徊着，一遍又一遍地重复着导致车祸发生的种种事件，唯独没有对车祸本身进行回忆。记忆的空白依然很大，没有任何细节或证据可以证明这一切的真实性：她和众人在孤儿院的地下室随意地走来走去，彼此分享着野营火炉里的食物，还有用海水煮出来的一锅锅意大利面。

作为一位中间人，安东跟神父们协商将联合国留下的食物进行分发。显然在这之前，当地商店出售的捐赠品引发了街头斗殴，店主们从左邻右舍的不幸中牟取着暴利。修女和神父们见状十分气愤，用烛光守夜和祈祷的方式抗议。战争以多种方式剥夺了人性的美德，他们为此寻求着救赎。

6月8日，当杜布罗夫尼克遭遇第二次袭击的时候，一切都发生了变化。修女们同意放走孤儿院里的孩子，并且把他们送上了一艘去往意大利的船，巴里郊外的一家修道院会给孩子们提供床位。

修女们告诉孩子们不要浪费时间收拾他们的东西。"放下行李，带上性命。"她们说道，手里却提着自己的行李箱。孩子们被修女领着穿过前门，基本都没穿鞋。修女们花了一上午的时间试图说服卢卡，让他相信他会和她们一起去。然而卢卡不仅拒绝听她们的话，而且还躲避着萨拉以外的所有人。他拿着鼓站在前门口，看着其他孩子爬进了货车里。他是绝不会跟孤儿同坐一辆车的，永远也不会。

萨拉蹲下身子，双眼凝视着他。"跟他们在一起你会更安全。"她说道。

"我不能去。"他说。

"是不能，还是不愿意？"

卢卡转过身，惊讶地发现管事修女就在他身后。孤儿们都已经被领入了车内。司机和其他修女之间发生了一点儿骚动，因为她们在争论孩子们应该坐在哪里。最终达成的意见是大家全部都坐在右边，因为左边的油箱是狙击手的射击目标。

"卢卡，大家都在等你。"

卢卡抓住鼓，从她的影子里退了出来："我要留在这儿。"

他说了句英语，试图与管事修女保持更远的距离，心里清楚她对他所说的话知之甚少。修女说着极快的克罗地亚语，她的舌头直抵卢卡的心脏。

卢卡抬头望向萨拉，恳求她："我现在真的不能走。"

"你没的选，要知道你是一个孤儿。"修女开口说道。

"不要告诉我我是谁！"

卢卡倚靠着门，将手指按在嵌板外层的灰上。大公府和圣布莱斯教堂还在闷烧着，空气中散发着浓烟的气味。卢卡眯着眼睛，试图与修女进行眼神接触。她突然有些慌乱，又把同样的话跟萨拉说了一次。萨拉无助地低头看向卢卡，需要他帮忙翻译，卢卡理解了她的意图。

"你要留下来吗？"卢卡问她。

"我不打算去巴里。"

"你打算回家？"

"没有，"她说，"暂时没有。"

"她想知道你是不是要跟我一起留在这里。"

萨拉站在门口换了个姿势，装作一副听天由命的样子，面对卢卡的要求表现得镇定自若。她抬头看着修女，然后点点头，勉强挤出了一个微笑。她猜想，米拉达会不会答应收留卢卡一段时间，她会为他付钱的，可以让他睡在地板上。

萨拉抬头瞥了一眼米拉达在山上的公寓，感觉到胃部向下一沉。别墅的屋顶已经不见了，几乎只剩下一个框架，扭曲的钢条刺穿了阳台的空地。大火把整栋别墅烧成了一具焦黑的骨架。这是萨拉第一次走出孤儿院，破损的景象简直让她难以置信。

"你可以和我待在一起。"

萨拉抬起头。听到安东的声音，她吃了一惊。

"直到你醒悟过来，回你自己的家去。"

安东站在门口，手里提着几袋杂货。他目瞪口呆地望向那位修女，开口说着克罗地亚语，在这之前还没有人提起要撤离的话题。

"你也要离开了吗？"他问道。

修女从门口挤了过去，从安东手里拿了一袋食物。他放开手，极度震惊于她的决定。

他说："你要是离开，就是在支持塞尔维亚人赢得胜利。"

"不如交给上帝来决定谁会赢吧！"说完，修女爬上了面包车。她在胸前画了十字，然后关上了门。

萨拉走向安东，卢卡紧跟在她身后，但并没有拉着她的手，尽管那会让他觉得非常有安全感。他的眼睛紧盯着那辆面包车，直到它消失在路上。萨拉还没有将目光从普洛切身后的山上转移开。

"她的房子……"她说不下去了。

"三天前就烧了。"

"全部？"

"她失去了一切。"

萨拉用双手捂住自己的脸，内心有股想要尖叫的冲动。她想象着手提箱燃烧的样子，乐谱和笔记本变成了灰烬。想到老妇人的遭遇，她简直无法承受，想不出合适的字句来问下一个问题。

她深深地吸了一口气，才开口问道："米拉达该不会也……"

"她在等着见你，跟我来吧！"

萨拉伸手扶住大门让自己站稳，终于舒了一口气。她走在安东的身边，卢卡在他们中间，在他的鼓上敲着《安魂曲》的节奏。他们经过了阿根廷酒店和伊克塞尔希尔酒店，战地记者从窗口望着他们，就好像他们几个是在游行的活死人。

国民自卫军的士兵挥手示意他们离开，因为这条路是一个狙击区域。然而他们并没有停下来，继续在瓦砾堆中向前走着。孤儿院和安东家之间的这条路似乎成了世界上最长的一条路，萨拉相信还没等狙击手有机会射杀她的肉体，从这条路上跑出来的孤魂野鬼就会摧毁她的心。

听到鼓声后，米拉达急忙跑到前门去迎接他们，双手捧着发黑的念珠。她吻了吻萨拉的额头和脸颊，看到这个年轻姑娘还活着，她不停地比画着十字，喃喃地做着感恩的祈祷。她低头看向男孩儿，用手抚摩着他头上的绷带，从安东的眼中看出了他的困惑。安东把那袋食物放在台阶上。

"孩子们被带去了巴里。"他用克罗地亚语说道。

米拉达抬头瞥了一眼塞德山："她们还没有把事情做完，是吗？"

"你是说修女们？哦，相信我，她们已经完成使命了。那个女人竟然厚颜无耻地从我手里抢走了一袋食物。为了这些东西，我可是足足等了五个小时啊！"

安东打开袋子，里面露出了几包意大利面、几个玉米罐头和焖煮的西红柿。这些是仅存的联合国救助品，包括瓶装水在内的其他东西全都没有了。杜布罗夫尼克的居民隔日就得等着取水，取水的时候甚至还要冒着生命危险。

米拉达气愤地抬起头来："她们别无选择，已经尽力了。"

"但可以像我们一样留下来啊，"安东厉声说道，"还有谁会守护杜布罗夫尼克呢？要让切特尼克占领我的房子或这个城市，还不如先让我死了。"

他拾起袋子，风风火火地冲进门。米拉达示意萨拉和卢卡跟着他一起进去，安东这时却转过身，将男孩儿拦在门口。

"把鼓留在外面。"他说。

卢卡缓缓地放下鼓，舍不得放手。

"我知道，"安东说，"如果你要唤醒亡灵，那就别让他们进我的房子。"

卢卡若有所思地缩了缩脸颊。房子离大路很远，一段危险重重的石级从这里延伸至悬崖，再向外是海水。安东锁上了他们身后的门，又用一根像他手腕那么粗的铁链拴牢了它。卢卡相信没人能轻易到这座房子里来，但他仍然不放心把鼓留在前门。他四下打量着房间，目光越过萨拉看到了窗外的阳台。他用手指了指它。

"看那儿。"

安东转过头说道："我告诉过你，不能把鼓带进来。"

"我想把它放在阳台上。"

"阳台上？"

"没错，这样我就能从窗子里看见它了。"

安东叹了口气："那你要快点儿。"

听到这话，卢卡粲然一笑。他跑进走廊，经过萨拉和老妇人身旁，接着推开通往阳台的门。最后，他把鼓放在一块石灰岩厚板上，挨着一盆薰衣草。

"不能放那里。"安东说着克罗地亚语，来到了卢卡身后。

"为什么不能？"

"因为它并不是一块搁板。"

安东把鼓放在上方的壁架上，然后伸手掸了掸墓碑，仿佛那面鼓在上面留了什么痕迹似的。他抚摸着锯齿状的边缘，伊娃的名字被弹片割裂了。萨拉跟在他身后走过来，念着墓碑上伊娃的名字。这时，安东把一束塑料玫瑰花环扔给她。

安东站在那里，挡住了萨拉看向小岛的视线。他望着那处小海湾。

"伊娃是在那里死的。"

萨拉咽了一下口水，用手择着塑料花环上干枯的海藻。她想知道米兰的母亲是溺水身亡的还是从悬崖掉落下去的，究竟是别人推了她还是她自己跳下去的。

卢卡想去一趟卫生间，于是独自穿过了门厅。安东的房子很宽敞，一条条走廊呈现出尖锐的弯度，通往一个又一个上了锁的大房间。卢卡试遍了所有的门，只有大厅尽头那扇带有蓝玻璃把手的门能打开。光线从一扇圆形天窗透进来，照在门把手上。它的表面很光滑，颜色稍显暗淡。卢卡伸手摸到它的时候，意识到它是用海玻璃制作而成的。

卢卡慢慢地打开门，回头看了看，确定这里只有他一个人。此时，安东和萨拉正在摆放餐具，米拉达在厨房里做着饭菜。卢卡走进房间，随手关上门。狭小却明亮的室内放着一张儿童桌和一张单人床，床单紧紧地罩在床垫外。这张床仿佛制作于许多年前，似乎从来都没有人用过。

看见空书柜里躺着一根钓竿和一个足球，卢卡感觉到这里曾住过一个男孩儿。周围的墙壁和地板上满是未完成的乐谱和黑色钢笔写下的声音片段，灰泥仿佛石膏模型般被签上了字。

卢卡用手指缓慢地、悉心地触摸着那些乐谱，突然意识到这些墙壁就跟那张床一样很多年都没有被人碰过了。他低头看了看自己的指尖，发现上面已经沾满了灰。这些乐谱仿佛是焦躁不安的仓促之作，如同一副令人难懂的棋盘，卢卡感到有些不安。家具虽然不多，房间里却有一种幽闭的气氛，音乐仿佛恨不得突破围墙和任何阻碍它的东西。卢卡转过身来，听见了门开的声音。安东和萨拉站在门口，看上去既愤怒又吃惊。

"这是米兰的房间。"

"那个作曲家吗？"

安东盯着他，点了点头。

"你认识他？"

"算不上。在他离开的那天晚上，我见过他。"卢卡说着回头看了看房间。这间工作室里一无所有，因此作曲家只在这里睡过一次也是说得通的。

"我也能睡这儿吗？"

"不，你永远都没这可能。"

卢卡瑟缩了一下，很惊讶老人竟然会如此烦躁不安。可他没有打碎任何东西，只不过是碰了碰墙壁。这是一个男孩儿的房间，又不是什么博物馆。

"没先问过我，就不要开门，哪一扇都不行。"

安东大步走向卢卡，把他的手指从墙上抬了起来，然后迅速地用自己的手腕擦了擦，将男孩儿从人类的污迹中解救出来。

到了晚上，在黑夜的掩护下，萨拉和安东用沙袋封堵了门窗。安东对萨拉整个人都很感激，心里清楚要是没有萨拉，他自己不可能保护得了这座房子。他们留意着自己的声音，极少跟对方交流，不想惊动那些在山上和港口里的切特尼克。他们默不作声地完成了第一个星期的活儿，寂静的氛围和炎热的天气让他们心绪不宁。此时从海上吹来的风也是温暖的，在6月的薄雾中，水面有些上涨。

他们在旧麻袋里装满了潮湿的沙子，体验着陌生人被迫信任对方时普遍产生的不适感。他们可以在短期内应对这样的日常生活，包括吃饭、做饭、打扫卫生以及在海里洗澡。他们曾试图恢复某种惯例，好让自己从死亡的绝境中解脱出来。安东坚持要找到其他方式来打发时间，而不是坐在那里干着急，用沙袋封堵门窗似乎是一个不错的选择。萨拉用衬衫擦了擦脸，在窗子上瞥见了小岛的影像。从安东所站的位置看，这座岛似乎悬停在他的上方，就好像是一片圆滚滚的乌云。"洛克卢姆被诅咒了。"他说着，随着萨拉的目光望了过去。

萨拉笑了，她看不出安东是否在开玩笑，晚饭过后他就一直在喝格拉巴酒。安东把一个沙袋扛上肩。

"实际上，"他说，"很久以前，狮心王理查在那儿遭遇过海难。他祈祷说自己要是能活下来，就会为上帝建造纪念碑。他没有死，所以建造了修道院。"

"那么，一座岛屿又怎么会受到诅咒呢？"

安东看到，她的身影如同月亮一样映照在窗户上。

"告诉你吧，没有人在那座岛上睡过觉。谁留宿过夜，谁第二天就会死。"

安东把沉重的沙袋从肩膀挪放到地上，它闷声掉落在狭窄的地窖入口。

"米拉达在岛上住了很多年，对吧？"萨拉问道，"我无法相信这个诅咒会偏偏放过植物园的看守人，您也并非真的相信吧！"

"就像我跟你说过的，我信。"安东说。

"米兰的母亲就是这样过世的吗？是因为受到了诅咒？"

安东擦了擦鼻子和脖子上的汗珠，然后从房子旁边走开，领着萨拉穿过一个梯形花园，它的两旁栽种着石榴树和梨树。果实已经掉落并腐烂，上面留有许多弹孔和乌鸦啄食的痕迹。一堵护墙紧邻着花园，看上去像是用闪亮的黑色岩石砌成的。直到站在它的旁边，萨拉才意识到这堵墙是用手榴弹筑成的，并且手榴弹的数量可能有成百上千枚。

"别坐，"安东说，眼睛闪闪发光，"这是我的小嗜好。"

"您的嗜好真特别。"

"随你怎么说。你要知道，除了打仗，找点儿事儿做是很重要的。在这里，你要跟无聊的生活做一场真正的较量。"

萨拉从墙边走远了几步，蹲下身来看了看护墙的长度，却无法看出来它的起点和终点都在哪里。这道结实的黑色分界线不仅将安东和邻居们的财产分隔开来，而且还为人性和理智划清了界限，只是两者的区别她说不上来。

"这里有多少手榴弹？"

"大约一千枚。当然了，它们都还没引爆。"

"那是当然。"

"都是在哪儿找到的呢？"

"厨房水槽，还有浴缸里。有很多人发现盘子和孩子越洗越脏，于是就发现了手榴弹。他们发现了三千枚，我只找到了这个数目的三分之一。"

萨拉从墙上缩回了手，无法确定这里的一切都尚未引爆。她想象着这位抱有反叛精神的老人爬上了山坡，在灌木丛中一边搜寻着尚未引爆的迫击炮和手榴弹，一边梦想着自己将要筑起的那道护墙。

安东走到石榴树前，从树枝上摘了一颗果子拿在一只手里，另一只手攥着一枚墙上的手榴弹。他把手榴弹抛向萨拉，用的力气很大，使得萨拉在试图接住它的时候向山坡下后退了几步。她惊讶地发现，这种金属竟然还带着阳光的暖意。她的双手在颤抖着。

"它比我想象的要轻。"

"你拿过什么武器吗？"

萨拉抬起头，眼白微微发光："我祖父的猎枪。"

"杀过什么东西吗？"

她点了点头："但不是用枪。"

安东走近她并伸出了手，对此有些好奇。

"你杀了什么？"

"一只蟾蜍。"她说。

"蟾蜍？什么是蟾蜍？"

"有点儿像一只小青蛙，不过它是棕色的。当时天已经黑了，我没看见它在过马路。"

"你踩上去了？"

萨拉摇摇头，仿佛又回到了那个时刻。"我把车开得飞快。"她说，想起了那条把她家的钓鱼小屋和世界相连的单行道。

"为什么要开那么快呢？"

萨拉将下巴高高抬起，月光照到了她脸颊上的泪珠。安东就站在她的身旁，于是她把手榴弹直接塞进他的手掌中。

"为了逃离。"她说。

"逃离什么？"

她抬起头，费力地咽了一下口水。

"蟾蜍。"她说道，其实指的是马克。

"那你停下来了吗？"

"没有。"

萨拉转过身，感受到一阵暖风吹拂着自己的脖颈。她意识到那天晚上她并没有停下来，也是从那个夜晚开始，她一直都没停止过逃离。尽管此刻站在世界的边缘，站在这个她未曾来过的地方，萨拉仍然在逃离着那份记忆和痛苦。她在回避它、忽视它，希望它能消失，猜想着自己是否会有完全康复的那一天。

"我可以帮忙吗？"卢卡站在前门，郑重其事地高声问道。

"不可以。这活儿可不是给小孩子干的！"安东皱着脸，被男孩儿的执拗扰得焦虑不安，就好像他是故意打断了自己和萨拉的对话。

"可我想帮忙。"

"也许他可以打扫个东西什么的，给他点儿事情做吧！"萨拉提议。

"跟米拉达玩牌去吧！"安东怒吼道。卢卡转身关上了门。

自从在米兰的房间找到卢卡后，安东就没跟他说过几句话，而且还给门上了锁。显然，他不想跟卢卡离得太近。卢卡的鼓和不请自来的鬼魂们还待在阳台上，因为看到那面鼓就紧张得吃不下饭，安东改在了书房吃晚餐。

安东转向萨拉问道："你为什么就这么想帮这个男孩儿？"

"因为我能。"她说。

"你能帮忙并不意味着你就应该帮忙。"

安东转身又爬向了山，用手抚摩着无花果树和橄榄树。它们是他许多年前栽的，当时米兰还是个小男孩儿，他种下了这些树给他攀爬。听见身后萨拉的声音，他在橄榄丛里停了下来。

"您后悔帮了米兰吗？"

安东转过身来。"我想更多地帮助伊娃。她是最需要帮助的人，可是从不求助。"他说着又深入了橄榄丛里，开始为萨拉讲起了故事。他的脚后跟儿沿着干燥的山坡滑下来，一阵阵尘土像云一样围绕着他的脚踝。

"那一年，他们从贝尔格莱德搬到了这儿，伊娃在酒店里为扎科工作，"他说着指了指北面那条他们刚刚走过的路，"但很快他们就和米拉达夫妇躲去了洛克卢姆。"

"他们为什么要躲起来？"

安东摇摇头，用目光描摹着身边那棵布满凹坑的橄榄树树皮。

"他们经历的是一场无休止的战争，一场看不见的战争。"

"什么样的战争是无休止的？"

安东在黑暗中搜寻着萨拉的眼睛，不知道如何用她的语言表达"强奸"这个词，于是只能说道："伊娃怀了扎科的孩子。"

萨拉倒抽了口气，被这样一个惊人的内幕所震撼。

"这不是她自愿选择的，从来都不是。"

萨拉一掌打在树上。一阵无声的愤怒攫住了萨拉，她惊恐地浑身都在战栗。她大喊出来，并不在乎是否会被狙击手听到，因为她想让每个人、让全世界都听到她此刻的哭声。

"他从没告诉过你，对吗？"

安东问道，轻轻抬起了她的下巴。

萨拉用手擦了擦脸颊，盐刺痛了她的皮肤："他怎么可能告诉得了我呢？我们俩语言又不通。"

"那么他的音乐呢？"安东问道。

"你说他的音乐？"

"《蓝色的声音》把一切都告诉我们了。米兰是在用音乐表达着他和伊娃无法言说的一切，他是在用音乐呐喊啊！"

萨拉感觉脸颊变得温热起来。她从安东身边退后了一步，用目光打量着他。一滴眼泪滑下了他的鼻子，他的身体突然丧失了力气。萨拉心想，安东并不需要什么手榴弹，他已经用悲伤筑起了高墙。

萨拉瑟缩了一下。为了使自己和儿子免遭强奸带来的羞辱，也为了挽回名誉，伊娃选择了自尽。得出这种沉痛的结论，萨拉内心有些反感。

"她不必自杀的。"萨拉说道，目光望向水面。

安东摇了摇头。"沉默。"他说着放低了视线，眼睛盯着萨拉，就好像是要决定一个她尚未知晓的命运。"是沉默杀死了伊娃。"说完，安东走进橄榄丛中央。他抬起头来，希望自己可以爬过树梢，跟鸣叫的知了一起飞越杜布罗夫尼克的黑暗。

第十三章

天空阴沉又闷热，火焰燃烧过的灰烬四下翻飞着，卢卡和萨拉一起进了城去取水。当地的红十字会允许市民们每隔一天，即每逢单日去取一瓶两升量的水，装水的卡车停在城墙的内侧。取水的队列很长，弯弯曲曲地延伸到了小巷里。巷子里的猫把碎石当成了床，在阳光下懒洋洋地打着盹儿。

萨拉和卢卡走到了队列的最后，旁边有一家小咖啡馆。提灯已经安装完成，上面装饰着一株株薰衣草，仿佛是要宣布摒弃切特尼克的恐怖主义，重建城市的精神风貌。尽管最近发生了几起袭击事件，杜布罗夫尼克却似乎满怀期待和兴奋，将平静的日子看作雷鸣间歇的几秒钟那般，确信暴风雨已经过去了。这一天是 6 月 19 日，一个星期五，距离上次袭击已经过去了十一天，这也是两周内持续时间最久的一次停火。

队列里的人们转过身来，朝着萨拉和卢卡露出了微笑。这些当地居民似乎还处于炮弹休克中，已经筋疲力尽得无法去辨认萨拉是哪里人，可萨拉觉得自己就像是一个等待取水的骗子。人们误把男孩儿当成了她的儿子，纷纷向她投来同情的目光，以为她也是他们中的一员。

卢卡走出队列，站到了萨拉的前方。他一直急于离开安东的住所，确信这个时候修女们不会再出来抓他。在旧城中可以自由漫步而不用担心被送进孤儿院，这对卢卡来说是一种完全不同的体验。孤儿院外面的每一天都是美好的，而在过去的十天里，他感觉自己就像是在安东的家里度过了一个不可思议的假期。他会一个人待着，尽量不刺激到老人。无论什么时候，只要卢卡靠得太近，安东就会像一只遭受关节炎折磨的狗那样咆哮。卢卡并没有睡在屋里，而是在阳台躺椅上轻轻地抱着鼓睡觉。他还想过回到作曲家的工作室，因为在那里谁都不会打扰他。米拉达问了关于他母亲的许多问题，相比之下，卢卡更喜欢跟萨拉两个人独处。

尽管队列在向前移动，而且他们两个也马上就要取到水，卢卡这时却示意她跟上自己。萨拉比画着手势要卢卡回来，可他却弯下腰，还发出呕吐的声音，佯装自己生了病。他跑进另一条小巷的庇荫处，随后便不见了身影。萨拉别无选择，只能去找他。当地人离开商店和餐馆的时候，萨拉听到他们说"阿迪奥"（意指"愿上帝与你同行"）。她害羞地点了点头，轻声地说出了这个词："阿迪奥。"萨拉说，并不知道这句话也是在祝福她自己。

萨拉在巷子里找到了卢卡，发现他正在挪动一扇门上钉着的层层木板。饰面钉将木板松垮地固定着，卢卡因而能像杠杆一样撬动它们，并且轻轻松松地从空当里爬过去。看得出来他以前就这么做过，而且这个架构很可能就出自他手。萨拉被卢卡的发明才能逗乐了。她想知道他所讲的故事有多少是可信的，能够让她相信他的母亲还活着。

卢卡示意萨拉从门口走进来。虽然她的脸背着光，但看到从她发丝中透露出来的微光，和铜和金闪耀的点点斑光，卢卡依然被打动了。

"你跟她们很像。"他说着指了指身后。可房间里太暗了，无法看清那些石刻的女子雕像。

萨拉从入口迈进来。在爬上碎木料的时候，她感觉到脚边有凉风呼啸而过。天花板有些低矮，于是她低下了头。

卢卡站在入口旁边，将木板重新进行了调整，确保没有其他人跟过来。萨拉的眼睛刚刚适应了环境，卢卡恰好在此时转过身来，看了看她的神情。

一道道纤细的光线穿过狭窄的窗户，照亮了堆放在地板上的雕像面孔。数百个半成形的女性雕像缺失了四肢，躯干部分取自布拉奇岛上的大理石石块。

"她们很漂亮。"她说。

"我给她们取了名字。"

卢卡走到雕像前，学着神父们在执行最后权利时所做的那样，将手伸出来并放在雕像的头顶上，心怀敬畏地叫出她们的名字，仿佛她们便是圣人。卢卡喜欢和这么多长得像他妈妈的女人一起待在这里。她们是石头做的，可他从来没为此烦恼过。她们温柔的表情和亲切的微笑都使他感受到被爱。尽管有些雕像存在肢体残缺的情况，但她们都有一样的嘴巴，丰满的嘴唇微张着，呈现出小小的心形。

看到卢卡轻抚着雕像的脸颊和脖子，萨拉心中为之一动。他用手触摸着她们，仿佛她们并不是石像，而是血肉之躯，他的手指在颤抖。萨拉突然想到，除了让她包扎自己的伤口外，男孩儿没有碰过任何人，她有些好奇他为什么会信任她。

"你以前来过这里？"萨拉问道。

"每天都来。"

参观石匠的工作坊是卢卡的一项日常活动。他在圣诞节后的第二天发现了这个地方，然后坐下来听钟声演奏着《平安夜》，还有一阵一阵响起的炮火声。有时他会从面包房里带面包来，有时候带的是汤或香肠。他就坐在这里吃着东西，被一群石头做成的女人围观着，他觉得自己没那么孤独了。他本想见石匠一面，可是据战地记者报道，石匠已经中枪身亡了。这个人只有三十五岁，比卢卡的妈妈大不了多少。

卢卡在石匠的工作坊里得到了安慰，这是他在作曲家的工作室不曾得到的。他时常蹲在工作坊里，却从来没觉得自己因此就欠了石匠的人情。石匠已经死了，再不会来索回这个地方，不像那位匆忙离开工作室，把钥匙扔给了卢卡的作曲家。卢卡怀疑米兰是否真的想帮助自己，可在离开了几个月后，这位作曲家还潜藏在他的脑海里。卢卡反复梦见他们相遇在一座桥上，然后朝着相反的方向走了。作曲家是在回家的路上，而卢卡不知道自己要去往哪里。

卢卡把手伸向了一个雕像的躯干，那是唯一完工的雕像，也是迄今为止最小的雕像。他用尽全身力气设法抬起它，然后用膝盖将它下面的木箱推了出来。他"砰"的一声把雕像放在了地上，接着打开了盒子。

"过来这里。"卢卡说着抬起了头。

萨拉走到他身后，越过男孩儿的肩膀望了过去。卢卡翻着盒子，从里面取出了激光唱片、书、烛台和一副珍珠耳环，一条配套的项链被他拿去戴在了雕像的脖子上。他感到很惊讶，当他们清理完火灾现场后竟然没有人发现它。盒子里还装着手表和怀表、鞋子和鞋拔子、写有高档酒店名字的金属和塑料，还有扑克牌和圣诞卡片。卢卡推测，这些礼物的收件人已经在围攻中丧命了。此外，这里还有一袋硬糖、吃了一半的巧克力棒、一台晶体管收音机、一个用强力胶带粘住的随身听和一副丢了耳塞泡沫的头戴式耳机，还有一个无头的布娃娃。这个盒子仿佛成了男孩儿的圣杯，藏在所有这些东西底下的、最后被取出来的是一个简单的雪茄盒，上面刻着一个塞尔维亚式的十字架。

萨拉难以置信地盯着男孩儿的宝藏："这些全部都是你发现的？"

卢卡耸了耸肩："大部分吧！"

"小部分是偷的？"

"不算偷，我可是打了欠条的。"

"你打了什么？"

卢卡叹了口气。萨拉没听懂他说的话，可他的英语说得非常好。

"给你听音乐吧！"他一边说着，一边在一堆战利品中翻找着随身听和劣质耳机，然后把盒子递给萨拉。

她接过来，又退后几步，被男孩儿接下来的举动惊呆了。卢卡脱下鞋子，把它们狠狠地撞在了石头地板上，从鞋跟儿处应声掉落了两节电池，在战时可是一种罕见且令人垂涎的物品，也是卢卡应急备用的货币。他把电池插入随身听。

"打开盒子吧！"

萨拉有些怀疑地看向卢卡。

"你为什么会信任我呢？"萨拉问道。

他咧嘴一笑，嘴里缺少了一颗牙齿，右上方长有一颗双尖牙，这都是她以前没有注意到的，因为自从她在教堂的告解室里发现他以来，这个男孩儿就很少笑，也很少表现出什么情绪。但现在，他的整个神情都变得不一样了。他的脸色终于恢复过来，吃了米拉达做的饭菜后体重也有所增加。他的皮肤熠熠生光，将内心充盈着的喜悦不加掩饰地表现出来。

"为什么只有你相信我妈妈还活着呢？"

萨拉盯着他，摇了摇头："我不知道。我想……这是因为我对你有信心。"

卢卡指了指自己心脏的位置，在空中划过一道线后，又指向萨拉。

"我对你也有信心，"他说着又催促她，"快打开！看看里面有什么。"

萨拉慢慢地打开了盒子，看到里面有十二盘磁带，盒盖上写着克罗地亚语。她有些困惑地盯着卢卡。

"我看不懂，"她说，"这上面写的是什么？"

卢卡靠在她的手臂上，一边用手指触摸着每个字，一边翻译着。

"《蓝色的声音》。"他说。

萨拉感觉到身体在颤抖。米兰最后的录音带此刻就在她的手中，这让她十分惊叹。她望着卢卡，神情明显有些犹豫，知道这首曲子意义重大。

"戴上耳机，"他说，"你会爱上它的。"

"我知道。"萨拉说。她想要告诉他，她已经爱上了。

"这可是我的最爱，是我听过最动听的声音。我放了很多遍，但愿磁带没有变得太松。"他说着转头望向萨拉，诧异地看到她悲伤的神情。

"嘿，怎么了？这可是送你的礼物。我本来是想让你开心的，想表示感谢。"

萨拉擦去了脸颊上的泪水。

"我很开心，卢卡……你不知道我有多开心，应该说感谢的人是我。"

萨拉感觉自己的心脏都要爆炸了，她不知道卢卡在她走后会变成什么样子。她希望自己更年长一些，可以将生活想得更明白一些。她想让他换一个生活环境，但这就是他的生活。她并没有那么自以为是，认为自己能给卢卡提供什么更好的东西。她还在学习如何照顾自己。如果她认为卢卡母亲尚在人世的想法是错的，她希望会有另一个女人来爱这个男孩儿，并且这份爱不少于她在这么短时间内对男孩儿所付出的爱。

"卢卡，你是个好孩子，"她说，"最好的那个。"

他没有理睬这句夸赞的话，反而问道："你还想听吗？"

萨拉用手背擦了擦鼻子，吸了一口气，接着点点头。

"你能不能答应我，在我离开后会给我写信？"

卢卡望着她，这个现实让他心中一紧，可他用笑话淡化了它。

"是要用英语吗？"

"用中文。"她板着脸说。

"这可难办了。"他说。

萨拉笑了笑。"我不在乎有没有拼写或语法错误，只想知道你平安无事……我不想说再见。"她强忍住眼泪说。

卢卡露出微笑："这不难做到。"

"那要怎么做？"

"我们不说再见，"卢卡说，"爸爸去世以后，妈妈总是告诉我，

'卢卡，我们不说再见，只说稍后见'，所以才有'稍后见啦，小鳄鱼'
这句话。不管怎么说，你先戴上耳机吧！"

　　卢卡把耳机扔了过去，萨拉把它接在了手里，震惊于男孩儿刚刚
所说的话。她对耳塞进行了调整，又擦了擦眼睛，此时有枪声震动了
全城，接连不断地传来隆隆的炮声，迫击炮和手榴弹如同雨点般地落
在旧城里。

　　萨拉"砰"地关上盒盖，跟卢卡跑到了远离窗子的工作室一角。
从破碎的玻璃外面传来了路人慌乱的声音，鲜活的肉体或死尸不时撞
在鹅卵石上发出闷响。萨拉和卢卡背靠墙坐着，双膝贴在胸前，胳膊
护着脑袋，两人中间放着盒子。卢卡冒着暴露自己的危险，伸手为萨
拉打开盒子，从中取出第一盘磁带，把它插入随身听。

　　"你来听！"他在枪炮声中喊道。

　　"我怎么可能听到呢？"

　　萨拉在心里默数着两枪之间的间隔时间，试图搞清楚这是否只是
山上士兵为了给他们解闷儿而一时放出的枪声，还是说她的旅程即将
结束于这样的恐怖时刻。她已经无法思考，目光坚忍地盯着女子雕像，
无法移动自己的身体。她惊讶地发现，明明她自己并没有什么感觉，
可身体和精神被这次袭击事件弄得麻木了。

　　"你必须听！"

　　卢卡把萨拉的手从头上拉下来。就像洋娃娃的四肢那样，她的手
脚尚能自由地活动。卢卡想起自己曾经在武科瓦尔的街道上拖行过一
名塞尔维亚后备兵，那个重量可着实不轻，而此刻萨拉的手脚也是死
沉死沉的。卢卡在她面前拍着手，想要吓她一跳，可她似乎已经进入
另一个世界。他把耳机戴在她的耳朵上，没等她提出抗议就按下了播

放键。这首曲子他已经不必再听，因为已经记在了心里，并且相信自己可以凭借记忆将它回忆起来。他很好奇，一个拥有正常思维的人怎么会把它藏在葡萄酒的酒桶中。这是他听过的最美好的音乐，他认为应该跟那些最需要它的人一起分享它。

听完整首曲子需要五个小时，但他们俩时间充裕，就好像拥有全世界所有的时间，因而可以一直在此坐等到炮击停止，毕竟它终归是会停下来的。卢卡心想，山上的人会在某个时刻用光他们的弹药，有些好奇他们为什么要把那些弹药浪费在杜布罗夫尼克这个地方。

卢卡想让萨拉有机会听一听战争以外的东西，想提醒她还有更重要的东西值得去听。他希望她能够露出微笑，而不是掩面哭泣。她倾听着音乐并且顺从于音乐的力量，让爱意在身体里奔涌着。

到了第十二个钟头，炮击终于停了下来。然而，早在随身听停下来之前，音乐就已经结束了。萨拉和卢卡一边在脑海里想着这首歌，一边跌跌撞撞地路过消防员和红十字会志愿者，还有那辆被国民自卫军包围着的水车。一片片破碎的棕榈叶散落在通往安东家的路上。他们推开前门，发现米拉达正念念有词地蜷缩在角落，指间悬挂着的念珠在墙上投射出蛇形的影子。天花板被迫击炮砸了个窟窿，灰泥碎屑在光中四下翻飞着。

米拉达转身在胸前画了个十字，恰好看到了卢卡和萨拉。她站在那里，背朝着那扇俯视阳台的窗户。由于米拉达背着光，他们没办法看清她的脸。当他们走过房间去见米拉达的时候，她的影子从走廊那边延伸过来。米拉达未发一言，看到他们还活着，震惊得绷紧了下巴。她的眼中透露着一种奇异而脆弱的爱意，她的视力受战争影响出现了退化。她慢慢地靠近门口，又在胸前画了个十字，然后才走到一边，让这两人进入阳台。

引起他们注意的并不是破裂的花盆、被弹片弯折的草坪家具和被枪声划破的垫子，而是那面劈开了的鼓。鼓身一半躺在瓷砖上，另一半挨着他们脚边的门。他们俩离开房子去取水以后，一切都变了。这才过去三十二个小时，却仿佛已经过了一生。

卢卡跪倒在阳台的地板上，心情极度悲伤的他并没有注意到瓷砖之间的水泥已经染上了黑色的血污。他的哭声在小海湾里回荡着，把栖息在安东那堵手榴弹墙上的乌鸦吓得飞走了。

顺着那条血缝望过去，萨拉找到了安东本人。他原本在手里拿着用来浇花园的水管，可现在成了一具倒在破墓碑上的尸体。他呈现出一种近乎愉悦和精力充沛的状态，睁开的双眼中印着他临死前最后看到的东西。

"他是为了保护卢卡的鼓，"米拉达说着，轻轻地笑了，"你能相信这个老人是为了救男孩儿的鼓而死的吗？"

萨拉的嘴唇颤了又颤。她忍住了泪水，紧抓着两侧的肘部。她仿佛在一夜之间枯萎了，枯萎在她的痛苦之中。她的手指从念珠上滑过，眼神飞快地从小岛望向山丘，猜测着下一次袭击将会持续多久，对于这一刻的宁静心存疑虑。

卢卡止住哭声并且站了起来，劈开的鼓此刻还躺在地上，而他似乎并没有兴趣补救它的零件。

萨拉拾起了瓷砖上的那一半鼓，开口说道："我们可以把它重新拼在一起。"

卢卡擦了擦鼻子，说："那样的话，声音就不对了。"

"你怎么知道的？我们可以试一试。"

"试什么？它现在已经丧失能量了。"

卢卡甩动着手腕，打消了这个念头。他知道，头骨鼓坏了是没办法修好的。萨拉不知道唤醒死人的仪式，而卢卡对于如何利用节奏来维持人的生命有着他自己的理解，可是并不打算告诉萨拉或任何人。他觉得自己的心就像那面鼓一样，收缩后又裂开了。

卢卡在阳台上盘腿坐了好几天，沉迷在蓝色的海水之中。他并不是一个易怒的人，却对米拉达和萨拉大发脾气，由于没有了鼓而觉得自己无能为力。他知道错不在她们，但他需要有人来担责，因为他最为珍爱和需要的东西遭到了破坏。如果没有鼓声，他的妈妈要怎么才能听到他呢？她再也找不到他了。

卢卡很生自己的气，觉得自己很笨。他犯了一个大错，竟然想要躲藏起来。孤儿院也许会比这里更好。如果他当初答应由修女来保护自己，那么他此刻大概正在吃着蕾丝饼干和冰激凌，跟同龄的孩子们一起玩耍，而不是在这里躲避什么手榴弹。瞧，他发明了一个多么愚蠢的游戏啊，他为什么要躲起来呢？是为了让妈妈起死回生吗？他究竟在想什么？她怎么可能在武科瓦尔保住性命呢？

这是卢卡第一次认为，他看到的那个登上校车的女人可能根本就不是他的妈妈，而是别的什么人，并且这个人已经跟她自己的孩子们生活在了一起。那天，南斯拉夫军队杀死了许多逃离医院的人，伊莱娜很有可能就是街上数以百计的尸体之一。在这场他与死者一起参与的游戏里，卢卡无法确定游戏的控制者是否就是上帝，而不是那面鼓。

卢卡甚至没有去参加安东的葬礼。他从屋顶洞口爬到了一棵枣椰树上，望见神父们正在埋葬安东，他们的声音在小海湾上空飘荡着。神父们很担心男孩儿，因为他不吃不睡，而且即便是打了个小瞌睡，他也会在泪水中哽咽着醒来。神父们提议带他去修道院，也是为了给萨拉减轻负担。联合国的代表们前来评估受损情况，以此断定杜布罗夫尼克是否值得来自全世界更为深切的慰问。神父们试图说服萨拉和这些代表一起离开杜布罗夫尼克，然而遭到了她的拒绝。

"我走之前还有东西要修。"萨拉说道。

在安东的抽屉里翻找胶水的时候，萨拉感到有些局促。她只找到了一卷又一卷的钓鱼线和电线，还有树脂块和小提琴的断弦。此刻她需要的是黏合剂，心里却在好奇卢卡说过的话是否属实：头骨已经碎裂，因此这两部分是无法结合在一起的，而这面鼓也是没办法修好的。萨拉正要关上抽屉的时候发现了一把小铁锉，它有些老旧并且生了锈，碎屑也掉落在她的手指上，可它很好用。萨拉开始用它打磨发生了骨折的头骨，试图把边缘打理光滑，也许稍后还会再把鼓粘起来。但她用力过猛，使得锉刀溜过了两颗小螺丝钉，把鼓底上的串珠丝织物撕破了。

萨拉将锉刀掉在了地上。

片刻过后，骨粉落了下来，萨拉得以看清了这个意外收获。在丝绸王冠的遮掩下，一张很小的黑白照片粘贴在骨头的上面。她把照片从鼓上剥下来，将它对着灯光，从中辨认出了卢卡和一对男女的影像，他们和卢卡有着一模一样的嘴巴和聪明狡黠的眼睛。那个女人身材高挑、脖子修长、颧骨很高，头发盘成一团，塞在护发帽下面，看起来很面熟。那个男人跟卢卡一样，长着一头黑色鬈发。他们在拥抱卢卡，中间放着一面鼓，一如既往地见证着人们的分分合合。

　　萨拉屏住呼吸，将手里的鼓放了下来。她擦了擦眼睛，一开始还以为是自己产生了幻觉，以为这所有的一切都是幻景。不过，她能够确定照片中的女人就是她在难民营见过的伊莱娜。这位来自武科瓦尔的护士一直都在寻找儿子的下落，相信他一定还活着。同样，她唯一的儿子也相信她还活着。

　　在萨拉要离开的时候，这位护士曾告诉她："我们不说再见，只说稍后见。"

　　萨拉原以为男孩儿会坐在阳台上，可他并不在那里。有那么一刻，萨拉觉得是米拉达让卢卡离开的。米拉达带着水桶和刷子，双手和膝盖触在地上擦洗着地砖上的血迹。天气很热，肥皂水蒸发的速度跟她清洗的速度一样快。

　　"卢卡在哪儿？"

　　"他进城去了。"

　　"是您让他出去的？"

　　米拉达把刷子扔进桶里，放着水："他可以做他想做的一切。"

　　"可那并不安全。"

　　米拉达抬头瞥了一眼屋顶上的洞，笑着说："你知道的，这里根本没有安全可言。"

　　"可您竟然让他出去了，"萨拉争辩道，"他又没有大人监护。如果再发生什么事怎么办？"

　　"事情总会发生的，但不要紧。"

　　"您怎么能这么说呢？这很要紧。"

"因为他不是我的儿子。"

"所以您就不需要关心他了？"

"没错，而且你也不需要。"米拉达说。

"我别无选择。"

"你有，毕竟他也不是你儿子。"

"可他还是个孩子，"萨拉说，对老妇人的语气感到反感，"要关心他，这个理由应该足够了。"

米拉达望着水桶，脸上变得通红。自从袭击开始以来，她就不再戴眼镜了，不想太过清楚地看到任何人或任何东西。自从安东的葬礼过后，她和萨拉就没怎么说过话，但现在萨拉发现她的烦恼多过忧郁。

"你为什么要鼓励他？让他相信他妈妈还活着，这可不太好。"

"您相信她已经死了？"

"我不必去相信什么，我知道他打鼓是为了把她带回来。"

"如果我告诉您她还活着呢？"

"你这丫头真傻。"

"我认识她，我们在难民营里遇见过。"

米拉达用手拍了拍屁股，然后问道："你认识男孩儿的妈妈？"

"千真万确，我还有一张照片作证。"萨拉拉开了腰包的拉链，从里面掏出一次性相机。湿漉漉的瓷砖反射出刺眼的光线，于是她伸手遮住眼睛。"这附近哪里可以冲洗胶卷？"

米拉达盯着相机叹了口气，没有精力再去争论了："酒店里，记者们都在那儿。但是这些都毫无意义，你应该回家去！"

"我是要回家了。"萨拉说。她知道自己现在可以回家了。

"难道你没有家人吗？"

"我有。"

"他们不担心你吗？"

"担心。"萨拉说道，这个事实让她清醒过来，心里明白家里人是因为错误的缘由在担心她。她知道，将她的家庭分开的并不是地理布局或通信光纤，而是他们内心所处的经纬度——对于她的事情，他们只接受假象，拒绝真相。

"不管怎样，你应该庆幸有一个惦记着你的家。"米拉达说道。她挣扎着从瓷砖上站起身，用手提起了那桶脏水。她眯着眼睛说："看好你和你的照片，别让我有一天也要为你擦洗。"

萨拉走进伊克塞尔希尔酒店的大厅。她不需要说出自己的名字，因为装备着 M16 式步枪的国民自卫军士兵认得她的脸。不过，他们已经不再朝她微笑，只是怔怔地看着她，无法理解她为什么要长久地逗留在这里。萨拉避开他们探过来的目光，从他们身边走过去。

这一天是 6 月 30 日，第 28 个停电的日子。酒店里唯一的光线来自笔记本电脑的屏幕，这些电脑的电池是用一家德国科技公司捐赠的发电机充电的。一群英国记者焦急地等着轮到自己将故事归档，看到萨拉手里拿着胶卷，以为她也是他们中的一员。自从来到这里，萨拉就只拍了这么几张照片。除了伊莱娜的脸，她连想都不愿意想起难民营里的任何事情。

"是真的吗？"

"什么？"

"你的故事。"

"是的，"她说道，双眼茫然地盯着他们，同时递出手里的胶卷，

"那你的故事呢？"

她认出了跟自己说话的男人，她在酒吧里见过他和那个加拿大人在一起。他摸了摸左边口袋里探出来的手机天线。

"很难相信这些故事都是真实的。"

萨拉点了点头，尽管她认为自己更难相信它们都是虚假的，或者像大多数人浏览当地报纸里的世界新闻条目时那样完全忽视它们。但无论真实与否，至少故事将得以印刷出版，公之于众，并且最终会对某个人产生影响。

"我需要冲洗这些照片。"萨拉说着从最后的几张百元美钞里取出一张。这个男人把胶卷和钞票一起接过去。

"你能等一会儿吗？"他说，"需要一个小时。"

萨拉点了点头。他把胶卷转交给另一个男人，这个男人消失在走廊尽头。

"你还见过那个小鼓手吗？"

"见过一次。"萨拉撒谎说。

那人摇了摇头。"估计他是被杀了，"他不露声色地说，训练有素地道出了客观现实，"我们谁都没有再见到他，他再没回来过。"

"如果你愿意听他的故事，他也许会回来。"

萨拉环顾着四周。电脑前的记者们陷入了疯狂的状态，敲打着他们认为会让自己成为英雄的故事。有那么一刻，她感到了胜利的喜悦，因为她知道自己拥有的这个故事既能让他们个个都成为英雄，也可以让杜布罗夫尼克闻名于世，确保全世界都来同情它，并承诺重建它。但她现在无法确定，卢卡或米兰的故事是否会对她和他母亲以外的任何人产生影响。她看了一眼电话。

"我可以借用你的手机吗？会很快的。"

那人点点头，微笑着想开个玩笑："打给重要的人就可以。"

"说的没错。"萨拉说，她知道这将是自己生命中最重要的一次通话。

萨拉带着一张足以改变一切的照片离开了酒店，她决心要找到卢卡，然后把好消息告诉他。当萨拉终于与伊莱娜取得联系的时候，伊莱娜几乎说不上话来，只是剧烈地喘着气，大笑着、尖叫着，甚至在伽博的办公室里跳起舞来，萨拉可以听到地板上传来"啪嗒、啪嗒"的脚步声。

"我的儿子！"她哭喊着说，"我的儿子还活着！"

那位红十字会的工作人员也凑到了电话前，很高兴能够听到萨拉的声音，并且似乎跟伊莱娜一样非常震惊。在她拥抱卢卡母亲的时候，萨拉听到了听筒摩擦着她的毛衣的声音。她们两个人都在哭泣。

"伽博终于走了！"莉森说。

"走了？"萨拉问道，不清楚她说的究竟是什么意思。

"文化部部长解雇了他，因为其中一辆装着面包的卡车出了车祸，人们在里面发现了枪。伽博再也回不了难民营了。"

听到这句话，萨拉的思维突然变得敏锐起来，她在这一刻竟莫名觉得伽博命运理应如此，而她不需要了解关于他的其他任何事情。

伊莱娜又把电话接了过去。"米兰在你那儿吗？"她问道，试图歇口气。

萨拉感觉到心里发疼："不……不在，"她语气坚决地迅速答道，"但卢卡在这儿，他已经准备好见你了。"

伊莱娜让萨拉把卢卡放在一辆将于两天后到达边境的巴士上，卢卡将在匈牙利西部的巴拉顿湖度过这个夏天，伊莱娜已经在那里的一家为游客提供服务的小型健康诊所谋得了一份工作。

"告诉卢卡，到那里以后，他可以整天游泳、驾船、吃葵花子！"

"我会告诉他的。"萨拉回应道，面临着必须挂断电话的压力。在电话线路能够接通的情况下，其他记者需要共用这一部电话。

"萨拉，谢谢你，"伊莱娜声音颤抖着说道，"你救了我们的命。"

"你也帮我找到了我的命啊，"她说，"稍后见，但愿很快就能相见！"

萨拉穿过吊桥，经由普洛切门进入了旧城，心想也许能在石匠的工作坊里找到卢卡。她走得很慢，既是因为天气太过炎热，也是因为一切即将结束，感觉到这将是自己在离开前最后一次进入旧城。她在桥中央停下来，看着自己的影子穿过船坞，有些好奇自从去年12月来到这里以来自己走过了多少座桥。此刻站在这里，她意识到正是一座座这样的桥为自己提供了认识难民营的机会，而她一直都曾因为心怀恐惧而止步。

四下里一片安静。一名渔民正在修理被炮火击中的船，一阵热风裹挟着环氧树脂胶的气味吹过吊桥。人们三五成群地在港口漫步着，进行某种分类工作，一边识别着还能再次起航的船只，一边在无法起航的船只上标记着叉号。看到他们经过院子里翻倒的渔船时未做停留，萨拉松了一口气，她曾在那里把鼓还给了卢卡。

她继续穿过狭窄的街道，发现石匠的画室已经毁坏：临街的墙壁上破了一个跟她一般大小的洞，雕像们无一幸免，全都夷为碎石和尘土，她从中认出来的只有一盘磁带和卢卡的一只鞋子。

她感到胃部一沉，随后便跟着那盘脱离了卷轴的磁带穿过小巷和普里杰科街，又沿着一条狭窄的石级来到了斯特拉顿大街，那里有一小群人正聚集在欧诺佛喷泉对面的修道院墙壁周围。

一开始，看到停放在修道院外的红十字会卡车，萨拉还以为是有人受伤了，实际上这些工作人员也是前来消遣看比赛的。显然关于这场比赛的消息已经传开，就连神父们都来现场观看，并将圣餐分发给那些等待的人。参赛者是一群当地的男孩儿，在街上做着伸展运动。他们身穿旧足球服，以此纪念那些被战争摧毁的球队并重燃良好的体育精神。男孩儿们站成了两列，从喷泉延伸至修道院的回廊。萨拉从回廊处看到卢卡正蹲坐在喷泉边，两边都是沙袋。他把双手放在脸上，正在打量着前进中的球队。将他们分隔开的是一座石像，它有一张怪异丑陋的面孔和一双凸出的异族眼睛，向街道外伸出了几厘米。

萨拉记得曾经有一次和安东一起从它旁边经过。安东告诉她，这块石头是杜布罗夫尼克的一个地标，也是近一千年以来的旅游胜地。它大张着嘴，或许是因为饥饿，也可能是因为恐惧。萨拉从来没有问过这个问题，因而无法确定它的表情有什么含义。自中世纪以来，滴水嘴兽的意义就在于考验人类的耐力。谁能站在滴水嘴兽的额头上保持平衡且站得最久，谁就是胜利者。

男孩儿们轮流跑到墙边，站上它的额头，将双臂伸开，用手拍打着滚烫的石头，直到他们失去平衡，从上面滑下来，重新跑回队伍中准备再试一次。男孩儿们为彼此欢呼着，为有可能在这座城市的历史上占有一席之地而兴奋不已，反抗着父母和自卫军士兵的命令。他们让男孩儿们在袭击正式结束前一直待在室内，至少也要等到欧共体监察团的副指挥官来访为止。然而，在已经三十天都没有电、电视和收音机（除非有电池）的情况下，男孩儿们终于玩儿起了游戏。在6月里一个炎热的午后，他们有了再次成为男孩儿的机会。

轮到卢卡时，人群开始变得安静下来。没有人知道他的名字，但人人都从城里张贴的合成照片上看过他的脸。这是七个月来男孩儿第一次出现在公众面前。卢卡感觉到他们在看着自己，于是便定睛看着滴水嘴兽，竭力不让自己的注意力分散。他跳下沙袋，赤脚站在地上，迅速地拉起从腰间下垂的牛仔裤。大孩子们转身看见卢卡从身后走上前来，他的身高和体重只有他们的一半。

卢卡没像他们那样跑，而是慢慢地走近了滴水嘴兽。他的步调是经过计算的，就好像他为这一刻已经在脑海里练习了一次又一次。他在距离石像两米远的地方站定，目光扫视着它光亮的额头。尽管其他人都从窗台上失足掉了下去，但他相信窗台会托住他。大孩子们在一旁窃笑着，但卢卡知道自己在做什么。他很了解这个游戏，几个月以来时常躲在欧诺佛喷泉的沙袋后面观赛。甚至到了夜晚，在没有人看到自己的时候，警察们也会小试身手。有一次，卢卡看到几个修女也在尝试这个游戏，她们让他想起了企鹅拍打墙壁。包括神父在内，没有一个人能坚持超过六秒钟，卢卡认为神父们还得益于上帝的帮助。

既没有人为卢卡提供帮助，也没有人为他加油鼓劲儿。他深吸了一口气，直到自己准备就绪。片刻后，他冲刺了五步半的距离，右脚和左脚先后踏上了那副面孔，脚趾插进了石头里。他设法把两只脚都放了窗台上，并且伸出双臂，就以这样的姿势在墙上紧贴了几分钟，而不是几秒钟。

卢卡想要彻底地打破洛克卢姆岛的魔咒。如果今天就要死了，他想先让狙击手看到自己，而他现在恰好是墙上的一个完美靶子。卢卡琢磨着，如果他为狙击手们降低了射击难度，他们也许就会觉得无聊，再没兴趣取他的性命。不管他们决定要做什么，卢卡知道洛克卢姆的诅咒比狙击手更有威力，他决定要亲自去打破它。

卢卡保持平衡的时间越久，人群就变得越密集。在俯瞰广场的那些旧公寓里，几个月来一直关着的百叶窗猛然打开了，几名警察和神父从一条小巷里走了出来，很快整条街都挤满了当地的民众和狗，尽管每个人都知道不应该聚集在狙击手的目标区。人们在这一刻不再介怀，相信男孩儿选了一个恰当的时机，相信他们所有人都受到了上帝或圣布莱斯的保护——无论正在注视着杜布罗夫尼克的是这两位中的哪一个。他们从未见过一个孩子做出如此惊人之举。人群中爆发出一阵掌声，狗儿们也狂吠不止，男孩儿依然在保持着平衡。

在墙上待了数分钟后，卢卡的身体开始颤抖，胳膊在晃动，背部肌肉出现了痉挛，汗湿的双手也从石头上滑了下来。他蜷起了手指，挣扎着去抓墙上的另一处裂口作为支撑点。他猛按在石头上想找点儿什么东西稳住自己，同时又把手伸得更高，甚至有些过高，就在此刻听到了隆隆的炮火声。人群尖叫着，四处奔跑寻找掩护。百叶窗"砰"地关上了，警笛声尖利地响了起来，广场上很快便人去楼空，跟人群聚集的速度一样快。在这之前，红十字会的卡车正在倒车，以便给更多的观众腾出空间，但没人注意到卡车已经发生了回火。现在这辆卡车已经开走了，广场上空空荡荡，一片寂静，只有一名观众留了下来，他的掌声显得越发响亮。

卢卡没有回头去看是谁在为他欢呼，无论是谁，他都希望那个人能够走开。难道他们都不知道重点并不在于是否坚持吗？他贴在墙上可不是为了输赢，而且他也不信这个东西。他原本只想要打破洛克卢姆的魔咒，于是便这样做了。他感觉到有一只手搭在他的后腰上，把他按向了墙。那是一只男人的手，强壮有力，手指也很长，动作却很温柔。

"我希望你还有我的钥匙。"

卢卡听出了这声音，咽了一下口水。他向下一瞥，看到了米兰的影子，这位作曲家的手里还挂着一把小提琴。

萨拉一动不动地站在修道院回廊的柱子后面，看着米兰在拥抱卢卡，这种喜悦是如此真实，使得她无法相信这一切只是一场梦。她能感觉到他就站在那里，她的心因期待而怦怦直跳，周身都在发热。

萨拉走到石柱前，让他看到自己。米兰握着卢卡的手朝她走了过去，从修道院的院子那头一直望着她。萨拉感觉到他在凝视自己，而她没有将目光移开，也不抬头看狙击手或任何可能正在观察着他们的人。她觉得自己无所畏惧，并且以自我为信，这是她从未体会过的。

米兰站到了她的面前，他的蓝色双眸更加神采奕奕，此刻盈满了泪水。他俯身靠着她的身体，将嘴唇贴在她的前额上，使她的下巴向自己微仰，又吻了吻她的太阳穴和脸颊，仿佛把她看作一把小提琴似的对待着她。她瞥了一眼卢卡，看到他抬着头，朝她露出了笑脸，然后用胳膊搂住她的腰，再没松开手。米兰用他有力的双手展开了萨拉的手指，她倒在他的怀里，感受着放任自己所带来的甜蜜。她知道，无论他们的未来如何，也无论他们身处世界的哪个地方，他们都将保持紧密的联系。他们共享了太多的痛苦，然而对他们彼此来说，这种痛苦在余生中都无关紧要。他们拥有一个共同的秘密，而这就是他们的力量所在，也是他们获得重生的缘由所在：庇护所并不是一个地方，而是人类心灵的一种状态。

致　谢

如若修订一本已经出版的小说，那么就需要使编辑后的文稿得到良好的传播。在此，本人对玛西埃·科克伦（Masie Cochran）不吝展示的才华和慷慨相助表示感谢。

在朋友和同事们的帮助下，我得以细查战争创伤和音乐心理学的细节信息，他们一直都在为我的生活赐予祝福。感谢各位让我能够探索这一领域，接受这段旅程并认识到其中的必要性。

感谢以下诸位：劳里·奇滕登（Laurie Chittenden）、彼得·米勒（Peter Miller）、丹·多诺万（Dan Donnovan）、珍妮弗·海德（Jennifer Hyde）、希拉里·布莱克·汉密尔顿（Hilary Blake Hamilton）、凯瑟琳·考德威尔（Kathleen Caldwell）、埃米·拉尼根（Amy Lanigan）、彼得·尚多内（Peter Chandonnet）、唐娜·莱姆伦（Donna Laemmlen）、琼·佩恩（Joan Payne）、埃利斯·佩恩（Ellis Payne）、安娜（Anna）、珍妮特（Janet）、鲍勃·康克林（Bob Conklin），还有为了纪念亲爱的博克斯而

给了我一个在雨中玩耍理由的莱莎 · 赛尔丰 · 普玛（Lysa Selfon Puma）、罗珊 · 赛尔丰（Rosanne Selfon）、大卫 · 赛尔丰（David Selfon）、塔拉 · 詹姆斯 · 吉布（Tara James Gibb）、马特 · 亨利（Mart Henry）、凯文 · 拉姆森（Kevin Ramussen）、艾米 · 托德（Amy Todd）、梅丽莎 · 戈德堡（Melissa Goldberg）、克里斯坦 · 萨金特（Kristan Sargeant）、格里塔 · 罗斯 · 扎加里诺（Greta Rose Zagarino）、阿德里安娜（Adrienne）、鲍勃（Bob）、莫林 · 霍尔（Maureen Hall）、里塔 · 佩恩（Rita Payne）、史蒂夫 · 劳勒（Steve Lawlor）、布鲁斯 · 埃克莱（Bruce Eckle）、保罗 · 麦卡锡（Paul McCarthy）、大卫 · 德弗里斯（David Defries）、丹 · 克里斯蒂安（Dan Christian）、劳拉 · 马尔克斯 · 克里斯蒂安（Laura Marquez Christian）、斯科特 · 斯滕德（Scott Stender）、科琳 · 勒尼汉（Colleen Lenihan）、阿吉 · 霍夫（Aggie Hoff）、欧文 · 霍夫（Irwin Hoff）、亚莱 · 罗伯逊（Jale Robertson）、佩里 · 罗伯逊（Perry Robertson）、克拉韦 · 罗伯逊（Clavey Robertson）、乔丹 · 罗伯逊（Jordan Robertson）、朱莉娅 · 维奥利奇（Julia Violich）、卢克 · 维奥利奇（Luke Violich）、丹尼尔 · 穆丁比（Daniel Mudimbe）、克里斯 · 芬斯特（Chris Fenster）、格雷格 · 斯卡隆（Greg Scallon）、马克 · 斯卡隆（Mark Scallon）、彼得 · 休斯（Peter Hughes），还有措贝（J. Cobe）、詹戈 · 西尔库斯（Jango Sircus）、丹尼尔 · 达维拉（Daniel Davila）、托德 · 弗洛拉（Todd Flora）、艾琳（Erin）、卡罗尔（Carol）和弗雷德 · 塔嫩鲍姆（Fred Tanenbaum），致力于帮助巴尔干地区的孤儿难民，为卢卡这一角色的诞生创造了条件。在此谨感谢各位拨

冗与我见面并给予相关指导，让我了解到一个孩子是如何从这种创伤中恢复过来的。

感谢以下与我的克罗地亚之行有关的人士：伊万娜（Ivana Vidovic）和弗朗西斯卡·维多维奇（Francesca Vidovic）、任职于 Praxis Peace Institute 机构的乔治亚·凯利（Georgia Kelly）、安东·马斯勒·加勒里（Anton Masle Gallery）、布里吉特·马斯勒（Brigit Masle）、凯特·斯雷佐维奇（Kate Srezovic）、马亚·巴西克（Maja Bacic）、丹尼斯·阿伊杜科维奇（Denis Ajdukovic）、鲁迪·斯帕吉奇（Rudy Spajic）、丁卡（Dinka Spajic）；伊万娜·托米奇（Ivana Tomicic）、Bonkon House 酒店的安特·希克利奇（Ante Siklic）、赫瓦尔（Hvar）、Carpe Diem 酒店的曼努埃拉（Manuela）、汤姆（Tom）、弗朗西斯·维奥利奇（Francis Violich）、玛丽莲·茨瓦尼茨（Marilyn Cvitanic）、凯利·尼默（Kelly Nimmer）、蒂哈娜·波罗维克（Tihana Borovcak）及其家人的热情好客，我将铭记于心。在美国旧金山寻求庇护的万娜·伊万诺维奇（Ivana Ivanovic）将她的故事托付了我。

感谢位于匈牙利的凯特普斯普罗尼村（Ketsprony），感谢来自里士满大学（University of Richmond）的学生们把自己的时间和才华奉献给了该村的英语教学；感谢艾琳·肯尼（Erin Kenny）、马特·沃什伯恩（Matt Washburn）、大卫·林恩（David Lynn）、内特·赫利（Nate Hulley）、洛拉·图斯曼（Lora Toothman）。感谢杰伊·布德纳（Jay Budner），他是第一位为我们开辟道路的老师。同样要感谢克里斯蒂娜·利普斯科姆（Christine Lipscomb），她在匈牙利比克斯镇的教书经历对这一故事的创作也有启发。

蓝色的声音

出版统筹：新华先锋

出版策划：王　铭　木易雨田

特约监制：林　丽

营销统筹：董　翘

策划编辑：海　莲　李正莘

封面设计：吴黛君

版式设计：徐　倩

责任印制：李　静

天猫旗舰店

京东旗舰店

当当自营

微信公众号

投稿邮箱：tougao@cooldu.com

新浪微博：@新华先锋（免费精品好书天天送）